제대로
살기란
어렵다

제대로
살기란
어렵다

문희철 지음

삶에서 만나는
크고 작은
다양한 어려움에 관하여

지금이책

차례

나

1장 | 삶에 대한 태도

2장 | 일상 속 습관과 사고

3장 | 자기 발견

나와 관계, 나와 세상

어려운 삶을 더 어렵게 만드는
자발적 헛발질들

언젠가 구름 위 멘토들이 강림하사, 힐링이다 자기계발이다 청년들을 위로하고 성공하는 방법들에 대해 설파한 적이 있었다. 하지만 살기 어려운 것이 개인만의 탓은 아닌지라 어려움이 해소될 리는 만무했다. 당신이 살기 어려운 이유는 복합적이기 때문이다.

당신이 살기 어려운 이유는 당신에게만 있는 것이 아니다. 사회 구조 때문일 수도 있고, 정부 정책 때문일 수도 있다. 아버지 사업이 망한 탓일 수도 있다. 우리는 삶의 어려움들을 있는 그대로 보아야 한다. 그래야 어려움을 극복할 가능성이 생기지 않을까? 그런데 살기 어려운 우리는 현실을 너무 외면해 힐링만 추구하거나, 지나치게 현실적이어서 자기계발에만 몰두함으로써 삶의 다양한 어려움을 제대로 보지 못한다. 사실 우리는 현실을 냉정히 직면하기가 두려웠고, 그 방법에 대해 제대로 생각해본 적이 별로 없었다.

확실히 해두자. '아 내 삶이 어려운 건 내 잘못이 아니었어!'류 말

을 하려는 건 아니다. 당신'만'의 탓이 아니라는 말은 당신 탓도 있
긴 하다는 말(!)이다. 어떤 문제에는 내 탓이 있고 그것을 명확히 인
지해야 한다. 그리고 어려움을 극복하기 위한 개인적 노력도 다해
야 한다. 하지만! 내가 겪는 어려움이 나로 인한 문제가 아닌데 공
연히 스스로를 탓할 때, 혹은 명백히 나로 인한 문제인데 주변과 세
상을 탓할 때 나의 삶은 계속 어렵고 어렵다.

개인의 행복과 불행은 나 자신, 나와 관계하는 것들, 나와 세상으
로부터 비롯된다. 제대로 살기 위해서는 우리가 마주한 삶의 어려움
들이 무엇인지 마주하고, 할 수 있는 최선의 무언가를 해야만 한다.

이 책은 성공하는 방법에 대해 말하지 않는다. 다만 우리가 살아
가며 만날 수밖에 없는 아주 구체적인 어려움(돈, 가족, 사랑, 성공, 사
회와 경제, 불안, 비교 등)들을 직면하고, 좀처럼 해본 적 없는 질문을
제시하며 어려움을 극복하기 위한 방법에 대해 고민한다.

제대로 사는 것이 무엇인지는 잘 모르겠다. 하지만 살아가며 겪
는 어려움을 하나둘 극복해나가다 보면, 어쩌면 우리는 그 답을 찾
을 수 있을지 모른다. 주술 같은 힐링과 자신에게만 과몰입하게 하
는 자기계발을 넘어서서, 자조와 비관을 넘어서, 우리 각자가 자신
의 자리에서 어려움을 이겨낸 당당한 개인으로 행복하게 살 수 있
다면 좋겠다. 그리하여 제대로 사는 삶에 조금이라도 더 가까워지
길. 이 책이 그 계기가 될 수 있길 바란다.

1장

삶에 대한
태도

애매하지 않기란 어렵다

이도저도 아니다 아무것도 아니게 되면 어떡하지?
번듯한 삶과 나의 거리

다들 자기 자리를 너무나 잘 찾는 것 같아(나 빼고!)

이른 나이에 자기 자리를 찾아가는 사람들을 보면 참 대단하고, 멋지고, 뚜렷하다는 생각을 한다. 우리 세대에서 그 극한은 김연아와 박태환, 손흥민일 것이요, 주변에서는 '번듯함'을 획득한 청년들일 것이다. 나는 그들을 보며 생각한다.

다들 참 대단하다. 내가 뭉그적대며 20대를 보내는 동안 누구는 5대 대기업에 갔다, 누구는 전문직이 되었다, 누구는 유망한 무언가('성공한' 웹툰 작가, 가수, 스타트업 CEO)가 되었다!는 이야기가 들려온다. 그 밖에도 자신이 무엇인지 자신감 있게 말할 수 있는 사람, 그러니까 번듯한 사람들의 이야기가 제법 많이 들려온다.

다들 참 멋있다. 어떤 사람들은 하는 일만 번듯한 게 아니라 인생도 즐겁게 사는 것 같다. (적어도 SNS에서는 그렇게 보인다.) 누군가의 인스타그램 피드는 세련된 사진과 글귀로 일관되게 정돈되어 있다. 이들은 예술을 향유하며 확고하게 취향 있는 라이프스타일대로 살아간다. 멋지고, 즐겁게!

다들 참 뚜렷하다. 누구는 직업도 뚜렷하고 취향도, 타는 차도, 사는 집도 '선망하는 쪽'으로 뚜렷하다. 그뿐이랴. 생각마저 뚜렷하다. 언론에 나오는 성공한 이들은 자기 확신이 돋보인다. 자신감 있는 눈빛! 자신감 있는 말투! 어떤 문제에 대한 확고한 주관! 이들의 뚜렷하다 못해 선명하고 강렬한 메시지는 이도저도 아닌 사람들에게 저렇게 살고 싶다는 생각을 자아낸다.

그러니까 다들 참 대단하고 멋있고 뚜렷하다. 나 역시 그런 사람이 되고 싶다. 다만 되기가 좀 많이 어려울 뿐이다.

아, 나는 참 애매하다.

얼마 전 끝나버린 나의 20대를 회고해보면 세 글자로 '애매함'이었다. 좀 길게 풀어쓰면 '이도저도 아니다 아무것도 아니었다'. 일단 이 '애매하다'는 말의 의미를 찾아보자. 표준국어대사전은 이렇게 말한다.

1. 희미하여 분명하지 아니하다.
2. 『철학』 희미하여 확실하지 못하다. 이것인지 저것인지 명확하지 못하여 한 개념이 다른 개념과 충분히 구별되지 못하는 일을 이른다.

즉 '애매하다'는 말은 어디에 속하는지 구분이 되지 않고 이것인지 저것인지 분간하기가 어렵다는 말이다. 나는 나의 무엇이 애매한지 또 그것이 정말 애매하기는 한 것인지 자가진단을 좀 해보려 한다. 한국 사회에서 '번듯함 판독기'로 사용하는 일반적 물음에 대답해보자.

—대학은 어디 나왔어?

에… 저는 고졸인데요. 고졸인 것도 아니에요. 왜냐하면 대학에 경영학과로 입학했는데 미등록 제적됐다가 얼마 전 재입학을 했거든요. 지금은 대학을 다니고 있죠. 아직 졸업을 못 해서 대학을 '나온 적'은 없고요(과거 때려치운 전적은 있음). 적절한 시점(?)에 나올 예정이에요. 그러니까 저는 서른 살 대학생(?)입니다. 덧붙이자면 제가 다니는 미술로 유명한 학교는 뭐 아주 명문대도 아니고 그렇다고 나쁜 대학도 아니죠. 성골 진골 따지던 신라시대라면 6두품 (?) 같은 학교라 할 수 있겠네요. 제가 미대생은 아니니까요.

—대학생이면 정기적인 수입이 없어?

놀랍게도 있어요. 게다가 알바도 아니고요 소프트웨어 스타트업에서 초보 기획자로 일하고 있어요. 이 기획이라는 단어가 '있어 보이기는' 하는데 '애매'하다는 느낌도 있어요. 기획이라는 말만 듣고서 무슨 의미인지 알기도 어렵고요. 사실 일이 생기면 뭐든 다 한다는 관점에서 이 기획이란 작은 회사에서는 코에 걸면 코걸이 귀에 걸면 귀걸이 같아요. 회고해보면 20대에 제가 기획했던 영역은 주로 글을 쓰고 보고서를 만드는 영역이었습니다. 지금 하는 기획과도 다른 거였죠.

—정기적 수입이 있으면 직장이 있는 거 아니야?

아직 '정식 소속'은 없어서 프리랜서에 가까울걸요? 프리랜서라는 말을 만든 사람 진짜 대단해요. 뚜렷한 소속이 있는 것은 아닌데 알바는 아니고 그보다 돈을 좀 많이 번다는 그 느낌적인 느낌을 잘 표현했어요. 상 줘야 합니다. 아무튼 지금은 컴퓨터공학을 전공한 척척박사님, 척척석사님과 함께 스타트업 팀에서 '고졸이지만 고졸이 아닌' 기획자로 살고 있습니다.

여기까지만 봐도 공부를 못한 것은 아닌데, 그렇다고 아주 탁월하게 잘한 것도 아니며 아직 뚜렷한 직업적인 커리어를 이룬 것은 아님을 알 수 있다.

—이 사람 참. 애매하네. 그런데 어디 사람이야?

역시 학연! 지연! 혈연!의 나라!(농담입니다.) 어느 지역 사람이냐는 질문일 텐데 저는 서울에서 출생했고 유치원 때까지는 서울에서 살았고, 초중고를 인천에서 나왔는데 대학은 서울로 다니긴 했고, 창업도 서울에서 했었네요. 지금 생활권도 주로 서울이에요. 그런데 정작 사는 곳은 인천 계양이에요. 그냥 잠만 인천에서 자는 듯

합니다. 저도 제가 인천 사람인지 서울 사람인지 모르겠어요. 부모님만 해도 어머니는 강원도, 아버지는 충청도에서 태어나 열 살쯤에 상경하셨다고 해요. 그러니 부모님 역시 영남, 호남 사람도 아니고 충청도, 강원도 사람도 아닌 셈이네요.

　—와 너 진짜 애매하다. 뭐 좋아해? 취미는 뭐야?

　그러게요. 이렇게 근본 없고 볼 일인가… 음악으로는 김현식의 몇몇 곡이 좋고, 유재하가 좋고, 김광석이 좋은데, 임재범도 좋고, 이승철도 좋고, 박효신도 좋고, 뮤지컬 배우 박은태나 마이클 리도 좋아해요. 아티스트는 주로 보컬리스트를 좋아하는 것 같기는 해요. 물론 요즘 나오는 노래들도 좋아하고, 몇몇 외국 아티스트의 있어 보이는 몇몇 곡을 들으면 좋아는 합니다. 찾아 듣지는 않고요. 미술도 보는 것을 좋아는 합니다. 잘 찾아 보지는 않고요.

　취미는 기타 치면서 노래하기 정도예요. 간헐적으로 버스킹을 하기도 하고 코인 노래방도 자주 갑니다. 어쩌면 쓰기도 취미일 수 있어요. 그 명목으로 원고료를 받지도 않는 인터넷 공간(주로 브런치)에 정기적으로 두서없는 글도 쓰고 있잖아요? 이 정도면 꽤 좋아하는 건데 싶으면서도 아티스트나 작가가 되겠다는 생각은 딱히 없어요. '이거 아니면 내게 죽음을…' 할 만한 열정적으로 좋아죽겠는 그런 것은 없었어요. 내 삶에서 운명 같은 숙명! 직업적 소명! 그런 꽂힘은 단언컨대 없었습니다…

앞의 질문과 대답을 통해 내가 대단히 애매하다는 사실만큼은 애매하지 않다는 것을 알 수 있다. 나는 왜 이렇게 애매하게 되었을까. 타고나길 애매한 것도 이유일 것이요, 20대 들어 선택한 것들이 '번듯함'과는 거리가 멀었던 탓일 것이다.

쓸모를 설명하기 어려운, 애매한 나
이대로 정말 괜찮은 걸까?

20대 초반부터 스물일곱 입대 전까지 나는 친구들과 함께 사업을 했었다. 대학입시 자기소개서 강의를 하고 더 잘 쓰도록 돕는 일이었으나 일반적인 학원은 아니었다. 그렇다고 고액 컨설팅이나 대필 업체도 아니었다. 왕십리에 터를 잡은 동네 자소서 교습소라고 할까. 신기하게도 수강생들이 멀리 부산이나 광주에서도 찾아왔는데, 친근함(과 탁월한 가성비) 덕이었다 생각한다. 아 애매하다 애매해. 첫 입주한 건물의 여든이 넘은 건물주 할아버지는 가끔 와서는 이렇게 묻고는 했다. "거 여기 뭐 하는 뎁니까?"

내가 태어나기 전 일제강점기—한국전쟁—이승만—윤보선—박정희—전두환 시절을 경험한 할아버지에게 우리가 하는 일을 설명하기란 참 어려웠다. 그때마다 나는 "학생들 글 가르치는 일 해요"라고 말했다. 그러면 건물주 할아버지는 말하곤 했다. "아~ 좋은 일 허네~" 할아버지는 젊어서는 의사였고, 삶의 경험도 많은 분이었다. 그 할아버지가 보기에 매번 '물어야' 했다면 우리는 정말 애매했던 것이다. 그래도 어떻게 임대료를 내고 몇 년 동안 살아남기는 했었다. 세상은 뚜렷하지 않다고, 애매하다고 해서 망하게는 하지 않는 듯하다.

'애매하다'는 말은 좋게 보면 가능성이 있다는 의미도 포함한다. 아직 무언가 뚜렷하게 결정되지 않았기 때문이다. 지금 '애매한 상태'인 나는 내가 보기에는 물론이거니와 누가 보았을 때도 아주 망한 상태(?)는 아니기 때문에, 뭔가 잘될 수 있지 않을까 하는 기대감을 가져볼 수(는/도/가) 있다. 사실 20대에 나는 크게 성공한 적은 없었으나 비참할 정도로 망한 적도 없었다. 금수저도 아니고 심지어 20대 초반에 집이 파산을 했는데도 20대 내내 알바를 하지 않고도 그럭저럭 먹고는 살았다.

스무 살 때 고등학교 친구들과 송도 공사판에 막노동을 가기로 했던 날은 비가 억수로 쏟아져서 일을 못 나갔고, 생동성 알바를 하기로 했더니 술도 안 마시고 흡연도 안 하는 내가 간수치 이상이 나왔었다. 스물아홉 여름 전역하고는 (교통의경 경력을 살려) 백화점 주차장 알바를 하려 했더니 지금 일하고 있는 스타트업 팀에서 급하게 일을 맡겼다. 항상 돈이 떨어질 것 같으면 내 앞에는 어떻게든 잡기를 이용해 돈 벌 일이 생겼다. 말하자면 나는 복권에는 자주 당첨되는 럭키가이에 가깝다. 물론 3등이다.

이러한 시계열적 사실관계를 토대로 내 인생은 비명횡사로 끝나거나 망하지는 않을 것 같다는 어떤 기대감이 있다. 부족하고 모자라면 나는 또 새로 배우게 된다거나, 신기한 기회나 뜻밖의 사람을 만나게 되지 않을까. 오늘도 운수 좋은 나는 별 걱정 없이 잘 먹고 잘잔다.

어쩌면 나는 잘될지도 모른다

토게피라는 귀엽고 깜찍한 포켓몬이 있다. 귀엽기만 하고 아무짝에도 쓸모없어 보이는 이 녀석은 신기한 기술을 가지고 있는데, 바로 '손가락 흔들기'다. 토게피가 손가락을 흔들면 짐작할 수 없는 일이 일어난다. 랜덤으로 다른 포켓몬들의 기술이 나오는데, 그 기술 속성은 물일 수도 불일 수도 풀일 수도 있고 드문 확률로 대단히 강한 기술이 나올 수도 있다. 심지어는 아무 효과가 없는 그냥 잠들기일 수도 있다…

문득 나의 짧고 지난한 인생은 잠들기 전문 토게피 같은 게 아니었을까 싶다. 이도저도 아닌 '손가락 흔들기' 때마다 나는 여러 속성을 시험했다. 그때마다 나는 죽지 않을 만큼 운이 좋았고 남은 체력게이지가 있어 망하지 않았던 것 같다. 하지만 우물쭈물하다가 얼마 전 나는 서른 살이 되어버렸고 이제는 나의 길이 단지 애매한 것이 아니라고 정말 증명해내야 하는 날이 다가오고 있다. 중년의 토게피라면 귀엽지도 않을 것 아닌가.

유시민 아저씨의 마르지 않는 항산恒産의 샘,《어떻게 살 것인가》를 보면, '크라잉넛이 짱이야! 인생은 크라잉넛처럼!'류의 이야기가 많이 나온다. 그 책이 나오자마자 사서 본 나는 유시민 아저씨가 말하는 크라잉넛이 사실 전설 속 포켓몬은 아닐까 생각한 적이 있다. 말하자면 어딘가에 존재하긴 하는데 현실감은 없는 그런 존재가 아닐까 싶었다.

홍대 앞에 아는 작가님과 인디 뮤지션(스트릿건즈)인 그분의 부군께서 운영하는 '락샵'이라는 굿즈가게가 있다. 이제는 꽤나 오래전인 어떤 날 나는 학교 앞을 전전하다 캔맥주를 사 들고 작가님을 뵈러 그곳에 간 적이 있었다. 당시 락샵에는 홍대 인디 뮤지션들을 조우할 수 있는 가능성이 있었는데, 나는 정말 알 수 없는 급전개로 작가님과 그 남편인 분과 크라잉넛 아저씨(아마도 드럼 치는 분)와 가게 마당에서 맥주를 마시게 됐다. 나는 정말 궁금해서 음악을 어떻게 이렇게 오래 할 수 있었냐고 물었다. 약간 고민하다 크라잉넛 아저씨는 말했다. "그냥… 계속 했는데?"

크라잉넛 아저씨도 스트릿건즈 아저씨도 말했다. "그냥, 했다"고. 그렇다. 그들은 그냥 그들의 길을 간 것이다. 대단한 이유가 있어서라기보다는 그냥 한 것이다. 다만 그들의 '그냥'은 일관성 있는 최선의 그냥이었다. '최선의 그냥'은 그들이 가진 전문성의 다른 이유이기도 했다. 음악이라는 길에서 방망이 깎는 노인처럼 그들은 자신의 방망이를 깎았다. 아무래도 나도 해야겠다. 무언가에서 최선의 그냥.

회고해보면 나의 손가락 흔들기도 그냥이었다. 다만 이제는 진득하게 최선의 방망이를 깎아야겠지 한다. 지금 나는 말하고 쓰는 일에서 길 위에 서고 싶다. 거의 스물여덟이 다 되어서 입대했을 때

나는 할 수 있는 것이 많지 않았다. 내가 할 수 있는 가장 의미 있는 일은 그저 나를 마주하는 것이었다. 그때 나는 거의 처음으로 멈추어서 나 자신을 보았다. 그전에는 좀처럼 하지 않던 일이었다. 내면의 거울 속 나는 없던 길을 내라고 말했다. 말하고 쓰는 일에서 없던 길을 내라고.

기왕 쓰기 시작한 거 더 잘 쓰고 싶고, 더 잘 말하고 싶다. 물론 나의 말하고 쓰는 길은 남들이 말하는 번듯하고 멋진, 선망하는 일은 아닐 것만 같다.

아마 미래의 나도 매우 높은 확률로 애매할 것이다. 어쩌면 애매한 나의 손가락 흔들기 결과가 또다시 잠들기에 지나지 않을지도, 끝내 시시한 삶을 살게 될지도 모른다. 그럼에도 나는 가지 않을 수 없다. 이도저도 아니다 아무것도 아니게 될지 몰라도. 지금 나는 내 길을 가야 한다. 그냥.

아
애매하지 않기란 어렵다.
그럼에도 나는 나아갈 것이지만.

재수 없지 않기란 어렵다

재수 없음, '나는 그래도 돼'라는 자기 우위의 확인과 자기 위안

우리는 일상에서 수없이 재수 없음을 마주한다

우리말 '재수 없다'는 크게 두 가지 의미를 가진다. 하나는 좀처럼 '운수가 없다'는 의미. 다른 하나는 무엇인가에 대해 '마음에 들지 않고 기분이 나쁘다'는 의미다. 여기에서는 후자의 재수 없음에 대해 말하고자 한다. 누군가가 재수 없게 느껴질 때는 그 대상에게서 다음 세 가지 요소 중 하나 이상이 관찰된다. 인간관계에서 다음 세 가지를 하지 않기란, 느끼지 않기란 제법 어려우므로 '재수 없지 않기란 정말 어렵다' 할 수 있겠다.

1. 예의가 없다.
2. 형식적 예의를 지키기는 하는데 존중한다는 느낌이 들지 않는다.

3. 별로 궁금하지 않은데, 자꾸 뭔가를 가르치려 든다, 혹은 그러고 싶은 걸 참는 것이 느껴진다.

재수 없음에도 정도가 있다면, 미미한 재수 없음은 '회의적이고 냉소적인 말투와 눈빛'일 것이며, 심각한 재수 없음은 '꼰대'적 말과 행동으로 관찰된다. 둘 다 불쾌하기는 마찬가지인데, '꼰대'가 인격에 대해 적극적이고 파괴적인 재수 없음이라면, '회의와 냉소'는 인격을 갉아먹는 소극적 재수 없음이다. 심지어 이것은 적극적인 인격침해의 한 형태가 아니므로 이 소극적 재수 없음을 실천하는 이는 죄책감조차 느끼지 않는다. 혹은 느낄 필요가 없다. (가드 불가 기술에 가깝다 할 수 있다.)

이쯤에서 생각. 나는 왜 이 글을 쓰는가? '제대로 살기'를 위해 '좋은 관계'는 대단히 중요하기 때문이다. 그런데 '재수 없음'이 상호 간 감정을 망쳐서 관계를 망치는 주범임에도 이 문제가 제대로 조명된 적이 내가 아는 한 별로 없다. 재수 없음의 유형 중 하나인 꼰대에 대해서는 제법 논의가 있다. 우리는 조직에서 꼰대를 흔하게 만난다. 그런데 꼰대는 피하거나 "맞습니다~ 그렇죠~" 하면서 '수동적인 무시'로 대응할 수가 있다. 즉 꼰대에 대한 우리의 내성은 제법 강하다. 그러나 또 다른 재수 없음 유형인 회의와 냉소 즉, 소극적 재수 없음에 대해서는 그렇지 않다. 이 유형은 관계에서 자주 관찰하거나 경험할 수 있다. 우리는 일상에서 생각보다 자주 주변인의 냉소적이고 회의적인 시선을 '감내'해야만 한다. 그들은 나의 동료, 친구, 심지어는 가족일 수도 있다. 그들이 '좋은 말'을 가장한 조언을 수반하면, 그 재수 없음의 효과는 지속적이며 상당해진다. 나는 보다 명확히 재수 없음을 규명함으로써 잘 대응할 수 있는 지혜의 가능성을 열어보고 싶다. (물론 정답은 없는 문제고요. 뭐… 우리 같이 찾아봅시다.)

인간은 언제 왜 재수가 없게 될까?

그렇다면 어떤 인간은 언제나 누구에게나 어디에서나 보편타당하고 비차별적이고 사해동포적으로 재수 없을까? 지극히 편견에 기반한 나의 귀납적 관찰에 따르면 '아니다'. 인간은 상황과 상대를(누울 자리를) 봐가면서 재수가 없다. 참 정치적인 동물이 아닐 수 없다.

선사시대 야생의 인간 개체는 정말 약했다. 야생의 다른 동물이 그렇듯, 인간도 본능적으로 상대가 위협이 될지 판단해야만 했다. 인간은 날카로운 이빨도 발톱도 없었으므로 인간의 생존은 상호 '협력'에 기반할 수밖에 없었다. 자신을 위협할 대상뿐만 아니라 자신과 협력할 만한 대상인지를 가늠할 필요도 있었다는 말이다. 이는 상대의 '쓸모'에 대한 관점으로도 확장된다.

"나는 너보다 강하다. 너는 나보다 약하다." "당신은 나보다 강하군요. 나는 당신보다 약해요." 이것이 오늘날 지식정보 사회에서는 "나는 알고 너는 몰라" "당신은 알고 나는 모르는군요"로 바뀌었다. 자본주의 사회에서 힘의 우위는 가진 것의 유무와도 관련되기에

"나는 있고 너는 없어" "당신은 있고 나는 없군요"로도 나타난다.

인간은 본능적으로 상대적 강함과 약함을 판단한다. 인간은 상대를 대할 때 우열 요소들을 직관적으로 느끼고 자신이 어느 정도까지 예의를 차리고 존중을 해야 할지를, 즉 재수 없음의 여부 또는 정도와 빈도를 결정하는 것 같다.

비교하고 비교당하는 것은 인간사회에서 아주 필연적이고 지속적인 과정이다. 이 비교는 '내가 더 낫다' '나는 못하다'라는 판단을 지속적으로 수반한다. 무한경쟁 시대에 나의 '열등함'은 대단한 스트레스다. 반대로 '나는 너보다 낫다'는 생각은 상대적인 위안이 된다. 우리는 비교를 통해 '우월적 지위'를 확인받고 싶어 한다. 상대가 '그래도 될 만하면' 우리는 기꺼이 무시와 냉소, 회의적인 시선으로 그를 바라보기 시작한다. 심하면 꼰대적인 태도를 취한다. 재수 없음은 '당신을 함부로 여겨도 된다' '당신은 내 삶에 별 영향력이 없다'의 다른 말에 지나지 않는다.

나는 재수 없는 이에게서 '열등감'과 '나르시시즘'을 동시에 느낀다. 그런데 나르시시즘은 '자기애' 아닌가? 자기애가 왜 재수 없게 발현되나? 이 자기애는 요즘 (만병통치약급으로) 유행하는 말인 '자존감'과는 다른 것 같다. 심리학적인 정의는 모르겠지만 나는 자존감이 말 그대로 자기의 '존재함'에 대한 존중이자 일종의 '자기 복원력'이라 생각한다. 반면 자기애는 자신이 가진 조건과 배경, 능력에 대한 인정에서 비롯된다고 생각한다. 결국 재수 없음이란 자신은 경쟁에서 지지 않았다는 자기 우위의 확인이자, 자기 위안이다.

나는 재수 없는 이들이 자존감은 낮고 자기애는 강하다고 내 마음대로 판단한다. 재수 없는 이들은 누군가를 끊임없이 후려치지 않으면 안 된다. 자신은 더 나은 존재이며, 자신은 패배자가 아니라고 계속 확인받아야 한다. 스스로를 존중하지 않으니, 남을 깎아내릴 수밖에 없다. 자기를 지켜야 하니까.

재수 없음의 비용은 대단히 매우 정말 크다

재수 없음의 비용은 놀랍도록 크고 자기파괴적이다. 크게 두 가지 측면에서 그렇다. 하나는 자기 부정으로 인한 스트레스다. 누구나 자신의 내면에 저마다의 '땜빵'을 가지고 있다. 이 땜빵은 각자가 열등감을 느낄 만한 포인트다. 경제적인 어려움일 수도, 연애할 때마다 차이는 것일 수도, 외모 콤플렉스일 수도 있다. SNS가 발달하면서, 우리는 우리의 모습을 효과적으로 '있어 보이게 편집'할 수 있게 되었다. 방을 어둡게 하고 부각하고 싶은 부분에만 조명을 주면 된다. 당연히, 굳이 땜빵을 보일 필요는 없다. 문제는 적당한 편집을 넘어선 '자신이 아닌 것' 혹은 '자신이 되어야만 하는 것'을 자신인 양 믿는 자기부정이다.

재수 없는 사람들은 '내가 쟤보다 나아야' 한다. 그러자면 일상에서도 땜빵을 노출해서는 안 된다. 편집이 대단히 많이 필요해진다. 이는 필요 이상의 노력과 스트레스를 가져온다. 사실 이들에 대한 대응 또한 평소에 '나 (귀하의 생각보다는 매~우~) 잘 살고 있어요'라고 보이는 방법 정도밖에는 없다. 물론 '자기 편집'에 드는 노력이 크기에, 불필요하다 생각하면 하지 않아도 된다.

나는 스물일곱 이후 그러니까 내가 군대에 가고, 큰 집―빠른 차―좋은 직장 등의 '번듯함'과는 거리가 멀어지기 시작했을 때 이것이 나의 땜빵이 되리라는 것을 알았다. 나는 그냥 이것이 나의 땜빵임을 인정하기로 했다. 어쩌겠는가. '지금의 나'는 별로 번듯하지 않은걸. 덕분에 나는 재수 없는 분들에게 후려쳐짐을 종종 경험하고 있다. 상관없다. 그들에게 '자기보다 못한 사람'이 되는 것으로 인해 그들이 위로를 받는 것도 나름대로 의미(?) 있는 일이다. 또 그들을 관찰하는 것은 인간관계에서 제법 많은 통찰을 준다. 게다가 나 스스로는 나의 상황을 꽤나 긍정적으로 보고 있고, 그것이 퍽 근거가 없는 것도 아니기 때문이다. (애석하게도 나는 그들의 기대보다는 잘 살고 있다.)

재수 없음의 비용 두 번째는, 지금으로서는 알 수 없는 미래의 잠재적 우호관계를 상실한다는 것이다. 재수 없는 이는 남을 낮추고 자신을 높이려 하기 때문에 주변에 긍정적 에너지를 주지 못한다. 그들과의 관계는 지극히 '이익균형'이 맞을 때, '호혜적'일 때만 성립된다. 그런데 우리는 꼰대를 잠재적 인간관계에서 '믿고 거른다'. 졸업하면 끝이고, 퇴사하면 끝이다. 안 보면 끝인 것이다. 그렇다면 그보다 교묘하게 재수 없는 회의와 냉소에 대해서는? 인간은 바보가 아니다. 인간은 정서적 동물이며 거울반응하는 존재다. 당신이 말과 행동, 눈빛에 담은 감정을 상대도 느낀다. 재수 없는 이는 잠재적으로 보고 싶지 않은 사람이 된다.

재수 없는 이의 냉소는 '지금 별 볼일 없는' 이를 향한다. 그런데 인간의 가능성은 누구도 알 수 없다. 적어도 더 나은 삶을 살려는 의지를 가진 이는 어떤 운과 기회를 만나 어떻게 잘될지 알 수가 없다. 나는 '별 의미 없는 일'을 우직히 해내던 이들이 예상 밖으로 잘되는 경우를 너무나 많이 봤다. 만약 당신이 재수 없는 사람이라면? 당신이 재수 없게 군 상대가 잘되어도 당신을 보기는 할 것이다. 다만 그는 필요로 당신을 만날 것이고 당신에게 우호적이지도 선의를 보이지도 않을 것이다. 그제야 세모눈을 거둔 채 그를 볼 것인가?

재수 없음은 잠재가치를 잃게 하는 비싸고 쉬운 선택이다. 우리는 재수 없을 때마다 친절과 배려를 행하는 인간성을 잃어간다. 이것은 대단한 손실이다. 관계를 지향하는 두 축이 '쓸모'와 '매력'이라면, 재수 없음은 후자를 누수시키거나 의미 없게 만든다. 왜 그런 사람 있지 않은가. 함께 저녁을 먹고 싶지 않은 사람.

그럼에도 재수 없지 않기란 참 어렵다

재수 없음. 그것이 우열을 비교하려 하는 인간의 본능에서 비롯되기는 하지만 우리는 그 본능을 거스를 수 있다. 여기 재수 없는 이가 하는 생각과 행동, 그리고 재수 없어지려 하는 본능을 이겨내기 위한 지침이 있다.

재수 없기 위해서 당신은 다음을 따르면 된다.

1. 묻지 않아도 가르치려 한다.
2. 형식적 예의만 다하거나, 무례하게 군다.
3. '나는 알고 너는 몰라'라고 암묵적으로 생각한다.
4. '너의 능력은 별 볼일 없구나, 가진 것이 별로 없구나'라고 진심으로 믿는다.
5. 상대에 대해 앞선 판단('너의 발전은 거기까지다~')에 기초해 지금 상태가 지속될 것이라 믿는다.

재수 없지 않으려면 당신은 다음을 따르면 된다.

1. 상대의 잠재가치에 대해 주목한다.
2. 있는 그대로 보되, 좋은 점을 크게 나쁜 점은 작게 보려 한다.
3. 상대에 대해 단정적으로 판단하지 않는다.
4. 그럼에도 판단했다면, '고정적'인 것이 아닌 '변할 수 있는 가능성'으로 판단 기준을 이동시킨다.
5. 내가 생각하는 방식대로 행동하지 않는다고 그것이 '못한 것'은 아니라고 생각한다.

일상 속에서 재수 없음을 마주하며 느낀 감정의 마이너스를 기억한다. 재수 없음은 스스로에게 향하는 칼날이다. 재수 없음의 비용은 굉장히 크다. 재수 없게 행동하는 것은 관계의 축소와 제약,

나의 가치 하락 역시 허락하는 것이다.

하지만 인간이라면 누구나 쓸모에 대해 생각한다. 어쩔 수 없다. 나도 그렇다. 나 스스로에게도 묻는다. 어쩌면 나 되게 재수 없는 놈은 아닐까?

이 글은 일종의 자기 다짐이다. 내 나름의 노력이 운과 기회를 만나 성공에 닿더라도 번듯해진 나, 더 가지게 된 내가 부디 많은 이들에게 보다 친절하길 배려하길 존중하길. 그리고 많은 사람들이 보다 많은 이들에게 재수 없지 않길 바라본다. 그러나 그러기는 참 쉽지 않다.

아
재수 없지 않기란 어렵다.
오늘도 다짐한다. 재수 없음으로 향하는 충동을 이겨내기로.

번듯하기란 어렵다

객관화, 수치화, 점수화, 비교하고 비교당하기

언제부터였을까 달리고 있었다, 나도 내 옆 친구도

언젠가부터 사회가 요구하는 삶의 방식이 마치 길이 정해진 트랙 위 경주 같다는 생각을 했다. 일부 예외를 제외하고는 오직 달리기만 가능한 치열한 경쟁. 우리는 트랙을 선택한 것처럼 생각하지만, 트랙 말고 다른 길이 있다는 것을 본 적도 들은 적도 없었다. 어느 날 우리는 태어났고 눈을 떠보니 트랙 위에 놓여 있었다. 트랙 안은 창백한 스포트라이트가 비춘다. 트랙 밖은 깜깜하다. 이때 누군가 트랙을 달리기 시작한다. 어? 불안한 나도 일단 트랙을 달린다.

그러다가 트랙을 달리는 것만 길인지 의구심이 든다. 달리려고 태어난 인생일까? 트랙 밖이 궁금하다. 스포트라이트가 비추지 않는 트랙 밖은 아무것도 보이지 않는다. 앞에서 옆에서 뒤에서 다들 열심히 달리고 있기에 트랙 밖을 둘러보거나 나가버리는 것은 달리기에서 뒤처짐을 의미한다. 하지만 나는 참을 수 없었고, 견딜 수 없었다. 스물한 살 나는 트랙 밖으로 '탈주'해버렸다.

　스물한 살 친구들과 교육 분야의 창업을 했다. 트랙 밖 길을 가는 것은 꽤나 힘겨웠다. 사실 뭐 다른 길을 간다고는 하는데 내가 겨레와 민족을 위한 독립운동을 하는 것도 아니고(대단한 신념이나 확신은 없었다), 남들과 조금 다른 길을 가는 것이 쿨하고 멋진 것이 아님도 알았다. 트랙 밖으로 탈주해 길을 찾던 나는 어디로 가는지 알지 못해 헤매고 있을 따름이었다. 가끔 언론에 나오는 대단하고 멋진 사람들이 '도전하라'며 희망을 주는 말을 하곤 했지만, 알고 보니 그분들 중 태반이 이미 트랙 위에서도 꽤나 승리자였다. (실패해도 재도전이 가능한 다이아몬드 수저였다든가⋯)

관악실의 전교1등™

트랙 안에서 달리기를 잘하는 이들이 트랙 밖에서도 잘 해내는 것이 문제는 아니다. 단지 나는 주어진 길 달리기에 그다지 재능이 없는 것 같다는 생각을 했다. 고등학교 2학년 때 처음이자 마지막으로 전교 7등을 한 적이 있었다. 그 무렵 나는 공부에 대한 자신감이 제법 있었고, 학생회장에 당선당해서 기고만장했다. 내가 나온 고교에는 무려 '관악실'이라는 이름이 붙은, 전교 10등까지를 수용(?)하는 독서실이 있었다. 왜 그곳 이름이 관악실인지 말해 무엇 하겠는가. 아무튼 나는 그곳에 입성하는 쾌거를 이루었고 일단 한번 가

보기로 했다.

관악실에는 전용 정수기가 있었고(관악산에 약수터가 있듯이), 전교 10등 안 선택받은 러너들은 선생님들이 특별 관리를 해주었다. 그곳에서 나는 배치고사부터 훗날 고3 마지막 기말고사까지 1등을 놓치지 않은 '전교 1등^{TM}'이 공부하는 모습을 처음으로 가까이서 지켜보게 되었다. 몇 주간 관악실에서 오며가며 지켜본 전교 1등은 요지부동이었다. 꼭 필요할 때만 쉬었고, 나머지 시간에는 계속 책을 봤다. 이환경 작가의 고전, 드라마 〈야인시대〉를 보면 주먹황제 김두한이 딱 한 번 싸우지도 않고 싸움을 포기하는 장면이 나온다. 상대는 세계관 내 1:1 최강자 시라소니였다. 김두한처럼 나도 직감적으로 알았다. 객관화되고 수치화되어 등수가 매겨지는 이 시험공부라는 룰로는 전교 1등을! 나는! 이길 수 없다!

초인적인 노오력(밀레니얼 세대 내에서 '노력'을 자조적으로 이르는 표현)을 하면 전교 1등을 이길 수 있을지도 모른다. (물론 그동안 그 친구가 놀고 있을 리는 만무하다.) 하지만 어쩌다 한 번은 이겨도 계속 이기기란 어려울 것 같았다. 김두한도 초인적인 노력을 하면 시라소니를 이길 수 있었을지 모른다. 그런데 그는 그렇게 하지 않았다. 드라마 〈야인시대〉에서 김두한은 아버지의 원수 공산당도 때려잡아야 하고, 국회의원도 해야 하고, 미군을 상대로 희대의 4달러 협상도 해야 한다. 시라소니를 이기는 것보다 더 중요하고 잘하는 일이 많았다. (실제 김두한이 어떤 사람인지는 알 수 없고 다만 극중에서 그렇다는 것이다.)

나는 재능을 '어떤 분야에 지속적으로 몰두할 수 있는 능력'이라고 나름대로 정의한다. 회고해보면 전교 1등™은 대단한 공부 재능이 있었다. 나는 그만큼 탁월한 공부 재능이 있지는 않았다. 책을 읽는 것은 좋지만 시험을 잘 보는 데는 영 재능이 없는 것 같았다. 누군가는 이렇게 말할 것이다. 너는 그만큼 노력하지 않은 것 아니냐고. 당시 공부에 들인 노력 총량을 보면 맞다. 그 친구의 공부량과 집중력은 나의 그것에 비할 바가 아니었다. 하지만 '감'이라는 것이 있지 않은가? 전교 1등이 되기 위해 해야 할 노력을 다른 편에 쓰는 것이 내게는 더 맞을지 모른다고 느꼈다.

시간이 지나 그 친구는 정말 관악산 아래 대학을 갔고, 나는 문과에게는 6두품인 와우산 아래 학교에 갔다. 공부의 가치를 부정하는 것이 아니다. 다만 모두가 전교 1등이 될 수는 없다. 나는 나쁘지 않을 정도로 시험공부에 노력하고, 다른 방향으로 여력을 써보고 싶었다. 나도 김두한처럼 이것저것 해내며 살고 싶었다. 시라소니를 이기는 데 인생을 낭비하고 싶지 않았다.

노력하면 정말 번듯할 수 있을까?

이제야 '번듯함'에 대해 말한다. '번듯하다'의 사전적 의미는 다음과 같다.

1. 큰 물체가 비뚤어지거나 기울거나 굽지 아니하고 바르다.

2. 생김새가 훤하고 멀끔하다.

3. 형편이나 위세 따위가 버젓하고 당당하다.

첫 번째와 두 번째 의미는 '반듯하다'의 풀이와 다르지 않다. 우리가 다룰 '번듯함'은 다른 이에게 말하기에 부끄럽지 않고 기가 눌리지 않는다는 의미이니 세 번째 뜻에 해당한다. '반듯'하려면 품성이 바르고, 품행이 단정하면 된다. 꼭 예쁘거나 잘생기지 않아도 용모가 보기에 좋으면 됐다. 그러나 '번듯하려면' 돈도 좀 있어야 하고, 출신 대학도 알 만해야 하고, 직업도 그럴듯해야 하고, 차도 좀 좋은 거 타야 하고, 집도 집안도 좋아야 한다.

번듯하려면 '보유한 자산'과 '타이틀'이 있어야 한다고 생각하자. 자 이제 이 모든 것을 얻기 위해 노력하자! 그런데 노력하면 정말 가능한 걸까?

이 나라는 '사농공상'의 전통이 있는 탓인지, 공부를 잘하면 입신양명할 수 있다는 믿음이 강하다. 번듯함의 조건인 좋은 타이틀을 얻으려면 일단 공부해야 한단다. 자연히 노력은 공부에 집중된다. 노력하면 좋은 대학이라는 간판을 획득하고, 좋은 직장에 들어갈 수도 있다. 만약 결과가 그렇지 못하다면 많은 이들은 노력이 부족했다고 여긴다. 뭐, 개인적 노력이 부족해서 시험 결과가 못 나올 수도 있다. 그러나 1) 온전히 공부에만 몰두할 수 있는 환경적 요건과 2) 노력의 효과를 극대화할 좋은 백업, 3) 전교 1등™처럼 개인이 가진 공부 재능도 간과할 수 없는 요인이다.

그렇다면 당신이 좋은 대학에 가고, 좋은 직장을 얻으면 좀 번듯해질 수 있을까? 사전적 의미대로 '형편이나 위세 따위가 버젓하고 당당'하려면 (사람마다 기준은 다르겠지만) 좀 부족하다. 당신이 초인적인 노력으로 고시에 합격할 수도 있겠다. 그러나 번듯함의 본질은 비교와 상대적 우위에 있기 때문에 당신은 여전히 모자라다고 느낄 것이다.

이제 당신은 말할 것이다. "내가 원하는 번듯함은 그렇게 큰 성공이 아니야. 서울 안에 30평대 내 집이 있고, 적당히 좋은 차(제네시스 이상)를 타면 돼!" 좋은 목표다. 하지만 쉽지는 않다. '매우 좋은 직장'이 보장하는 상위 1% 급여인 1억 4,190만 원(2017년 국세청 통계 기준)으로도 서울 안에 괜찮은 30평대 집을 사려면 전혀 안 쓰고도 5년 이상 모아야 한다. 당연히 좋은 차를 살 수는 없다. 상위 10%의 급여는 약 7,000만 원이니 더 어렵다. 물론 이렇게 극단적으로 자산을 운영하는 집은 거의 없을 것이다. 대출이 좀 필요하다. (당연히 대출금은 매달 갚아야 한다.) 어쩌면 능력으로든 운으로든 주식이나 부동산 대박이 날 수도 있다. 하지만 그런 일은 쉽게 일어나지 않는다. 그런 일은 모두에게 일어나지 않는다.

번듯함의 경제적인 조건에만 집중했다고 생각하는가? 당신이 쓴 저작이나 연구 결과, 개발한 상품이 많은 사람들의 인정을 받을 수도 있고, 사랑받을 수도 있다. 모두에게 쉽게 일어나는 일은 아니지만 말이다. 그러나 다시 한 번 말하지만 번듯함의 본질은 비교와 상대적 우위에 있기 때문에 당신은 여전히 모자라다고 느낄 것이다. 그러니 번듯함에 집착하면 인생은 꽤나 괴로워진다. 번듯함의 기준에서는 언제나 더 '상위의 좋음'이 있을 수밖에 없다. 돈이 있어도 학벌이 없으면 고통일 테고, 좋은 학교 나왔어도 돈이 없으면 또 고통이다.

번듯함에만 집착하면 나를 잃기 쉽다

가끔 관악실에서 공부하던 열 명의 러너들을 생각한다. 그 친구들이 어디에서 무엇을 하고 어떻게 사는지는 잘 모른다. 다만 어딘가에서 고군분투 중일 것이라 생각해볼 따름이다. 그들 중 누군가 잘 됐으면 축하할 일이다. 하지만 특별히 금수저가 아니라면, 대개 스스로 번듯하다고 여기지는 않을 것이라고 생각한다. 통계가 말하듯, 그건 딱히 그들의 노력이 부족해서는 아닐 것이다.

번듯함에 집착하면 우열과 승패에 과몰입하기 쉽다. 때문에 나를 잃기 쉽다. 아직도 학력고사, 수능 점수가 인생의 자랑인 어른들 많지 않은가. 대학 말고 자신을 소개할 말이 없는 사람들 많지 않은가. 어떻게 지내느냐는 말에 '차'로 대답했다는 광고 카피가 있지 않았는가. 그런 사람은 되고 싶지 않다.

스스로 이룩한 성취를 존중하는 것은 중요하다. 만약 내가 책을 내서 대중에게 사랑을 받는다면 나는 진정 기쁠 것이다. 좋은 집을 사면 그것도 자랑스러울 것이다. 그런데 이것은 남과의 비교에서 오는 번듯함에 집중해서가 아니라 그냥 내가 이룬 성취가 자랑스

럽기 때문일 것이다. 나를 구성하는 요소에는 객관적 비교 가능 지표인 이른바 스펙도 있다. 하지만 비교기준에 따른 상대적 우위, 즉 번듯함에만 몰입하면 나는 나의 나머지 면에 집중하지 못한다. 나의 개성, 나의 취향, 나의 호오, 내가 사랑하는 가족, 우리 집 강아지, 내가 즐겨 듣는 음악, 내가 좋아하는 일기쓰기, 삶의 낭만과 향기, 친절과 배려를 지키는 일에 집중하지 못하게 된다. 그러니 정말 진심을 다해 노력했는데도 원하던 것을 가지지 못했다면, 그런대로 자신의 삶을 존중할 필요가 있다

번듯함이 결국 누군가와의 비교에서 오는 것이라면, 성취한 결과의 비교에서 오는 것이라면, 나는 번듯하지 않겠다. 그냥 내가 해 온 별 볼일 없는 나의 방황과 성취를 존중하겠다. 만약 우리가 진정 우리의 삶에서 최선의 노력을 다했고, 먹고살기 위해 하는 항산 활동이 우리와 소중한 이의 삶을 그런대로 책임지고 있다면, 우리는 진정 스스로를 존중하고 존경해도 된다. 번듯하기만 한 '야차'는 세상에 차고 넘친다. 당신이 그보다 사람다운 사람이다.

번듯하지 않아도 반듯한 내가 좋다

많은 힐링 서적이 아무것도 하지 않아도 당신은 이미 괜찮은 사람이라고 말한다. 그러나 당장의 항산이 힘겨운데 스스로가 그렇게 느끼기는 어렵다. 어제와 오늘이 달라진 것이 없는데, 스스로가 괜찮은 사람이라는 믿음을 정말 가질 수 있을까? 스스로를 존중해야

한다지만, 정말 아무것도 하지 않는 자신을 존중하고 존경하기란 어렵다. 그런 의미에서 스스로 더 나은 사람이 되고, 더 나은 삶으로 바꾸어가려는 노력은 중요하다. 나는 여전히 늦잠을 자고 헐렁한 인간이지만, 더 나은 사람이 되려는 의지를 잃지 않으려 한다. 그러다가 내 노력이 운을 만나 잘되면 좋아하고 아니면 좀 아쉬워하다가 또 뭔가를 할 것이다. 물론 성공을 당하면 엄청 좋아할 것이다.

나는 운이 좋음에 감사한다. 몸져누울 만큼 아프지 않은 것에, 사랑한다 잘 말하지 못하지만 나를 사랑하는 부모에게서 태어난 것에 감사한다. 공부를 잘하지 않아도 잘 자라준 동생에게, 없으면 없는 대로 결혼하고 꿈을 꾸는 형에게, 12년째 함께 살아가는 강아지 문돌이가 존재함에 감사한다. 궁핍하지 않고, 그럭저럭 먹고살 만큼 능력과 운이 있는 나에게 감사한다. 한편으로는 그런 운이 없는 이를 번듯하지 못하다고 책망해서는 안 된다고 생각한다. 정말 기회가 없어 뜻을 이루지 못하는 이도 분명히 있다. 이들을 위해 국가나 사회제도의 역할이 있을 것이고 나 개인의 역할도 분명 있을 것이다.

오늘의 나는 좋은 차도 집도 없지만 그럭저럭 맛있는 것을 먹을 수 있다. 좋은 음악을 듣고 산다. 그냥 별 이유 없이 글도 쓰고 잘 못 쳐도 기타도 치고 노래도 하고 살고 있다. 그러면서도 내일은 오늘보다 좀 더 낫지 않을까 기대하며 살고 있다. 뭐 하나 제대로 된 거 없지만, 뭐라도 꿈꿔볼 수 있는 상황에 놓인 나의 인생이 나쁘지 않은 것 같다. 행복하냐는 질문에 "불행하지 않아요"라고 자신 있게 말할 수 있게 산다.

보다 많은 이들이 비교의 우열에 따른 번듯함에 집착하지 않았으면 한다. 남들보다 번듯하지 못할지라도 나 스스로 반듯하면 될 일이다. 괜찮은 사람이 되어가면 될 일이다. 어제보다 나은 오늘 하루를 살아가고, 그러면서 점점 더 나아가는 스스로를 마주했으면 좋겠다. 그것이 더 행복에 가까운 삶인 것 같다.

달리려고만 태어난 삶은 아니잖아

창백한 스포트라이트가 비추는 경주 트랙 위에서 오늘도 우리는 달리고 있다. 내 앞도 옆도 뒤도 열심히 달리고 있다. 번듯하지 못하다는 이유로 나는 작아지고, 노력하면 번듯해질 수 있는 것인지 불안하고 걱정하고 염려하기도 한다. 달리면서도 끊임없이 후려침을 당하거나, 우월감을 느끼게 되곤 한다.

하지만 우리는 고통 받기 위해 태어나지 않았다. 오지 않을지 모를 번듯함 때문에 오늘의 행복을 포기하고, 과정에서 고통 받을 이유는 없다. 그저 잠시 트랙 한편에 멈추어 서서 트랙 밖을 바라볼 따름이다. 멈춰보니 트랙 밖에 핀 꽃이 보인다. 오늘의 작은 즐거움이 보인다. 달리기 말고 다른 것을 잘하는 내가 보인다. 문득 번듯하기보다 유일하고 싶어졌다. 나는 달리기가 아닌 롤로, 트랙 밖에서 내 길을 내보기로 했다. 트랙을 보니 저 멀리 무섭게 치고 달려가는 전교 1등이 백 명쯤 보인다. 다들 참 열심이구나.

아

번듯하기란 어렵다.

하지만 번듯함에 집착해 삶의 풍경들을 놓치지는 않을 것이다.

죽기란 어렵다

굳이 죽어야 할 이유를 찾기 어렵지만,
애써 살아야 할 이유는?

나는 태어나기를 선택한 적이 없다

언젠가 딱히 죽고 싶지는 않지만, 열심히 뭔가를 해내며 사는 것이
귀찮다고 생각한 적이 있다. 꼭 무엇이 되어야 할까? 그냥 살다 보
면 뭐든 어떻게든 되지 않을까? 이런 안일한 생각을 이어가다 문득
생각해보니 나는 부모를, 국적을, 경제적·사회적 환경을, 인종을,
키와 생김새를, 어쩌면 성격조차 선택한 적이 없었다. 무엇보다도
'태어나기를 나는 선택한 적이 없었다'.

어느 날 나는 세상에 태어났다. 왜 태어났는지 그 이유는 잘 모르
겠다. 아무튼 태어났기에 나는 살아 있다. 치명적 사고를 당하거나
죽을병에 걸리거나 살인자를 만나지 않는다면, 나는 꽤 오랜 시간
생존하게 될 것이다. 나는 언젠가 죽겠지만 어쨌거나 기대수명을
전후로 몇십 년은 살 것이다. 아마 앞으로 50년은 더 살 것으로 '기

대된다'. (여기에서 '산다'는 것은 생물학적 생존이다. "그는 떠났으나 그의 예술은 영원히 살아 있습니다…" 이런 말이 아니라, 숨이 붙어 있고 생명활동을 지속한다는 의미다.) 그런데 우리는 태어남을 선택한 적이 없지만, 죽음은 스스로 선택할 수도 있지 않을까?

당연히 우리는 '죽음을 선택할 수 있다'. 우리는 스스로의 의지로 생물학적 생존을 멈출 수 있다. 그것이 쉽지는 않겠지만. 나는 태어난 이유는 모르겠지만 딱히 죽고 싶지는 않기 때문에, 또 죽음은 두렵기 때문에 죽음을 선택하거나 시도하지는 않을 것 같다. 현재로서는 그렇다. 그리고 아마 앞으로도 그럴 것 같다.

그래도 굳이 죽지 않아야 하는 이유는 알고 싶다. 살아 있음과 삶은 무엇이 어떻게 다른지도. 또 생존을 포기한다는 것, 그러니까 죽음을 선택한다는 것이 무엇인지도.

생명이 있는 유기체는 스스로 죽기 어렵다

죽으려면 살아 있어야 한다. 죽은 것이 죽을 수는 없다. 우리는 생명이 있는 유기체다.

유기체의 본능은 생존인 것 같다. 호랑이에게 너는 왜 사니, 하고 물어보면 호랑이는 대답 없이 사냥하고 자고 일어나고 다시 사냥할 것이다.(물론 나도 유기체이고 죽고 싶지 않기 때문에 정말 물어보지는 않을 것이다.) 같은 질문을 아메바에게 해도 대답을 들을 수는 없겠고, 아메바는 적절히 조건이 맞으면 분열을 해서 개체수를 늘릴 것이다. 유기체는 저마다 생존을 위해 신진대사를 하고, 아메바처럼 세포분열을 하든 새처럼 알을 낳든 어떻게든 자손을 남긴다. 살고자 하는 것은 유기체의 본능이기 때문에, 유기체는 자신의 본능에 반해서 죽음을 선택하기가 어렵다. 유기체는 살아 있기 때문에 살아 있다. 그 이유는 모른다. 어쩌면 신이 살아 있는 존재를 창조했을 수도 있다. 그럼 왜 창조했나? 우리는 알 수 없다. 단지 살아갈 따름이다.

아마도 대부분 종교에서는 자살해서는 안 된다고 말할 것이다. 특히 유일신 세계관에서 자살은 신이나 자연의 섭리를 저버리는 일이며, 기본적으로 '나쁜 일'이다. 비록 독실하지는 않지만 내게는 프란치스코라는 가톨릭 세례명이 있다. 당연히 가톨릭에서도 자살하지 말라 말한다. 그것은 '하느님'을 거스르는 일이라고 한다. 생명은 하느님이 주신 것이니, 우리는 생명을 소중히 하고 스스로 죽어서는 안 된다고 한다. 종교적 가르침에 따르면 나는 스스로 죽어서는 안 된다. 사회가 자살을 금기시하는 것은 말할 것도 없다.

이미 이 정도 이유만으로도 스스로 죽음을 선택하기가 쉬운 일이 아님은 알 수 있다. 유기체로서의 본능을 거스르기도 어렵고, 종교적 신념이나 통념상으로도 쉽지 않다. 음. 역시 나는 굳이 죽지는 말아야겠다.

뜬금없이 죽음에 대해 생각해보는 이유

삶은 어떤 의미에서는 너무나 강한 저주다. 선택한 적도 없는 선택 지가 강요되고, 살아가는 과정은 퍽 유쾌하지 않을 수 있기 때문이 다. 나의 심장은 나의 의지와 무관하게 뛴다.

그런데 죽음에 대한 질문이나 언급조차 멀리해야 한다는 통념에 대해 나는 의문이 있다. 많은 이들이 잘 살고 싶어 한다. 잘 사는 것 의 의미는 사람마다 다를 테고, 고민조차 해보지 않은 사람도 있을 것이다. 확실한 것은 '잘 산다는 것'은 '살아 있음'을 전제한다는 것 이다. 살아 있다는 것은 그 소멸인 죽음과 밀접한 관련이 있다. 때 문에 잘 산다는 것 역시 죽음과 어떤 의미로든 관련성이 있다. 그런 데 이러한 생각은 "재수 없는 소리 하지 마" 혹은 "당신의 오늘은 어 제 떠난 이가 절실히 바라던 내일이었습니다"류 대답으로 원천 봉 쇄가 되어버린다. 뭐, '삶을 낭비하지 마세요' 관점에서는 옳은 말이 다. 그래서 싫어하지는 않는다. 다만 죽음에 대해 생각하는 것 자체 를 막을 목적으로 질문을 막고 긍정적인 사고만을 강요한다면 상당 히 곤란해진다.(힐링과 위로 담론도 이와 비슷하다. 삶의 고통을 자꾸 회 피하게 한다.)

'죽음에 대한 생각'과 '죽고 싶다는 생각'은 같지 않다. 죽음의 의 미를 알려면 살아 있음의 의미를 알아야 하는 것처럼, 살아 있음의 의미를 알려면 죽음에 대해서도 고민해봐야 한다. 그래서 고민하고 있다. 기왕 의지와 무관하게 태어나고 살아 있는 거, 살아지는 것이 아니라 잘 살아가고 싶으니까. 결단코 죽음에 대한 고민은 삶에 대한 회의주의가 아니다. 삶을 직면하는 용기 있는 첫걸음이다.

살아가는 이유, 죽지 않을 이유

유기체 중 인간만은 유일하게 살아가는 이유를 찾고 계속 물어보려 한다. 어쩌면 이유가 없거나 알 수 없는데 애써 고민하는 것도 같다. 다만 살아 있다는 것은 확실하고, 신념이나 믿음과 무관하게 고통만큼은 현실이다. 이때 우리는 스스로에게 묻는다. '삶은 이렇게나 괴로운데 왜 살아가야 하는가?' 극한의 고통은 살지 않을 충분한 이유가 된다. 차라리 죽는 게 낫다고 생각하게 된다.

2차대전 당시 나치의 수용소에는 유대인, 외국인 포로, 동성애자, 장애인 등이 수용되었다. 그들 중 상당수는 학대와 강제노역에 시달리다 죽음을 맞이했다. 그들 중 '무젤만'이 있었다. 무젤만은 '무슬림'을 뜻하는 옛 독일어지만, 수용소 안에서 무젤만은 무슬림을 가리키는 말이 아니었다. 무젤만은 수용소 사람들 중 살아 있으나 살아 있기를 포기한 사람들을 의미했다. 기록을 보면 그들은 멍한 좀비 같은 상태였다고 한다. 눈빛은 초점이 없었고, 멍하게 서 있거나 비틀대는 것이 그들이 하는 유일한 행동이었다. 그들은 영혼을 잃었다. 살아 있을 의지가 없기에 두려움도 없었다. 자아가 없는 무젤만은 살아 있으나 살아 있는 것이 아니었다. 그렇다고 죽은 것도 아니었다. 그들의 살아 있음은 죽어가는 과정이었다. 그들은 살아서 수용소를 나갈 수 없었다.

반면 수용소의 열악한 환경에서도 씻기를 포기하지 않은 사람들은 끝내 살아남았다. 그들이 씻어봐야 얼마나 씻었겠는가. 씻어야 한다는 의지와 그 보잘것없어 보이는 행동이 있었기에 그들은 지옥에서도 살아남은 것이다. 인간다움이 무엇인지는 모르겠으나, 씻고 먹고 작은 무언가라도 갈망하는 것이 인간의 삶이 아닌가 한다. 의지를 잃은 인간은 자아를 잃고, 무젤만이 되어간다.

나는 왜 굳이 죽지 않는가에 대해, 죽지 않을 이유는 무엇인가에 대해 생각해보았다.

1. 나는 이루고 싶은 꿈이 있다.
2. 내 삶에는 자아를 상실할 만큼 극심한 고통은 없었다.
3. 무엇보다도 내 삶이 온전히 내 것이 아니라는 생각을 했다.

반대로 이루어내고 싶은 무언가가 없고, 자아를 상실할 만큼 강한 고통이 있고, 나의 삶이 끊어졌을 때 상처 입을 이가 없다면 나는 진정 스스로 죽을 수도 있다고 생각한다. 내가 죽지 않는 것은 '죽지 말아야 하기 때문에 죽지 마세요'라는 규범 때문이 아니라, 이 세 가지 이유 때문이다.

무엇보다도 만약 내가 스스로 죽어버리면 나의 부모는 고통 받을 것이다. 나의 형제는 실의에 빠질 것이다. 내게 소중한 사람들은 나를 갑작스럽게 잃고 어떤 형태로든 고통을 받을 것이고, 그들의 삶은 상처 입는다. 나는 어떠한 경우에도 내가 타인의 삶을 파괴할 권리는 없다고 생각한다. 그런 이유로 나의 삶은 온전히 나만의 것이 아니다. 나의 삶은 다른 삶에 대해서도 책임을 지고 있다.

자아가 존재하는 한 나는 결단코 자살하지 않겠다. 다만 내가 의지를 상실할 정도의 큰 병이 들어 살아 있는 삶이 아니라, 살아지는 연명을 할 뿐이라면, '존엄사'를 부탁하겠다. 나의 뇌가 죽고, 나의 의지가 기거할 생물학적 기관이 소생할 가능성이 없다면, 나는 이미 죽은 것과 같다. 나는 자아 없는 무젤만이 되느니 존엄한 인간으로 존엄하게 죽을 것이고, 내게 소중한 이들도 나의 사라짐에 앞서 마음과 시간의 준비를 할 수 있길 바란다. 오늘도 의지와 무관하게 심장은 뛰기에 우리는 살아짐을 당한다. 죽고 싶지는 않은데 앞으로 살아가야 할 긴 시간이 막막할 때가 있다. 산을 하나 넘었다고 생각했는데 눈앞에 넘은 산보다 높은 산이 백 개쯤 있는 듯한 느낌이 들 때가 있다.

나의 살아감은 보잘것없을지 모른다. 의지와 무관하게 비명횡사할지도 모른다. 그럼에도 주어진 대로 그저 살아지기보다는 나의 의지로 무언가를 해내는 살아감을 선택하겠다. 나는 굳이 죽지 않을 것이다.

아
죽기란 어렵다.
이유를 더할 수 있는 삶이 있는 까닭에.

2장

일상 속
습관과 사고

잠을 이기기란 어렵다

적당히, 제때, 깊게 자기 어려운 잠.
매일 아침이 너무 두려워!

인간은 살기 위해 잠을 자야 한다

포유류, 조류, 파충류, 양서류, 어류 대부분은 잠을 잔다. 일부 종에
예외가 있다고는 하는데 지극히 일부라고 한다. 척추동물은 사실상
전부 잠을 잔다고 봐도 무방한 것 같다. 당연히 인간도 잠을 잔다.
잠은 무엇인가. 국어사전은 "눈이 감긴 채 의식 활동이 쉬는 상태"
라 정의한다. 일반적인 인간의 잠은 눈을 감고 인지 및 사고를 하
는 의식이 쉬는 상태니까 인간에게는 제법 과학적인 정의 같다. 물
론 기린처럼 서서 자는 동물도 있고, 돌고래처럼 헤엄치며 자는 동
물도 있다. 뇌가 반씩 번갈아가며 잠을 자는 것이라고 한다. 그런데
인간은 기린이나 돌고래 같은 훌륭한 수면 기술을 가지지는 못해
서 잘 때는 보통 누워 있다. 깨어 있을 때도 누워서는 일이나 공부
같은 생산적인 활동을 하기가 쉽지 않은데, 인간의 잠은 기린, 돌고

래와 달라서 그냥 자는 것 외에 다른 신체 활동을 같이 수행할 수 없다. 몽유병으로 인한 이상행동들은 생산적인 활동은 아니기 때문에, 인간은 수면 중에는 생산적이지 않은 것처럼 보인다.

하루 8시간을 잔다면 잠은 하루 일과의 3분의 1을 차지한다. 이를 아주 단순히 계산하면 인생의 33%는 잠이다. (물론 유아기, 유년기, 청소년기, 성인기에 각각 권장 수면시간이 다르다.) 아무것도 할 수 없는 비생산적인 시간이 이렇게나 길다니 정말이지 인간 존재는 생산성과는 거리가 멀다.

인생은 한정되어 있고, 젊음은 특히나 짧다. (낭비)하고 싶은 것이 너무 많아서 잠을 자지 않을 수 있다면 좋겠다는 생각을 하기도 한다. 혹은 어떤 웹툰에서처럼 여유 있을 때 잠을 저축해두었다가 필요할 때 꺼내 쓰고 싶다는 생각도 든다. 현실에서는 모두 불가능하다. 잠은 돈이 아니라서 많이 잔다고 해서 쌓이지도 않는다. 일정한 시간 이상 자봐야 머리, 허리만 아프다. 잠 안 자기 기네스 기록은 1964년 공인된 11일이 마지막 기록인데, 잠 안 자기는 너무 위험해서 기네스 협회는 해당 기록의 경신을 인정하지 않는다. 자야 하는 유기체가 잠을 못 자면 죽는다. 쥐를 대상으로 한 실험에서도 못 자는 것은 물을 못 마시거나 음식을 못 먹는 것만큼이나 치명적이었다.

잠이 무슨 기능을 하느냐에 대해서는 휴식·회복·에너지 절약 등 여러 견해가 있지만, 나는 일종의 '복구 및 정리 작용'을 한다는 견해를 가장 좋아한다. 닦고 기름칠하고 조이는 유지보수의 느낌이랄까. 이렇게 보면 잠은 왠지 생산적이라는 생각이 든다. 24시간 돌아가는 것처럼 보이는 기계도 일정한 유지보수 시간을 필요로 한다. 하다못해 온라인 게임에서도 서버 점검 시간은 (우리가 싫어하지만) 반드시 필요하다. 기계뿐만 아니라 우리 몸의 기관들도 언제나 '풀가동'될 수는 없다. 특히 뇌는 휴식을 절실히 필요로 한다. 이 견해에 따르면 잠자는 동안 뇌는 깨어 있는 동안 받아들인 정보를 처리하고 분류하고 불필요한 것을 버리는 것 같단다. 마치 운영시간이 아닐 때 선로를 점검하고 수리하는 지하철 같다. 이를 낭비라거나 비생산적이라고 말할 수는 없을 것이다. (물론 게임 유저들은 공지를 미리 했어도 서버 점검으로 게임이 끊기면 욕을 한다. 저는 뭐 욕까지는 안 하고요.)

나는 잠을 줄일 수 없다!

"아침에 눈을 뜨면 지난밤이 궁금해~ 오늘은 어떤 사건이 날 부를까~"는 〈명탐정 코난〉에나 있는 설렘이고, 나는 어린 시절부터 아침에 일어나기가 매우 싫었다. 일찍 일어나는 새가 벌레를 잡는다지만 일찍 일어나면 정말 피곤하다. 이른 아침에 일어나면 분명 기분이 좋긴 한데 그것도 어쩌다 한두 번이지 늘 일찍 일어나야 하는 것은 너무나 큰 고역이었다.

그나마 다행은 내가 다닌 유치원—초등학교—중학교가 집에서 10분 이내 거리였다는 것이다. 특히나 초등학교와 중학교는 서로 담장 하나를 사이에 둔 옆 건물이었다. 물론 집이 가깝다고 학교를 일찍 가는 기적은 일어나지 않았다. 나는 보통 종 치는 시간을 5분 정도 남기고 교실에 도착했다. 그런 내가 등교하는 데 시간이 40분~1시간 정도 걸리는 신설 고교로 배정받은 것은 재앙이었다. 내가 고등학교에 입학하던 즈음 0교시는 없어졌지만, 기본적으로 고등학교는 등교 시간이 최소 30분은 더 빨랐다. 나는 매일 여섯시에 일어나는 힘겨운 일정을 시작했다. 일찍 일어나는 것까지는 그럭저럭 괜찮은데, 가는 과정이 너무 고됐다. 학교가 끝나고 학원을 다녀오면 자정이 다 되어서야 집에 왔다. 잠깐 게임 한판을 하거나 딴짓을 하다 보면 시간이 훌쩍 가서 실질적으로는 누워서 자는 시간이 5시간쯤 됐던 것 같다. 바로 자면 좋겠지만 이상하게 그건 또 싫었다. (대부분이 공감할 것이다. 하루 중 잠깐이라도 스스로를 위한 시간이 있었으면 하는 그 마음.)

그 삶은 정말 지옥이었다. 지금은 잠을 비교적 자유롭게 잘 수 있어서 나는 고교 시절로 절대 돌아가고 싶지 않다. 실제로 잠을 충분히 잔 스무 살 이후 대학 수업 시간에는 잔 적이 한 번도 없었다.

한국에는 이상한 믿음이 있다. 아침에 일찍 일어나라. 잠을 줄여라. 개인적으로 전자에는 제법 동의할 수 있으나 후자에는 동의할 수 없다. 나는 늦게 자고 늦게 일어나는 것이 편하다. 잠에 드는 시간은 필요에 따라 바꿀 수 있지만 잠을 자는 총 시간은 그렇지 않다. 나는 수면 총량 7~8시간이 꼭 지켜져야 하는 사람이다. 하다못해 군대에서도 그랬다. 근무나 여타 사정으로 조금이라도 덜 자면 반드시 부족한 만큼 잠을 채워줘야 했다. 부족한 수면이 누적되면 일상을 견디기가 정말 지옥 같았다. 고교 3년, 창업 6년, 군대 2년 정도의 실험이면 충분한 것 아닐까? 이제 나는 확실히 알겠다. 나는 잠을 줄일 수 없다!!!

잠에 관한 어려움은 정말 당신 탓일까?

보통 잠으로 어려움을 겪는 사람들은 대체로 다음 세 가지 문제 중 한 가지 이상을 경험한다.

1. 수면의 절대량이 모자라다.
2. 잠의 규칙성이 무너져 있다(잠에 드는 시간이 자주 바뀐다).
3. 깊게 잠들지 못한다(소리, 빛 변화 등 작은 자극에도 금방 깬다).

고교 시절 나는 1번에서 어려움을 겪었다. 건설회사 회장 출신 어떤 전직 대통령은 하루 4시간 자고도 평생을 잘 살아왔다는데 나는 그렇게 살았다간 하루 종일 골골댈 것이 뻔하다. 2번은 제법 괜찮다. 나는 일관적으로 늦게 자고 늦게 일어난다. 다만 잠에 드는 시간이 좀 더 빠르면 좋겠다는 생각은 한다. 늦게 자는 게 습관이 된 탓이다. 3번은 나와는 거리가 멀다. 일, 관계, 자아실현에 대한 불안함이 클 때는 잠에 잘 들지 못하고 쉽게 깬 적이 있었다. 하지만 나의 삶은 복원력이 강해서 이내 잘 자는 나로 돌아오곤 했다.

이처럼 내가 자는 시간의 총량, 잠드는 시간, 잠의 질은 대체로 균일하다. 왜 그런가 하면 나는 그래도 괜찮은 일을 하기 때문이다.

나는 일반적인 직장인처럼 출퇴근이 정기적이지 않아서, 프리랜서처럼 산다. 그래도 가끔 많은 업무량이나 어떤 필요에 따라 잠을 줄여야 할 때가 있긴 하다. 그때 몸 상태는 마치 결전을 위한 '비상 전력'이 가동되는 느낌이다. 일시적으로 정신이 각성되고 왠지 집중이 더 잘되는 느낌마저 든다. 그러다 너무 피곤하면 잠시 엎드려서 잔다. 배터리가 7% 남은 상태에서 잠시 충전하는 것처럼 '급속 충전'을 한다. 얼마나 잤는지 체감이 안 된다. 깨어서 얼마나 잤느냐고 물어보면 30분쯤 잤단다. (이상하다. 10초 같은데…) 곧 다시 깨어 일을 한다. 마감에 맞춰 결과물을 낸다. 일을 마치고 씻는다. 눕는다. 정신이 아득하게 꺼져간다. '스르르'가 아니다. 배터리가 다한 로봇이 꺼지듯 '킈이이으으우우…뚜…'랄까. 잠에 든 시점을 알 수 없는 갑작스러운 '전원 정지'다.

하지만 대체로 나의 업무 총량과 일정 설계는 내 권한이다. 그런 이유로 나는 나의 피곤함을 적당히 설계할 수 있다. '언제 자고 언제 일어날지, 얼마나 잘지'를 너무 피로하지 않게끔 설계한다는 말이다. 때문에 내가 만약 잠으로 인해 일상적 어려움을 겪는다면 그것은 내 책임일 가능성이 크다.

문제는 이 권한이 개인에게 있지 못할 때다. 현대인의 일상은 일을 기준으로 편성된다. 일하는 시간이 배치되고, 기초 생존활동을 위한 시간이 놓이고, 마지막에 여가가 끼어드는 구조랄까. 일이 개인에게 주는 영향은 지대하다. 조직에 속해 일을 하는 개인은 당연히 일상 설계에서 조직을 우선시하게 마련이다. 단적으로 경찰, 군인, 소방관, 승무원, 제조업 노동자 등 일정이 불규칙한 교대 근무자나 야근이 잦은 직장인들이 수면에 어려움을 겪고 있다. 잠으로 고생하는 그들에게 "잠의 어려움은 '자기 관리'로 극복하세요!"라고만 말할 수 있을까?

가장 잠 못 자고 일은 많이 하는 한국 사람들

일반적 영리 조직(이를테면 회사)에 적용되는 경영학의 관심은 어떻게 불확실성을 줄이고 최소 자원으로 불확실성에 대응할 수 있느냐는 것이다. 때문에 '딱 최소한만 고용'을 유지하고 그 고용 규모로 업무량 변동의 불확실성을 감당하려고 한다. 고정비용 관리 차원에서 이는 꽤나 상식적인 결정으로 보인다. 나는 이 자체가 '악'이라고 생각하지는 않는다. 보상만 확실하다면, 감당 가능한 수준의 추가 업무는 개인에게도 그럭저럭 반길 일이다. (다만 충분한 휴식 시간을 줘야 한다.)

문제는 조직의 업무량 변동폭을 예측해 효율적으로 대응하지 못하고 그 비용을 개인의 '상시적 무리'로 해결하는 것이다. 비용과 과부하는 회장님 몫이 아니다. 온전히 조직 구성원 개인에게 전가된다. 일단 집에 못 가게 잡아놓고, 업무가 생기면 할당하는 방식이랄까. 일하는 시간이 지나치게 많으니 시간당 몰입은 감소하고 노동 생산의 효율은 낮아진다. 열심히 해봐야 집에 못 가는데 빨리 해서 뭐 하겠는가.

이견이 있을 수 있다. 어디라고 안 그러느냐! 하는 식으로. 하지만 한국은 해도 너무한다. 세계 주요 국가들이 포함된 OECD 회원국 중 한국 사람들은 두 번째로 많이 일한다.(2018년 연간 1,993시간으로 2위. 1위는 멕시코.) 게다가 출퇴근에 가장 많은 시간을 보낸다.(2016년 58분) 그리고 가장 적게 잔다.(2016년 7시간 41분) 조직에 속한 개인은 조직이 정하는 업무 기준을 거부하기 어렵다. 승진과 고과에서 심각한 불이익을 받는다. 덤으로 '눈치'도 봐야 한다.

한국인은 너무 많이 일하고 길에서 가장 많은 시간을 버리고 무엇보다도 가장 적게 잔다. 스스로를 위한 시간은 길어야 하루에 2.6시간이다. 만약 매주 52시간을 일한다면 주 5일 기준 하루 10.4시간을 일한다.(야근이 생기면 추가 시간은 덤이다.) 하루 중 직장에 오가는 데 쓰는 시간을 자비롭게 총 1시간으로 잡자.(인천에 사는 나는 최소 2시간이다.) 점심·저녁 시간은 업무시간이 아니므로 2시간 빼주자. 당신의 하루는 10.6시간이 남는다. 잠을 7시간 잔다 치면 3.6시간이 남는다. '뭐야 생각보다 많이 남네?'라고 생각하겠지만, 각 일과 전에는 '준비시간'이 반드시 필요하다. 일어나자마자 지하철을 타러 나갈 수는 없다. 1시간 더 빼자. 2.6시간이 남는다. 평균적으로 가정하면 이 정도 시간밖에는 안 남는다는 것이다.(극단적인 경우, 세계적 반도체기업에서 일하는 내 친구는 주 60시간을 일하는데 주중에는 집에서 정말 잠만 자고 회사로 '기어나간다'.) 그러나 인간은 기계가 아니기 때문에 실제로는 더 비효율이 있다. 하루 중 온전히 자신만을 위해 쓰는 시간은 더 적다. 그래서 조금이라도 '나를 위해 쓰고 싶어' 쉽게 잠들지 못한다. 자기 전 스마트폰을 보는 당신의 마음도 이와 같지 않을까? 이러한 보상심리는 '밤새 노는 문화'로도 이어져 불금·불토는 한국을 찾는 외국인들에게 "오우~ 한국 밤에도 너무나 즐거워요!"라는 강렬한 인상을 남기고 있다.

잠 이야기하다가 왜 고상한 지표를 말하느냐고? 이 글을 읽을 당신도 한국에서 살고 일을 하고 있을 가능성이 높기 때문이다. 그런 당신이 혹시라도 잠이 모자라서, 잠드는 때가 불규칙해서, 잠에 깊게 못 드는 상황에서 자기 탓만 하지 않기를 바라기 때문이다. 당신의 수면 문제는 온전히 당신 탓이 아니다. 우리는 알고 있다, 잠을 자는 시간과 잠에 드는 시간이 나의 선택이 아닐 때, 잠으로 인한 고통은 배가 된다는 것을.

한국은 어느덧 국민소득 3만 달러에 인구 5천만 명 이상인 나라가 됐다. 이 조건을 충족하는 나라는 전 세계에 7개 국가밖에 없다. 많은 한국인들의 기대(?)와는 다르게 이제 한국은 주요 지표상으로 '선진국'이다. 한국이 추격할 나라가 별로 없다. 고로 스스로의 길을 가야 한다. 한편 밀레니얼 세대들은 이제 양보하고 싶지 않다. 워라밸(워크 앤 라이프 밸런스, 즉 일과 생활의 균형) 중시 풍조와 퇴사 열풍(?)이 괜한 일이 아니다. 앞으로 개인은 잠을 더 이상 양보하지 않고 여가시간을 희생하지 않을 것이다. 더 나은 삶을 살기 위해서. 그러니까 결론은 잠은 국가적 문제라는 것이다.

그럼에도 더 잘 자기 위해 기억해두어야 할 것

이겨내야 할 것은 잠보다 잠을 못 자게 만드는 사회가 아닐까도 싶지만, 사회가 어떻든 개인은 뭐라도 해야 한다. 어려운 상황임에도 더 나은 수면을 위해 우리가 할 수 있는 노력도 분명 있을 것이다. 잠으로 유독 고생을 많이 했던 나에게 가장 중요한 것은 '규칙성' 회복이었다. 잘 자기 위해 좋은 항상성을 지키고 나쁜 것은 가능한 멀리하려 했다. 누군가는 사회적·환경적 요인으로 해내기 어려울 것이다. 그러나 문제를 정확히 아는 것만으로도 달라질 가능성이 작게나마 열린다.

다음은 내 삶의 일정한 규칙성이 잡힌 이래 지금까지 지키려 노력하는 것들이다.

1. 일과 일상을 분리하려 노력한다.

단적으로는 자꾸 일이 내 일상에 들어올 때 의식적으로 '꺼놓는 시간'을 꼭 지키려 한다. 군대에서 행정을 할 때도, 나는 업무상 긴급하지 않다면 일과 중 내 침상에 오지 말 것을 공개적으로 부탁했다. 부탁의 전제는 업무를 할 때만큼은 내가 빠르고 정확하게 필요한 일을 처리한다는 것이었다. (물론 비상 상황에는 할 수 없다.)

프리랜서들은 일과 일상의 분리가 특히 어렵다. '의식적'으로 시간을 내지 않으면 일은 계속해서 당신의 일상에 침투한다. 이때 간헐적 '파업 타임'은 참 좋다. 이 시간에는 정말정말 급하지 않으면 일하지 않으려 한다. 나는 이때 기타를 치거나 책을 읽거나 산책을 한다.(유튜브도 열심히 본다.)

2. 같은 시간에 자고 일어나려고 의식적으로 노력한다.

입대 이후 지금까지도 지키고 있는 것들인데, 나는 일관되게 늦게 자고 늦게 일어난다. 이렇게 해야 함을 뼈저리게 느끼게 해준 일이 입대 직전에 있었다. 입대 날짜를 받아놓고 미래에 대한 걱정이 극심했던 나는 자연스레 자주 '무리'했다. 교재를 만드느라 24시간 연속으로 깨어 있던 적도 있고, 15시간을 내리 기절하기도 했다. 깨어날 때는 지옥 같았다. 잠은 불규칙했고, 몸은 무거웠고, 얼굴이 자꾸 부었다. 심지어는 두드러기 같은 것도 났다. 피부과에 갔더니 원인을 알 수 없다고 했다. 며칠 쉬니 귀신같이 나았고, 일을 하니 다시 생겼다. 살아 있지만 살아 있지 못했달까. 이후부터는 의식적으로 정해진 때에 잔다. 신기하게도 딱 정해진 시간에 자도 일은 정해진 때 끝나 있었다. 일의 배분과 집중력의 문제였다.

3. 꾸준히 잘 움직인다.

꾸준한 '운동'이 아니라, 꾸준한 '움직임'이다. 예전 창업한 회사 사무실 앞 성동구 구립 헬스장에는 재야 고수 트레이너 아저씨가 있었다. 그 아저씨의 철학은 매우 극단적이었다. 극도로 피곤해 보이던 입대 직전의 나에게 그는 이렇게 말했다. 건강하고 싶으면 무리하게 운동하지 말고, 1) 잘 자고 2) 잘 먹고 3) 잘 움직여라. 만약

1) 잘 못 자고 2) 잘 못 먹는다면 운동하지 마라. 해봐야 더 피곤하고 더 힘들 것이다. 차라리 스트레칭 위주로 몸을 풀어라. 잘 잔 다음에 잘 먹고, 그다음에 잘 운동하면 너는 건강을 넘어 강건해질 것이다.

시간이 지나 생각해보니 정말 탁견이다. 요즘 직장인들을 보면 잠을 줄이고 제때 먹지 못하는 스트레스를 '운동'으로 해소하려는 경우가 있다. 그런데 못 자고 못 먹는 이가 하는 운동은 애써 자신의 생명을 갉아먹는 일일 것이다. 또 잘 시간에 임박해서도 격하게 운동을 하지 말아야 수면의 질이 좋아진다.

4. 먹고 마시는 것의 양과 질, 그리고 때에 신경 쓴다.

잠을 못 자면 '자극적으로 많이 먹고 마시는 것'으로 보상심리가 발동하는 것 같다. 이때 자제하기란 정말 어렵다. 그럼에도 일상적으로는 너무 맵고 짜게 먹지 않으려 노력한다. 배고프지 않아도 정해진 때 먹으려 노력한다. 특히 음주는 한 주에 한 번을 넘지 않으려 한다. 아주 더울 때 말고는 찬물을 마시지 않는다. 체중도 2킬로그램 정도 오차를 벗어나지 않으려 한다. 그럼에도 기왕이면 가벼운 상태가 좋긴 하다. 신기하게도 고작 2킬로그램 차이인데도 아침에 일어나는 느낌이 다르다. 더 쉽게 일어난달까.

5. 디지털 디톡스를 시도한다.

나는 헬스장에 갈 때는 스마트폰을 캐비닛에 넣어두거나 아예 가져가지 않는다. 그럼 긴급한 일이 있을 때는 어떻게 해 인마, 라고 반박할 수 있다. 다행히도 나는 대통령이 아니다. 세상은 내가 2시간쯤 없어도 별일이 생기지 않았다. 조직에서도 대부분의 경우 우리는 너트 같은 부속이지, 엔진이나 CPU가 아니다. 일에 따른 특이성은 있겠지만, 나는 아니었다. 게다가 나는 평소 연결과다 상태에 있기 때문에 이런 의식적인 노력이 아주 중요하다. 요즘은 자기 전 스마트폰을 보지 않으려고 책상 위에 올려두곤 한다. 아직은 잘 안 되는데 운동할 때처럼 곧 습관이 될 수 있을 것이라 생각한다. 늘 연결되어 있어야 하는 사람들이라도 자기만의 디톡스 방식이 분명히 있을 것이다.

그 밖에도 나는 꾸준히 일기를 쓰고, 명상을 하고, 침구와 조명을 신경 쓰는 등 질 좋은 수면을 위한 의식적 노력을 하고 있다. 방점은 좋은 '규칙성'과 '항상성'을 유지하는 데 있다.

내게 잠은 필생의 과제다. 잠 줄이고 성공할래? 하고 신이 제안한다면 나는 잠 안 줄이고 그냥 평범하게 살겠다. 나는 자기 관리의 화신이 아니다. 나는 벌집처럼 적당히 성기고 적당히 허술하게 살고 있다. 다만 나 스스로는 불행하지 않고 심신의 건강을 잘 지키고 있다고 생각한다. 맡은 일도 큰 구멍 없이 해내고 있다. 운이 좋게도 나는 나의 일상의 주도권을 가질 수 있었는데, 사실 이를 위해 나는 적당히 포기했다. 나의 일상을 나에게 맞게 조정하고 만들어가는 것이 빠르고 큰 성공보다 더 중요했기 때문이다.

당신의 잠은 당신의 사회에서의 위치, 역할과 관련이 크다. 만약 당신이 잠을 적게 자고, 제때 자지 못하고, 깊게 자지 못한다면 그것이 당신만의 책임이 아닌 것은 분명하다. 하지만 잠을 자는 시간은 삶 전체로 보면 결코 짧지 않은 시간이다. 이 시간을 어떻게 채울 것인가는 '어떻게 삶을 채워나갈 것인가' 하는 질문과도 밀접한 관련이 있다. 우리는 선택을 해야 한다. 만약 당신이 잠을 줄여 무엇을 해내려 한다면, 그전에 깨어 있는 시간의 밀도를 높이는 것에 먼저 집중해보았으면 좋겠다. 잠을 줄이는 것은 마지막 대안이기를 바란다. 부디 우리는 우리의 잠에서 주인이길.

아
잠을 이기기란 어렵다.
애써 이기기보단 깨어 있는 시간의 밀도를 높여볼 일.

꾸준히 노력하기란 어렵다

불안한 세상에서도
다시 내 자리에 앉을 끈기와 용기를 내보는 것

무엇을 이루려면 노력을 해야 한다는데

"목적을 이루기 위하여 몸과 마음을 다하여 애를 씀." 국어사전이
말하는 '노력'의 정의다. 그런데 이 노력이라는 말의 적용 단위는
보통 개인을 향하게 마련이다. 사회나 국가 차원에서 노력해야 한
다는 말보다는 "제 노력이 부족했어요" "(너) 노력하면 할 수 있어"
를 훨씬 더 많이 들어온 것 같다. 또 무한경쟁 시대에 살아남기 위
해서는 "노력을 해야 한다!"는 담론이 지배적인 듯하다. 이러한 담
론에 대해 회의적인 사람들은 생각보다 많다.(나 역시 다소 그런 편이
다.) 그들은 노력을 '노오력'으로 자조하듯 말하며, 노오력만으로 현
실이 변하지는 않는다고 말한다.

  사실 노오력하는 개인의 자조는 꽤나 설득력이 있다. 개인이 마
주한 환경이 변했다. 경제적 고성장 시기는 끝났다. 고성장이 감추

어온 사회의 여러 모순이 두드러져 보이기 시작했다. 이제 한국은 동해에서 유전이 발견되지 않는 이상 드라마틱한 고성장을 하긴 어려울 것이다. 그러는 와중에 격차는 더 심해져서 누군가는 풍족하고 안정적인 환경에서 자기계발을 하고 있다. 허탈하지 않은 게 이상하다. '살다 온' 영어를 '공부한' 영어가 이기기란 쉽지 않으니까. 물론 노력하면 다 된다(고 한다).

세상의 개인들은 각기 다른 상황에 놓여 있고, 그 상황은 언제나 공평하지도 공정하지도 않다. 그럼에도 개인은 각자의 자리에서 노력하지 않을 수 없다. 우리는 더 나은 사람이 되고 싶기 때문이다. 사회와 구조에 모순이 많고 하루하루가 쉽지 않아도, 그 노력마저 하지 않으면 원하는 생활을 할 수도, 작은 성취나마 이룰 수도 없을 것이다. 인간은 더 나은 삶을 살기 위해 노력해야 한다. 각자의 자리에서 할 수 있는 나름의 노력들을. 꿈을 이루기 위해서든 생존을 위해서든 노력해야 한다. 나는 알고 있다. 오늘 내가 늦게 일어난 이유는 한국 경제성장률이 3%가 안 되어서도, 불평등 지표인 지니계수가 악화되어서도 아니다. 그냥 내가 늦게 일어난 것이다.

걱정이 많아 노력이 어려울 때
자존감과 힐링이 의미가 있을까

일상 속 우리는 걱정이 참 많다. 뭔가를 해도 걱정이고, 뭔가를 하지 않아도 걱정이다. 알랭 드 보통 식으로 말하면 '현재에 살기'란 참 어렵다. 공부할 때 일이 생각나고, 일할 때는 하지 않은 공부가 생각나고, 가만히 있을 때는 운동이 생각나고 정작 운동할 때는 공부가 생각난다. 쉽게 말해 우리는 '무언가를 할 때 그것에 충분히 몰입하지 못하는 문제'를 겪고 있다. 이때 늦게 일어난 오늘처럼 계획한 일정이 밀려버리면 경미한 자괴감이 든다. 이 자괴감이 해이해진 일상에 대한 경각심을 일깨우는 정도가 아니라 일상적인 불안이나 만성적인 걱정이 되어버리면 큰 문제다. '몰입과 집중'을 막기 때문이다.

최근 나의 10년치 일기장을 열어보고서 '걱정과 노력' 문제가 상당히 오랫동안 나를 따라다녔음을 알게 되었다. 고등학생 때도 그랬고, 친구들과 창업을 할 때도 그랬고, 20대 끝자락 군대에 있을 때도 그랬다. 그러한 걱정은 남들보다 뒤처지고 있다는 위기감 탓인 경우가 많았다. 당장 SNS를 켜보자. 다들 참 잘 살고 있다. 누구는 큰 회사에서 활약하고 있고, 누구는 책을 냈고, 누구는 큰 프로젝트를 맡아 잘하고 있다. 어떤 사람들은 큰 박수를 받고 있다. 시간은 지나고 나이는 먹어가는데, 내가 이룬 것은 작아 보인다. 이런 때 스스로를 믿고 나아가기란 어렵다. 차마 다시 내 자리에 앉을 용기가 나지 않는 것이다. 공부를 하려고 앉아도 좀처럼 책 내용이 눈에 들어오지 않는다. '제대로 살지 못하고 있다'는 걱정이 '제대로 살지 못하게 한다'는 역설이다.

걱정이 많은 우리에게 요즘 서가는 보통 두 가지 해법을 제시한다. "당신의 자존감을 높이세요!" 또는 "당신은 위로가 필요해요, 자

힐링하세요."라는 식이다. 현대인들이 불안하고 걱정이 많은 만큼 이러한 서적들은 참 잘 팔리는 모양이다. 그런데 나는 '힐링'과 '자존감' 담론이 정말 불안과 걱정을 줄이는 데 도움이 되는지 회의적이다. 자존감이 중요한 것은 잘 알겠는데, 과연 내 마음대로 높아질 수 있는 것일까? 나 혼자 힐링하면 정말 불안한 마음이 치유가 될까? 자존감이나 힐링의 본래 의미가 단지 "괜찮을 거야"라고 최면을 거는 '주술'이나 '모르핀'은 아니었을 텐데 유감이다.

하지만 힐링과 자존감 담론은 자칫 모든 문제 원인이 '내면의 태도'인 양 바라보게 만들 위험이 있다. 슬프게도 보통 삶을 불안하게 만드는 문제는 단순히 '마음먹기'에 달려 있지 않은 경우가 많다. 인간을 불안하게 만드는 원인은 아주 구체적이고 현실적으로 존재한다. 돈이나 관계나 성취에 대한 압박, 또 이 문제들에 대한 개인적 집착이 그렇겠다. 만약 이때 우리가 '아무것도 하지 않기'를 선택한다면, 그러한 사고가 만성화되어 삶의 습관이나 태도가 되어버린다면, 우리는 결코 불안과 걱정의 굴레를 끊을 수 없다. 마음 놓고 '쉬는 것'과 그저 '아무것도 하지 않는 것'은 다르다. 아무것도 하지 않으면, 보려 하지 않으면, 나를 불안하게 만드는 삶의 문제들은 그대로 남아 있게 된다. 뭐라도 하지 않으면 불안과 걱정은 끊임없이 재생산된다. 우리는 걱정과 불안의 원인인 구체적 현실을 직면할 용기를 내야 한다. 걱정과 불안을 만드는 근본 원인을 치료해야 한다. 그런데 무엇부터 어떻게 해야 하는 걸까?

아무것도 이루지 못한 스스로를 존중하며, 매일 한 그루의 사과나무 심기

'그냥 노력하라'는 말만큼 무력한 말도 없다. 나는 노력이 지속되려면 태도와 행동에서 모두 준비가 되어 있어야 한다고 생각한다. 그 준비가 마음과 태도에 대한 것이라면 우리는 '아직 아무것도 이루지 못한 스스로를 존경'해야 한다. 니체의 격언을 약간 변형하여 인용한 것이다. 그런데 스스로를 그냥 믿어보기는 너무 어렵다. 나 스스로가 설득될 만한 '근거'는 필요하다. 그것은 구체적 행동에서 온다. 행동을 해야 한다. '내일 지구가 망해도 오늘 한 그루의 사과나무를 심겠다.' 스피노자의 말이다. 인간은 스스로가 의미 있다고 여기는 일을 하지 않으면 불안한 것 같다.

사회복귀를 앞둔 스물아홉 3월부터 전역 후 한 달이 지난 시점인 8월까지 나는 걱정이 참 많았다. 그 시기는 긴 터널 같았다. 사실 그 터널을 지나면서 가장 힘들 때도 죽고 싶다는 생각까지 한 적은 없었다. (그 정도로 힘들다면 정말 환자이기 때문에 정신건강을 위한 임상치료를 받아야 한다.) 그냥 게임 캐릭터로 치면 디버프(독이나 흑마법에 걸려 능력치가 줄어드는 상태) 먹은 것처럼 불안하고, 걱정이 많았다. 일이 손에 잡히지 않았다. 불안한 현대인들 상당수가 아마 그때 나와 비슷할 것이다. 내가 뭐든 해야 상황이 바뀐다는 건 알았다. 하지만 잘 안 됐다. 공부는 손에 잡히지 않았다. 책을 펴면 보기가 싫었다. 마침 부대에서 다리가 부러져서 격한 운동을 하기도 어려웠다. 나는 그냥 지금 내가 '공부나 운동'을 세대로 하기 어렵다고 인정했다. 마음이 불안하니 공부에 집중이 어렵고, 다친 다리로 운동은 얼마나 하겠는가. 꾸준히 하되, 그 정도를 정말 크게 줄였다.(책을 하루 1페이지만 본다든가, 운동은 15분만 한다든가.) 아주 놓지는 않기로 했다. 방점은 '놓지 않은 것'이다.

이후 나는 터널을 지나면서 때때로 갈라진 틈 사이로 새어드는 빛을 봤다. 그 틈은 대단하지 않은, 작은 성취의 경험이었다. 나는 쓸모없는 아주 구체적인 일들을 했다. 하나씩 해나갈수록 나는 결국 해낼 수 있지 않을까 하는 묘한 기대감이 들었다. 그 일들은 다음과 같았다.

1. '쓸데없는 것'을 새로 배웠다.

먼저 노래의 발성을 완전 새로 배우기 시작했다. 내가 소속된 교통기동대에는 예체능 전공자들이 많았다. 미술, 무용, 체조, 음악까지 없는 분야가 없었다. 음악 전공자들만으로 준 프로급 세션밴드 하나를 만들 수 있을 정도였다. 어디 어려운 노래가 없나 싶어서 뮤지컬에서 가장 어려운 넘버 중 하나인 〈겟세마네〉를 커버하기로 마음먹었다. 마침 성악을 하는 타 부대 '아저씨'가 고교 동창의 대학 후배였다. 이 친구가 알려준 대로 하려는데 처음엔 잘 안 됐다. 성악맨의 연습법은 거의 고행에 가까워서 쉽지 않았다. 아무튼 계속 연습했다. 달리 이유는 없었다.

다음으로 스트레칭을 배웠다. 부상으로 중량 운동을 못 하니 답답했다. 하지만 군대는 예체능인의 천국이기 때문에, 무용을 '잠시' 했던 친구도 있었다. 이 친구에게 당시 내가 할 수 있는 스트레칭을 하나씩 배웠는데, 신기하게도 다리가 더 빨리 낫는 느낌이 들었다. 또 스트레칭도 나름대로 힘들어서 운동이 됐다.

2. 각각 제법 어렵고, 나 개인에게는 '별 의미 없는 판'을 벌였다.

─아는 누나의 결혼식 축가를 부르기로 했다.
─천주교 사순절(예수의 고난주간) 미사 때 주교님 앞에서 〈겟세마네〉를 부르기로 했다.
─서울지방경찰청에서 의경부대 지휘관을 대상으로 하는 교육에 지원했다.
─마지막 휴가 때 부산으로 혼자 버스킹 여행을 가기로 했다.
─스물아홉이라는 나이의 권위와 수경(병장)의 영향력을 부대 내 문화를 개선하는 데 사용했다.

전역 전까지 이 일들을 하나씩 해냈다. 기본 근무와 퀘스트 수행을 같이 하려니 시간이 빨리 갔다. 각각의 일들을 잘하려면 준비를 잘해야 했다. 구체적인 할 일과 시행일, 기대가 생기니 아무리 멍하니 있다가도 데드라인 며칠 전에는 집중을 하게 됐다. 퀘스트를 하나둘 다 해내고 나니 전역 날이 다가왔다. 퀘스트들은 사회에서의 쓸모나 유용성과는 거리가 참 먼 일이었다. 그렇지만 내가 좋아서

한, 하고 싶어 한 일들이었다. 불안해하며 멍하니 보낼 시간에 좋아하는 일에 몰입하는 것이 더 나았다. 하나씩 잘 해냈다. 내가 세상에서 할 수 있는 일이 많겠다는 생각이 들었다.

3. 일기와 편지를 더 자주 썼다.

바쁘게 살다 보면, 나를 잃을 때가 많다. 커리어와 관련된 일이나 공부에서도, 나의 불안을 위로할 활동에서도 그렇다. 특히나 나는 군생활 말년을 '쓸데없는 일'에 몰두했기 때문에 현실을 잊기 쉬웠다. 그래서 나는 그냥 자주 글을 쓰기로 했다. 나 스스로에게 쓰고 싶을 때는 일기를, 마음을 나누거나 도움이 필요할 땐 고민을 가능한 한 구체화해서 편지로 썼다. 부단히 쓰다 보니 '불안의 실체'를 마주하는 데 도움이 됐다. 내가 왜 불안하고, 무엇을 해야 하며, 누구에게 도움을 구해야 할지 알게 되었다.

자존감에 대한 강박 없이도, 힐링 권하는 책들의 위로 없이도, 나는 천천히 터널 밖 빛을 보기 시작했다. 검은색이 회색으로, 회색이 흰색으로 그러데이션되며 조금씩 밝아졌다. '구체적인 행동과 피드백'이 힐링을 위해 자존감을 찾는 과정이라면 나는 힐링했고 자존감을 높여갔다. 나는 스스로를 존경은 아니어도 존중할 수 있게 되었고, 가끔은 쉬어도 나무 심기를 포기하지는 않게 됐다.

지금 와서 보면 당시 쓸데없다고 생각하며 배운 것들, 노력한 것들이 뜻밖에 의미가 있었다. 의경 때 내 교육을 열심히 들어준 어떤 경찰 지휘관님과는 지금도 이따금씩 함께 커피를 마시는 절친한 사이가 되었고, 그때 배운 노래 덕에 서른 살에 대학 축제에 나가 준우승을 했다. 쓸모와 유용함은 몰입하는 순간에는 잘 보이지 않는다. 그런 이유로 지금 하는 일에 대해서도 이것이 무슨 쓸모나 의미가 있을까 고민하지 않는다.

터널을 나와 나는 다시 사회로 던져졌다. 그사이 사랑이, 일이 항상 잘 풀리지는 않았다. 때로는 과정이 힘들기도 하고, 미래가 걱정되기도 했다. 그래도 나는 부단히 무언가를 해내려 했다. 쓰고 고민하면서 무언가를 조금씩 했다. 일기에 적은 대로 잘 살지는 못했지만, 생각한 것들을 조금씩 해나가며 나는 분명히 더 나아가고 있다.

나는 지금 흰색으로 변해가는 회색 위에 있는 것 같다. 기말고사를 앞두고 공부할 챕터가 30장이 넘는다. 시간제한에 쫓기고 있다. 오늘 늦잠을 잤기 때문이다. 이제 독서실에 갈 것이다. 나는 다시 내 자리에 앉을 끈기와 용기를 내보려 한다.

아
꾸준히 노력하기란 어렵다.
그럼에도 지금 할 수 있는 사소한 일들이 있다.

좋은 결정을 내리기란 어렵다

오늘 뭐 먹을지 정하기도 어려운데
인생은 크고 작은 선택의 연속이다

우리는 매일 무엇을 먹고 무엇을 입을지 고민한다

우리 각 개인은 매일 선택을 해야만 하는 운명에 처해 있다. 가장 빈번하고 보편적인 걱정은 '무엇을 먹을지'와 '무엇을 입을지'다. 매일매일 이게 고민이기는 한데, 자유가 제약되는 학생 때와 군대 시절을 회고해보면 적어도 나에게는 선택할 수 있는 자유가 선택 자체에 대한 스트레스보다는 훨씬 가치 있었다. 그렇다고 이 선택의 스트레스라는 게 무시할 수준은 아니다. 옷을 입을 때는 '검증된 조합'을 잘 참고해서 특정 신발이나 바지는 비슷한 것을 하나 더 사두기도 하고, 식사는 고민을 하다 결국엔 늘 가던 식당으로 가서 '늘 먹던 걸로!' 주문한다.

좀처럼 하지 않던 선택을 하다 '망하면', 유사한 선택 상황에 대해서 공포가 생긴다. 얼마 전 우연히 찾아 들어간 백반집에서 정말 최악을 경험했다. 맛도 없었고, 비위생적이었다. 웬만해서는 그런 일이 없는데 다 먹지도 못하고 나가고 싶었다. 카드 결제를 하려고 하자 평상에 누워 있던 주인으로 추정되는 할아버지가 화를 냈다. 내 돈을 주고 불행을 사는 느낌이었다. 이 경험 이후에는 잘 모르는 '허름한 곳'에서의 식사가 두려워졌다. 어떠한 실패가 있을지 어떻게 알겠는가? 나는 웬만해서는 잘 모르는 것을 선택하지 않는다. 확실한 보증이 없다면.

대체로 사람들은 선택이 누적되다 보면 익숙한 것만 주로 선택하게 된다. 그리고 어떤 사람의 결정은 그 사람이 관계하는 사람들, 그가 사는 지역, 그의 생활반경을 벗어나기가 어렵다. 벗어나는 선택지를 찾을 수도 있겠지만 여간 피로한 일이 아니다. 자신에게 편한 '안심 선택존' 밖을 탐색하고 무려 탐험까지 해야 가능한 선택지이지 않은가. 유사한 선택이 반복되다 보면 좋은 의미로든 나쁜 의미로든 익숙해지고 편안해진다. 나름대로 선택의 기준이 생기고, 그 기준에 주관이 많이 더해지면 '취향'이 된다.

어찌 보면 인간은 자신의 선택에 갇히는 존재다. 선택이 우리의 자유의지인 것처럼 느껴지기 쉽지만, 사실은 두려움 탓에 일상의 선택, 일생의 결정에서 좀처럼 모험을 하지 않는다.

나의 선택과 결정은 정말 내가 하는 것일까?

'결정'과 '선택'은 유사하면서도 다르다. 모두 '무언가에 대한 입장과 태도를 정한다'는 느낌의 단어지만, 분명히 다르기에 그 의미와 두 단어 사이의 거리를 정확히 인지하는 것이 중요하겠다. 먼저 '결정'에 대해 국어사전은 다음과 같이 정의한다.

1. 행동이나 태도를 분명하게 정함. 또는 그렇게 정해진 내용.
2. 『법률』 법원이 행하는 판결 · 명령 이외의 재판.

결정의 대상은 중요함을 넘어 중대해 보인다. 결정에 따른 결과는 지속적으로 강하게 영향을 주고 구속력이 있는 것 같다. 이 단어는 특정한 상황에서 선택지를 정할 때보다는 세워나가고 유지해야 할 원칙을 정할 때 적절하다. 예를 들어 '나는 나대로 살기로 했다'는 다른 대안이 있는 선택이라기보다는 행동과 태도의 방향을 정하는 일이며, 결정에 가깝다. 쉽게 말해 결정의 본질은 행동과 마음의 태도를 정하는 것이다. 일례로 우리는 의사'결정'을 한다고 하지 의사'선택'을 한다고 하지는 않는다.

그렇다면 '선택'은 어떨까?

1. 여럿 가운데서 필요한 것을 골라 뽑음.
2. 『심리』 문제를 해결하기 위한 몇 가지 수단을 의식하고, 그 가운데서 어느 것을 골라내는 작용

사전의 정의대로라면 선택의 대상은 대체로 인지 가능한 '경우

의 수'가 존재한다. 또 행위 주체가 인지한 대안들 중 하나를 정해야 할 때 선택이라는 표현을 쓰기가 적합하다. 사소하게는 이것을 먹을까, 저것을 먹을까. 더 중요하게는 취업을 할까, 창업을 할까. 결혼을 할까, 비혼을 할까… 이처럼 다양한 선택지들이 확고하게 인지될 때는 선택이 적절하다.

우리 삶에는 선택해야 할 무수히 많은 대상이 있고, 누적된 선택의 과정과 결과 또한 우리에게 지속적으로 영향을 준다. 누적된 선택은 어떤 기준을 만든다.

종합하면 어디까지나 상대적인 이야기지만, 결정이 '전략적'이라면 선택은 '전술적'이다. 전략적 결정과 전술적 선택이랄까. 부연하자면 전략은 지속적이고 본질적인 것, 전술은 단기적이고 부수적인 것이다. '나대로 살기'가 전략이면, '하기 싫은 것 거절하기'는 전술이다.

또한 결정의 가치는 결정 시점에서는 가늠하기가 쉽지 않고, 대체로 어느 정도 시간이 지나서 판단이 가능하다. 선택은 비교적 그 가치의 판단이 쉽다. 선택은 기준도 뚜렷한 편이고, 그에 대해 존중하기도 비난하기도 쉽다. 탕수육 부먹과 찍먹 논쟁은 참 좋은 예다.

다만 어떤 선택은 '결정'에 비견될 정도로 중요하고, 결정과 선택의 구분이 무의미해지기도 한다. 선택이든 결정이든 삶을 구성하는 행위라는 점에서 무엇을 어떻게 정하느냐는 매우 중요하다.

문제는 우리가 선택에서든 결정에서든 무엇을 정하는 일에서 '주인이기가 정말 어렵다'는 것이다.

다음은 선택·결정에서 참고할 만한 질문들이다. 나는 정말 내 선택·결정의 주인인지 가늠하기 어려울 때 참고하면 좋겠다.

1. 선택에 따른 상쇄 효과trade-off를 정확히 인지하고 있는가?

무엇을 선택하면 다른 무언가를 포기하게 된다. 이것은 상식이다. 얼마 전 실비보험을 계약한 보험설계사로부터 전화가 왔다. 그의 발언 요지는 1) 지금 당신이 가진 타 회사의 질병보험은 갱신 시기가 잦아서 갱신 때마다 보험료가 오를 것이고, 2) 만기 때 돌려받는 돈도 크지 않다. 3) 그 보험보다는 우리 회사의 비갱신형으로 '평생 보장'받는 보험이 어떠냐? 였다.

나는 지금 매달 지출 가능한 돈이 많지 않기 때문에 선택을 해야 했다. '변하지 않는 조건으로 얇고 길게 보장'하는 새로운 보험 vs. '같은 조건으로 보장하는 기간은 짧지만 큰 피해에 대해 목돈을 보장'하는 기존의 보험. 나는 기존 계약을 유지하는 쪽을 선택했다. 내가 젊어서 큰 병에 걸릴 일은 확률적으로 아주 낮겠지만, 그런 상황이 오면 나는 속절없이 무너질 것이다. 나는 먼 미래를 대비하기보다는, 당장 찾아올지 모를 뜻밖의 불행에 대비하는 것이 더 가치있다고 생각했다. 먼 미래에는 나의 소득이나 자산이 지금보다는 훨씬 나을 것이라는 기대도 있었다.

2. 운을 선택·결정할 수 있다고 믿고 있지는 않은가?

예컨대 2012년에 비트코인을 사는 것은 가능한 선택지에 있는가? 만약 정말 당시 그 존재를 제대로 알고 가치를 따져볼 수 있었다면 이것은 유효한 선택지 안에 있다. 그렇지 않았다면 비트코인 열풍은 단지 우연적이고 우발적인 사건일 뿐, 합리적 선택지 안에 있었다고 보기 어렵다. 인간은 이러한 운 좋은 우연을 기대하지만 재현할 수는 없다. 생각보다 많은 사람들이 주술을 믿고 있다. 주술의 영역과 판단의 영역을 혼동하면 안 된다. 주술은 인간 능력 밖의 일이다. 인간이 할 수 없는 것을 하려 하면 일상은 불행해진다.

도박으로 돈 딴 사람들, 로또 당첨된 사람들이 여생이 불행했다는 이야기가 많지 않은가. 그들은 다시 한 번 뜻밖의 행운을 기대하지만, 그런 일이 한 사람의 삶에서 연속으로 일어나기란 불가능에 가깝다. 뜻밖의 행운은 여간해서는 재현될 수 없는 사건이다. 다만 다가온 행운을 현명하게 경영하는 것은 별개 문제라 할 수 있겠다. 내 할아버지가 1960년대 강남에서 농사를 짓지 않았음을 원망해봐야 내 삶은 변하지 않는다(라고는 하지만 그러셨으면 어땠을까).

3. 나는 나를 믿을 수 있는가? 편견과 잘못된 정보, 욕망에 사로잡혀 있는 것은 아닐까?

독단적이고 편향된 생각만 하는 사람들이 지배하는 조직의 위험성은 인류 역사 속 수많은 사례가 증명한다. 임진왜란 전 조선 조정이 그랬고, 2차대전 당시 일본 수뇌부였던 대본영과 도조 히데키 무리들이 너무나 잘 보여주었다. 그들은 잘못된 신념을 가지고 있었고, 이상한 판단으로 현실을 완전히 다르게 해석했다.

스티브 잡스가 가졌었다는 '현실왜곡장'도 될 만한 상황에서나 가능하지, '비트코인은 오를 수밖에 없기 때문에 오를 것이다' 같은 수준이면 제대로 된 판단을 내릴 수가 없다.('현실왜곡장'은 현실에서 본래 안 되는 일을 어떻게든 되게 만들었다는 잡스의 신묘한 능력이다.) 나의 신념체계가 정보를 왜곡한 것은 아닌지, 나에게 어떠한 생각을 형성하게 만든 정보가 정말 믿을 만한 것인지 계속 의심해봐야 한다. 나는 나와 다른 생각을 들을 수 있는 사람인가? 나는 반박당할 준비가 되어 있는 사람인가? 아니면 나는 알기 전에 먼저 입장을 가지는 사람인가? 언제나 스스로에게 되물어야 한다. 현실의 문제를 판단하기 전에 믿어버리는 것은 아닌지.

4. 나의 선택·결정은 나다운가?

선택의 누적은 나를 형성한다. 의도한 좋은 선택이 누적되면 '자기다움'이 생긴다. 화가의 작품 가격은 그 작가가 만든 사조에 충실할수록 대체로 높다. 사조를 벗어난 의외의 작품은 잠시의 파격은 될 수 있어도 웬만해서는 사조를 이어간 작품의 가치를 넘어서지 못한다. 미술하는 친구들에게 물어보니 "당연하지"라고 한다. 처음에는 그 이유가 좀처럼 이해되지 않았지만 금세 알 수 있었다. 자기 사조를 만들고 그것을 벗어나는 선택을 하지 않는 것은 일종의 예측 가능성이자 안정성이다.

피카소는 피카소식 추상화를 그릴 때 가장 피카소답고 그래야 작품의 가치가 높다. 루벤스의 작품을 보면 루벤스(혹은 그의 조수들이)가 그렸다는 것을 알 수 있다. 그들의 작품은 다른 그림들과 구별되는 독창성이 있다. 다른 분야 아티스트들도 그렇다. 오아시스는 오아시스다워야하고, 들국화는 들국화다워야 한다. 무슨 유교의 정명론('임금은 임금답게 신하는 신하답게') 같기도 하지만, 좋은 선택이 이어지고 그것이 일관적일 때 선택 주체의 가치는 극대화된다. 물론 큰 성취를 거둔 이들은 끊임없이 모험을 했다. 하지만 그 모험은 이전 세계를 단순히 부정하는 것이 아니었다. 오히려 결정과 선택으로 형성한 자기 세계를 '넓히는' 과정에 가까웠다.

당신의 결정과 선택이 자기만의 오리지널리티를 만들 수 있는 과정이면 좋겠다. 무언가에서 좋은 시작을 했다면, 이어지는 선택에서 그 성취를 딛고 도약해 밀고나가 자기다운 세계를 만들어야 한다.

5. 나의 선택·결정은 부족한 정보·시간·여유와 위계에 의한 강요로부터 자유로운가?

한 번도 가본 적 없고 말도 통하지 않는 외국에서 정보가 차단되고 시간에 제약이 있을 때 우리 앞에 놓이는 선택지는 얼마나 될까? 잘 모르는 업계에 처음 발을 내딛게 된다면, 위계에 의한 강요가 더해지면, 우리는 정말 '합리적'일 수 있을까? 침몰한 타이타닉호의 조타수가, 추락한 대한항공기 8509편 부기장이 바보여서 나쁜 선택에 동조한 것은 아니었다. 가장 똑똑한 사람도 정보, 시간, 여유가 부족할 때나 위계 상황에 있을 때 바보 같은 결정을 내릴 수 있다. 우리의 이성과 양심에 비춰 납득이 가지 않는 상황에서는 선택·결정을 '유보'하거나 '거절'할 수 있어야 한다. 정말 극한의 일부 상황을 제외하고는 그렇게 해도 웬만해서는 큰일이 생기지 않는다. 오히려 섣부른 선택이 당신에게 어떤 형태로든 피해를 안길 것이다. 그 밖에도 어떠한 선택·결정이 시간 및 보유한 자원의 소모가 큰지, 다시 되돌릴 수 없는 것은 아닌지, 무엇보다도 나의 마음에 따른 것인지 따져보았으면 좋겠다. 당신의 선택을 누군가 대리하게 해서는 안 된다.

좋은 결정은 점을 찍기보다는 밀도 높은 선을 긋는 일

많은 사람들이 선택과 결정을 하나의 '순간'으로 생각한다. 그러고는 순간의 선택을, 결정을 후회한다. 그리고는 되뇐다. "그때 그거 했어야 했는데!" "아 그거 하지 말았어야 했는데!" 이런 말들은 단일한 선택이나 결정이 삶에 지대한 영향을 미치는 듯한 인상을 준다. 사실 의사결정에서 가장 중요한 것은 나쁜 결정을 하지 않는 것이니 맞는 말일 수 있다. 감당할 수 없는 빚을 지거나 범죄를 저지르면 앞으로의 삶은 그 나쁜 영향에 강하게 종속될 것이다. 나쁜 결정은 인생 전체에 궤멸적인 타격을 줄 수 있고, 우리는 그 결정 이전 시점으로 다시는 돌아갈 수 없다. 때문에 나쁜 선택, 나쁜 결정은 가능하다면 하지 말아야 한다. 물론 나쁜 결정 후에도 만회할 기회는 있을 것이다. 하지만 단일한 나쁜 결정의 피해는 하나의 좋은 결정의 영향보다 지속적이다.

만약 당신이 "하지 말았어야 했는데!"에 이를 정도로 후회하지 않는다면, 어떤 선택이나 결정은 아마도 나쁜 선택이나 결정이 아닐 것이다. 그 결정에 대한 가치 판단은 남은 당신의 시간에서 당신이 하는 행동에 따라 충분히 변할 수 있다. 특히 결정에 대한 평가는 지극히 사후적이고 주관적이다. 그러니 지난 시간에 대해 긍정해도 좋겠다. 아직 당신과 나에게는 제법 시간이 있다.

삶의 여정에서 정말 중요한 것은 '점'을 찍는 순간의 선택이 아니라, '선'을 긋는 여정에서 당신의 태도와 시간의 밀도다. 앞서 '결정이 지속적이고 본질적이며, 행동이나 태도를 정하는 것'이라 해둔 바 있다. 이 의미대로라면 결정은 분명히 '점'이 아니라 '선'에 가깝다. 우리가 정말 현저하고 명백하게 나쁜 결정을 한 것이 아니라면, 그 결정에 대해서 최선의 노력을 다해야 한다.

재일교포 2세이자 지금은 대성한 음악가인 양방언은 어린 시절부터 음악을 하고 싶었다. 그러나 의사인 아버지는 그가 '딴따라'가 되기보다는 의사가 되기를 바랐다. 음악은 취미로도 충분하지 않겠느냐고. 확실히 양방언이 난사람은 난사람이었다. 양방언은 의대에 진학했고, 의사 면허도 취득했다. 그러고 나서 그는 의사의 길을 포기했다. 그가 의사가 아닌 음악가를 확고히 선택할 수 있었던 이유는 '의사가 되었기 때문'이었다. 가장 자기다울 수 있는 길이 무엇인지, 그는 하고 싶지 않은 것을 함으로써 진심으로 알게 되었다.

선택과 결정 앞에서 주저하지 말자. 단, 시간의 밀도를 높여 그 결정이 좋은 방향으로 이어질 수 있게 최선을 다하자. 어느 날 우리가 그 길을 포기하게 될지라도, 더 나다운 자신을 만드는 여정이 되길 바란다. 저마다의 길 위에서 밀도 높은 선을 그을 것을 믿는다.

아
좋은 결정을 내리기란 어렵다.
그러나 우리는 언제라도 그 결정을 좋은 방향으로 이끌 수 있다.

불안하지 않기란 어렵다

불안의 실체를 마주하고 넘어서기

인간은 원래 불안하도록 태어났다

수만 년 전 자연에서 다양한 유기체 중 하나에 지나지 않던 인간은 매우 약했다. 검치호 같은 강한 이빨이 있는 것도 아니고, 매머드마냥 덩치가 큰 것도 아니었다. 다른 강한 유기체들에 비해 각각의 인간 개체는 너무나 약했다. 강하지 않은 인간은 자연에서 살아남기 위해 함께 모여 살기 시작했다. 그러면서 인간은 위험에 대한 감지 센서를 발달시켰을 것이다. 나는 그것이 '불안'의 본질이라고 생각한다. 낯선 곳에 가면 우리는 조심하고 경계한다. 익숙하지 않은 상황, 감정, 사람 등을 마주할 때 우리는 신경을 곤두세운다. 낯선 무언가가 해를 끼칠지 모르기 때문이다. 그 감지 센서가 울리는 것이 불안이 아닐까. 쉽게 말해 인간은 살아남기 위해 불안해야만 했다.

현대 인간은 생물학적 생존이 위협받는 상황이 자연상태만큼 많지는 않다. 물론 치안이 안정된 사회라는 전제가 있다. 사회에 사는 인간에게도 여전히 무서운 범죄나 사고의 위험이 있지만, 맨몸으로 홀로 사바나, 아마존을 돌아다니는 것보다는 훨씬 덜 위험할 것이다. 이제 인간은 쉽게 죽지 않는다. 그럼에도 우리는 여전히 불안하다. 왜?

쉽게 죽지 않음에도 우리가 불안한 근본적 이유

다시 우리의 친구 국어사전을 불러보자. '불안'이라는 단어의 사전적 의미가 우리가 느끼는 불안을 온전히 담지는 못하겠지만, 그 단어로 합의된 의미를 보는 것은 유용하다. 각자가 느끼는 불안은 어떤 의미에 가장 가까운가?

1. 마음이 편하지 아니하고 조마조마함.
2. 분위기 따위가 술렁거리어 뒤숭숭함.
3. 몸이 편안하지 아니함.

이 세 가지 의미를 조합해서 생각해보면, 몸이나 마음이 '불안정'한 상태, 그러니까 고정되지 않고 흔들릴 때 인간은 불안하다. 안정되지 않은 상태가 불안을 만들어낸다. 하지만 여전히 우리가 느끼는 불안의 의미나 원인을 규명하기에는 모자란 것 같다. 세 가지 의미 아래 이런 의미도 함께 덧붙어 있다. 비록 사전에 실린 내용에 불과하지만 '심리학'에서는 불안을 다음과 같이 정의한단다.

『심리』특정한 대상이 없이 막연히 나타나는 불쾌한 정서적 상태.
안도감이나 확신이 상실된 심리 상태이다.

이 정의를 내 멋대로 해석하면, 불안은 그 원인이 무엇 때문인
지 특정하기 어렵다. 그래서 그것을 풀어나가기가 어렵다. 불쾌한
느낌의 원인을 쉽게 제거하지 못하니 안정감을 느끼지 못하고, 무
엇을 해야 할지 모르기에 생각이나 하는 일에 확신을 갖기 어렵다.
(어디까지나 사전에 실린) 심리학의 정의대로라면 현대인들은 불안
의 원인을 모르니, 불안에 빠지면 좀처럼 헤어 나오기 어렵다. 불안
은 미궁처럼 불쾌하고, 마음을 초조하게 하고, 살아감을 살아짐으
로 만들어버린다. 현대인들은 선사시대처럼 생존을 위협받지 않는
데도 불안이라는 센서는 왜 여전히 울리고, 왜 우리를 괴롭게 하는
것인가?

나는 인간이 여전히 불안한 이유가 '사는 것'의 의미가 '생존'에
서 '삶을 구성해 나아감'으로 바뀌었기 때문이라고 생각한다. 심리
학자 매슬로의 5단계 욕구이론에 따르면, 인간의 욕구는 생리적 욕
구, 안전의 욕구, 사회적 욕구, 자기 존중의 욕구, 자아실현의 욕구
순으로 우선순위가 있어서 가장 기초적인 욕구부터 차례로 만족하
려 한다. 즉 현대인들이 생존을 넘어 더 나은 삶과 자아실현을 추구
하게 되면서 위험 감지 센서는 더 섬세해졌다. 자아실현을 하지 못

하는 인간은 삶을 잘 구성하지 못하고 있다고 무의식적으로 받아들이게 된다. 이 상태는 우리의 위험 감지 센서를 자극하고, 불안은 우리에게 '더 잘 살라고' 소리 없이 버저를 울린다.

한편 국어사전에는 철학에서 보는 불안의 의미도 덧붙여져 있다.(이 정의가 어떤 철학자의 생각에서 온 것인지는 모르겠다.)

『철학』 인간 존재의 밑바닥에 깃들인 허무에서 오는 위기적 의식. 이 앞에 직면해서 인간은 본래의 자기 자신, 즉 실존實存으로 도약한다.

이 정의에 따르면 불안은 '허무'에서 온다. 불안은 위기의식이며, 그 위기란 인간이 '자신의 존재'를 찾지 못하는 상태가 지속되는 것을 의미한다. 불안이라는 위기의식은 우리에게 자기 자신을 찾으라고 말한다. 때문에 불안이 경고하는 상황에 직면하고, 그 상황을 극복하면 우리는 자신의 존재 의미를 찾을 수 있다. 보다 정확히는 그 가능성을 마주할 수 있다.

이상의 내용은 어디까지나 나의 주관적인 해석이다. 다만 이렇게 해석하면 불안이 마냥 나쁜 것만은 아니라는 생각이 든다. 불안은 필요하다. 현대인은 생존이 위협당할 때뿐 아니라, 사회적 관계나 자기 존중, 자아실현이 어렵다는 생각이 들 때 불안해진다. 불안이 유기체 인간이 가진 일종의 심리적 자기면역 현상이며, 자신을 찾으라는 인간 존재에 대한 철학적 외침이라면, 불안은 우리에게 말하고 있다. 너, 정신 차리라고. 제대로 살라고. 너를 찾으라고.

우리의 불안 센서는 여러 이유로 울린다

앞서 자아실현이라고 거창하게 말했지만, 쉽게 말해 '제대로 살지 않으면' 우리는 불안해지는 것 같다. 인간은 인간들이 모인 사회에 살고 있다. 사회에서 경험하는 것들은 개개인에게 큰 영향을 준다. 나는 '개인이 사회에서 주고받는 영향과 그것이 만든 개인의 상태, 그 상태의 연속적인 총합'을 삶이라고 말하고 싶다. 개인의 삶은 영향을 받기도 주기도 한다는 점에서 수동적이면서도 능동적이다. 때문에 개인이 겪고 있는 불안의 이유를 알려면 현대사회와 인간 삶을 구성하는 여러 조건을 잘 따져보면 된다. 그렇게 함으로써 우리는 각 개인에게 불안을 주는 요인들을 직면할 수 있을 것이다.

한편 불안은 기대에 대한 좌절, 가진 것의 상실이 예상될 때도 찾아온다. 때문에 얼마나 기대하는가도 불안과 관련이 있다. 예를 들면 썸 타는 상대와 잘되지 않을 것 같을 때 불안하다. 비트코인을 샀는데 폭락할 것 같으면 불안하다. 승진시험을 봤는데 잘 못 본 것 같으면 불안하다. 사랑하는 상대가 떠나갈 것 같으면 불안하다. 기대한 무언가가 잘되지 않으면 불안하다. 반대로 기대를 덜 하면 불안함이 덜해진다는 의미지만, 우리는 더 나은 삶을 원하므로 기대를 무작정 낮출 수는 없다. 잘 컨트롤할 수 있는 수준의 '적정 기대'가 중요하겠다. 아 어렵다 어려워.

무엇 때문에 불안한지 스스로가 그 원인을 잘 직시해야 한다. 이제 불안을 유발하는 요인들을 살펴보자.(각 범주에는 여러 요인이 있지만 가장 대표적인 것들만 보자.)

1. 불안을 유발하는 개인 대 구조적 차원 이유

경제력

맹자는 말했다. "무항산 무항심無恒産 無恒心." 어렵게 볼 것 없다. '생활이 안정되어야 바른 마음도 생긴다'는 뜻이다. 내게 남은 돈이 얼마나 있는가는 불안/행복 정도에 아주 중요하다. 힐링 담론은 끊임없이 자존감을 높이고 마음을 바르게 먹으라고 말한다. 하지만 우리는 자본주의 사회에 살고 있다. 맹자 시대보다 경제가 사회와 삶에 미치는 영향이 훨씬 크다. 내 통장이 잔고 없이 텅 빈 '텅장'이 되었는데 어떻게 불안하지 않을 수 있는가. 경제적 곤궁에서 오는 불안은 근본 원인이 해결되지 않으면 끝나지 않는다. 그러니 생존하고 생활하고도 남을 만큼 돈을 벌어야 한다.

다른 방법도 있긴 하다. 돈을 기대하지 않는 삶을 살면 된다. 텔레비전 프로그램 〈나는 자연인이다〉에 나오는 사람들처럼 산 속에서 살거나(슬프게도 생각보다 돈이 많이 든다고 한다) 구도자에 가까운 종교인의 길을 가면 된다. 그렇지 않다면 우리는 계속 돈을 벌고 쓰는 활동을 해야 한다.

사회에 살면서 경제적 안정이 없으면 불안하다. 불행히도 이 경제력은 온전히 개인의 몫은 아닌 경우가 많다. 물려받을 재산이 꽤나 있으면 경제적인 어려움을 겪을 가능성은 더 적다. 또 개인의 경제상황에는 국가와 사회도 일정 책임이 있다. 그러니 헌법이 보장하는 '인간다운 삶'을 국가에 기대한다면 자신이 지지하는 정당에 투표를 열심히 하면 되겠다.

하지만 이 나라가 카타르가 아닌 이상 국가에만 기대하기는 어려울 것 같다. 개인은 뭐라도 경제활동을 해야 한다. 꼭 부자가 되자는 것이 아니다. '따뜻한 저녁과 웃음소리'가 가능할 만큼의 경제력은 있어야 한다. 매일매일 라면 말고 일주일 한 번 마라탕은 먹을 만한 경제력. 그러자면 더 배워야 하고, 어제보다 내 능력이 더 나아져야 한다.

비교, 차등하는 문화

현대인들은 서로 끔찍이도 많이 비교한다. 돈으로 비교하고, 집으로 비교하고, 학벌로 비교하고, 비교하고 또 비교한다. 비교하면서 내가 쟤보다 낫네 아니네 한다. 슬프게도 개인은 사회로부터 완전히 자유로울 수 없기에 비교로부터 자유로워지기는 어렵다. 하지만 비교가 지나치면 개인의 정신을 상당히 많이 좀먹는다. 나와 가까운 이가 잘되면, 그들이 밉다기보다 아무것도 되지 못한 자신이 초라하게 느껴질 때가 있다. 이 비교 문화에서 고통 받지 않으려면 잘된 이를 진심으로 축하해주고, 결과 못지않게 과정에도 집중할 필요가 있다. 나만 해도 번듯함과는 거리가 멀지만, 번듯함의 척도

인 '객관화', '수치화', '점수화'에서 크게 기대를 하지 않으니 요즘은 비교로 인해 크게 불안하지는 않다. 그러나 (늘 여러분께 말씀드리듯) 진정 최선을 다했는데 잘 안 됐으면 그것은 어쩔 수 없다. 과정에서 최선을 다한 자신을 존경해주자.

2. 불안을 유발하는 개인 대 개인 차원 이유

관계

(딱 하나만 짚고 가자.) 인간은 사회적 동물이기 때문에 함께 지내는 다른 인간의 영향을 정말 많이 받는다. 왜 좋은 직장만 해도 '좋은 급여, 좋은 사람, 좋은 환경'이 있어야 한다고 하지 않는가. 가족도 관계고, 연인도 관계다. 고립되어 행복한 특별한 인간이 아니라면, 관계를 맺고 살아감은 필연이다. 관계는 사회적 동물로서 인간의 거의 모든 것이다. 그러니 나쁜 관계는 불안을 야기한다. 기대하는 대로 관계가 잘되지 않으면 불안하다. 내 주위만 둘러봐도 인간에게는 '불안 최소총량제' 같은 게 있어서 친구들 중에 금수저급으로 잘 먹고 잘사는 친구들도 어떤 형태로든 불안을 가지고 있었다. 그 경우 불안의 원천은 보통 '관계'나 '자아실현'이었다. 주로 아버지가 기대하는 삶과 자신이 바라는 삶 사이에서 갈등.

불교철학 같은 얘기지만, 상대에 대한 기대심리를 낮추면 관계는 참 편해진다. 만약 내가 해준 것 사준 것이 있다면 그것이 사실은 상대가 아니라 나를 위한 것이라고 생각하려고 노력했다. 관계가 좋아지면 좋은 것이고, 아니면 할 수 없는 것이다. 상대가 원하는 방식을 고민하고 나름대로 최선을 다해도, 모두가 나를 좋아할 수는 없다. 별 잘못 없는데 나를 싫어하면, 싫어하라지 해버리자. 말은 쉽지만 어려운 일이다. 그래도 마냥 불안의 미궁을 헤매는 것보다는 훨씬 나은 것 같다.

3. 그 밖에 불안을 유발하는 개인적 차원의 이유

건강

몸뿐만 아니라 마음의 건강도 중요하다. 정신건강이 개인의 의지 차원에서 해결이 어려울 정도로 악화되면 병원에 가야 한다. 단순히 의지로 나아지는 것이 아니다. 다만 몸이든 마음이든 당사자는 더 나아지려는 의지를 포기하지 않으려 부단히 노력하고, 주변에서도 도왔으면 한다. 우울함이 심하면, 불안이 심하면 병원에 가자. 약을 먹자!

자아실현과 사회적 관계

매슬로는 인간 욕구의 최상위단계가 자아실현이라고 말했다. 또 앞서 본 철학의 정의에서도 불안은 자기 자신을 찾지 못하는 상황에서 찾아온다고 했다. 인간은 태생부터 무엇이 되고 싶어 하는 존재다. 아무것도 아니게 된 자신을 직면할 때 인간은 불안해진다.

자아실현은 관계와도 크게 관련된다. 인간은 사회에서 살아가는 사회적 동물이니까. 모든 것이 다변하는 세상과 관계 속에서 나는 어느덧 나 자신이 아니라 사람들이 좋아하는 것이 무엇일까를 생각하게 된다. 그들이 좋아하는 것을 하느라 내가 아닌 것을 하려고도 한다. 하지만 이것만큼은 반드시 알아야 한다. '나는 내가 아닌 것이 될 수 없다!' 진정한 내가 되려면, 내가 아닌 것이 무엇인지도 좀 알아야 한다. 이렇게만 되어도 자아실현이 크게 흥하진 못해도 망하진 않는다. 그러자면 말하고 쓰고 표현하고 시행착오도 좀 겪으면서 나를 알아가야 한다.

또 자아실현을 위해 너무 남의 말을 신경 쓰지 않았으면 좋겠다. 남들은 신기하게도 당신도 모르는 당신의 미래를 잘 알고 있다. 당신이 잘되면 그들은 이렇게 말할 것이다. "넌 잘될 줄 알았어!" 당신이 망하거든 그들은 이렇게 말할 것이다. "내가 뭐랬어. 내 말 듣지 그랬냐." 대체로 이러한 사후적 평가는 애정 어린 관심이라기보다 비교와 차등을 위한 시선에서 비롯되는 것 같다.

기왕 궁예질(타인의 마음과 상황에 대해 섣불리 예측하고 예단하는 행위를 말한다) 당할 거. 내 삶을 책임지지 않는 이의 예단에 대해서는 귀를 좀 막을 필요가 있다. 불편하더라도 정말 진심 어린 조언에 대해서는 열려 있어야 하지만 말이다. 당신이 스스로의 가치를 증명하기 전에는 어차피 그들은 잘 모른다. 당신은 선택과 결과에 대한 책임을 지면 된다. 잘되면 기뻐하고 잘되지 않으면 다시 부단히 점검하고 더 나은 상황을 만들 방법을 찾자. 실체 없는 불안에 괴로워 말고.

이러한 구조적, 개인적 요인 이외에도 불안의 여러 요인이 있겠으나 대부분의 불안은 이 요인들로부터 유발됐으리라 생각한다.

불안은 나를 더 나아가게 한다

앞서 우리는 1) 불안이 일종의 심리적 면역 작용이며, 2) 철학적으로는 자신의 존재를 발견하는 가능성이 된다고 했다. 이와 비슷하게 책《원칙》에서 저자 레이 달리오는 3) 고통은 자기 발전을 위한 신호이며, 그것을 극복하면 더 강해진다고 말한다. 고통에 자아성찰을 더해서, 그 원인을 분석하고 문제를 해결해나간다면 인간은 더 발전한다는 것이다. 결국 같은 아이디어를 각자 다른 말로 하고 있다. 불안은 정신적 고통이니까. 불안하기 위해 불안할 필요는 없지만, 어떤 불안은 꽤 유용하다.

나는 군대를 늦게 가서 늦게 전역했다. 스물아홉 살에 갑자기 다시 사회에 던져진 나는 자유가 두려웠다. 20대 내내 친구들과 함께 일군 회사는 더 이상 없었다. 나와 주변을 지배하는 많은 것들이 명확하지 않았다. 나는 불안했다. 어떤 날은 너무 늦게 일어났다. 별다른 것을 하지 않았다. 하루하루를 망치면 자기혐오가 생긴다. 이런 불안이 쌓이면 결국엔 불안에 잡아먹힌다. 끝내는 자기부정을 하게 된다.

불안한 나는 다시 뭐든 해야 했다. 계속 불안하기는 싫었으니까. 매일 빨래를 했다. 매주 강아지를 목욕시켰다. 집에서라도 매일 운동을 했다. 많은 이야기를 들으러 이래저래 다녔다. 일상과 마음을 일기로도, 공개 연재하는 글로도 적었다. 그러면서 어디에서 새롭게 일을 시작할지 고민했다. 어제보다 오늘 더 확실해지고 싶었다.

이제 나는 무엇 때문에 불안한지 정확히 알고 있다. 어떤 것은 그때보다 나아졌고 어떤 것은 여전히 해결되지 않았다. 다만 이제 나는 불안의 미궁을 헤매지 않는다. 불안의 실체를 직면했기 때문이다. 들릴 듯 말 듯한 버저, 불안에 귀 기울이며, 어제보다 더 나은 오늘을 보내야지 한다. 오늘을 어제보다 망치면 조금 불안하다. 그래서 내일은 잘해야지 생각한다. 오늘 내가 제대로 살고 있는지는 모르겠다. 그래도 망치고 있는 것 같지는 않다. 적당히 불안한 나는 적어도 망하지는 않을 것이다. 만약 우리가 불안을 직면하고 이겨낼 수 있다면 우리는 분명 더 나은 인간이 될 것이다. 불안은 우리를 더 나아가게 한다. 그것을 믿고 있다.

아

불안하지 않기란 어렵다.

불안을 직면하기. 그것에 더 나은 내가 될 가능성이 있을지 모른다.

3장

자기
발견

취향을 갖기란 어렵다

취향은 묻는다.
"당신은 어떻게 일상을 채워나가고 있습니까?"

바야흐로 대취향 시대

사회생활을 하며 우리는 빈번히 새로운 사람을 만난다. 어떤 사람을 처음 만나기 전에 우리는 많은 것들을 궁금해한다. 그 사람이 어떻게 생겼는지, 어디에 사는지, 어떤 직업을 가지고 있는지… 대체로 외양과 객관적 지표에 대한 것이 많겠으나 그 사람의 내면도 참 궁금하다. 함께 잘 지낼 수 있는 성격인지 궁금하다. 만약 소개팅이라도 할라치면, 그 사람이 '매력적'인 사람인지 참 궁금하다. 매력이 무엇인지는 알기 어려우나, 그중 일부는 어떻게 일상을 채워나가느냐로 알 수 있을 것 같다. 말하자면 "뭐 좋아하세요?"라는 질문은 "어디 살아요?" "직업이 뭐예요?"보다 더 치명적으로 내·외면을 드러낸다.

　어찌 보면 소비한 취향은 일상에 대한 지문이며 나이테다. 당신이 무엇을 입고, 먹고 마시는지, 어떤 음악을 듣고 부르고, 무엇을 읽고 쓰는지는 일상을 결정한다. 프랑스 사회학자 부르디외가 말하듯 취향의 소비로 우리는 그 사람이 어떤 계급에 속하는지, 어떤 관계 속에 있는지를 유추할 수 있다. 가령 처음 만난 어떤 사람과의 대화에서 다음과 같은 사실을 알게 되었다고 가정하자.

그는 정기적으로 골프라운딩을 즐기며, 《모노클》이라는 잡지를 구독하고, 대극장 뮤지컬을 분기에 한 번 이상 본다. 커피는 드립 방식을 좋아하고, 술은 싱글몰트 위스키를 좋아한다. 온더록스 방식으로는 마시지 않는다.

이런 사람은 좀 '있어 보인다'. 당신은 이 사람에 대해 섣부르게나마 판단할 수 있다.

1. 적어도 중산층 이상의 소비력을 가지고 있겠군.
2. 왠지 까다로울지도 모르겠는걸? 곱창에 소주 먹자고 하지 말아야겠어.(왠지 선입견이 생긴다.)
3. 영어를 잘하거나 외국에서 살다 왔나? 집안이 잘살지도 모르겠어.

이러한 판단은 단견이자 편견이겠지만, 어느 정도는 타당성이 있을 것이다. 가상으로 만든 취향이지만(게다가 나오는 아주 거리가 있다) 어떤 사람에 대해 인상을 만들어내기엔 충분하다. 누군가를 정말 알고 싶다면 구태여 "뭐 하는 분이세요?"라고 묻지 않아도 된다. 취향에 대해 연이어 묻다 보면, 진짜 좋아하는지, 좋아하는 척인지도 알 수 있을 것이다. 덧붙여 그가 어떻게 생각하고 어떻게 말하는지도 알 수 있을 것이다. 대화 습관은 좋아하는 것에 대해 이야기할 때 잘 드러난다.

취향의 의미

언제나 그렇듯 국어사전을 먼저 보자. 사전은 말한다. '취향'이란 "하고 싶은 마음이 생기는 방향. 또는 그런 경향"이라고 하는데 왠지 충분하지 않다. 영어사전에서 '취향'을 뜻하는 'taste'를 찾아보자. '미각'이나 '냄새'라는 의미를 제외하면, '좋아하는 것들의 묶음이나 경향, 소비 양상'으로 보인다. 국어사전이 정의하는 취향과는 미묘하게 다른데 '즐기고 좋아한다'는 '기호'의 의미가 더 강한 것 같다.(기호에는 무엇이 좋고 싫다는 '호오'의 뉘앙스도 있다.) 뭔가 어려워졌다. 최근 우리가 쓰는 '취향'이라는 단어는 사전적인 의미에 '기호'라는 의미가 강하게 더해진 것 같다.

　나는 취향이란 '무엇을 입고, 먹고, 듣고, 보고, 하며 일상을 채우는가에 대한 경향성'이라 생각한다. 여기에서 주목하고 싶은 것은 '하다'이다. 세상에 '취향한다'는 말이 있었으면 좋겠다. (단순히 '생각한다'를 넘어 '철학한다'는 말이 별도로 있듯 말이다.) 보다 주체적인 선택과 행동이 강조되었으면 좋겠다. 취향을 '한다'는 것은 단순히 소비한다는 개념을 넘어선다. 돈이 있으면 먹을 수 있다. 입을 수 있고, 들을 수 있다. 이러한 소비의 선택에도 기준은 필요하겠지만 무엇을 '하는' 것에 비할 바가 아니다.

'한다는 것'은 기준을 세우고 실행하는 데 꽤나 큰 능동성을 요구한다. '취미'를 포괄하는 개념에 가깝다. 취미에서 '하다'는 수동적으로는 '입고, 먹고, 듣고, 본 것 등'에 대해 평가하고 쓰고 기록하는 것으로, 적극적·능동적으로는 해당 행위에 관련한 무언가를 지속 생산한다는 의미가 아닐까. 보는 사람, 듣는 사람, 먹는 사람은 많은데 '하는' 사람은 상대적으로 적고, 제대로 '하는' 사람은 정말 적다.

나는 취미로 노래를 하고 이따금씩 버스킹을 하는데, 돈이 많이 든다기보다는 시간을 확보하고 의도를 세우는 데 노력이 많이 든다. 돈을 벌기 시작하면서는 예전만큼 노래와 버스킹에 몰입하기가 어렵다. 애써 시간을 들여 무엇을 한다는 게 참 어렵다. 취미로 발전한 취향은 그랬다. 가끔은 의문이 든다. 우리는 일상을 채우는 방식에서 정말 주인일까?

취향은 어떻게 형성되는가

"공급은 수요를 창출한다." 취향에 관한 한 이 말은 옳다. 좋아하려면 경험해봐야 한다. 무엇이 있는지 알아야 소비를 한다. 그런데 '무엇이 있는지 아는 것'은 사회와 주변환경의 영향이 대단히 크다. 광고와 미디어가 주는 영향이야 말해 무엇 하겠는가. 내가 아주 어릴 때 유일한 영상매체는 텔레비전이었다. 내가 사랑하는 나의 부모는 지식노동자가 아니었고 책을 많이 읽지도 않았다. 집에는 항상 텔레비전이 켜져 있었다. 나도 텔레비전을 좋아했다. 초등학교 3학년 때 〈포켓몬스터〉가 처음 방영되었다. 내 친구들은 띠부띠부씰(포켓몬 스티커)이 들어 있는 포켓몬빵을 미친 듯이 사 먹었다. 〈디지몬〉이 그 뒤를 이었다. 〈디지몬〉에는 '선택받은 아이들'이 나오는데, 정작 〈디지몬〉을 보는 애들은 가장 평범한 애들이었다.

미취학 아동을 벗어났을 무렵에도 나는 여전히 텔레비전을 좋아했다. 보다 못한 엄마('어머니'라는 호칭은 아무래도 입에 붙지를 않는다)는 학습만화를 많이 사줬다. 운이 좋게도 나는 그 만화들을 좋아했다. 나는 역사 인물을 좋아하고 이따금씩 학습만화를 따라 그리는 유소년―청소년이 되었다.

중학교 1학년 때쯤 어쩌다 텔레비전에서 선글라스를 쓴 노래하는 아저씨를 보았는데 그 사람이 신해철이었다. 이미 리즈 시절(전성기를 이르는 말)은 한참 지났다지만 왠지 그 사람이 좋았다. 전집을 들었는데 나에게 잘 맞았다. 노래하는 것을 좋아하게 된 계기도 아마 그 사람 때문인 듯하다.

과연 우리는 취향의 주인이었을까? 주변으로부터 주어진 것을 그대로 따르게 된 것은 아닐까? 나의 취향을 구성하는 존재는 정말 나인 것일까? 어린 시절 내가 본 텔레비전에서는 구스타프 말러가 '잘' 나오지 않았을 것이다. 20대 중반까지 나는 그런 사람이 존재하는지도 몰랐다. 누군가 무엇에 대해 말해주지 않으면, 보여주지 않으면 우리는 그 존재를 알 수 없다. 존재를 알아도 그것을 제대로 경험하려면 시간이, 돈이 필요하다. 초밥이라는 게 있다는 걸 알아도 먹어보려면 돈이 필요하다. 그것을 일상적으로 먹을 만한 시간, 돈, 마음의 여유가 필요하다. 좋은 초밥을 먹으려면 더 그렇다. 어떤 취향에는 시간이, 돈이, 여유가 필요하다. 그게 아니라면 미디어가 보여주는 것, 주변에 있는 것들만 우리는 향유하게 된다.

미디어가 텔레비전과 라디오, 잡지밖에 없던 시절, 슈퍼스타들은 수많은 추종자를 만들었다. 비틀스, 특히 존 레논은 세기의 아이콘이었다. 그들의 추종자들은 그들의 스타일을 참 똑같이 따라했다.

인터넷 시대가 되어서도 마찬가지다. 지드래곤의 이것저것이 유행하고 래퍼 우원재를 따라 벙거지를 썼다. 인스타그램과 SNS, 뉴미디어가 발달한 지금은 많은 이들이 이른바 '인플루언서'가 만들어낸 스타일을 찍어내듯 따라한다. 홍대 앞을 걷다 보면 똑같은 스타일을 많이 본다. 최근에는 스트리트 힙합(?) 느낌이 트렌드다. 다소 마이너하게는 1990년대 스타일과 레트로도 섞여 있다. 힙합과 뉴트로가 묘하게 공존하는 요즘의 거리다.

내가 좋아하는 것과 별로 좋아하지 않는 것

스무 살 무렵 나는 텔레비전도 잘 보지 않았고, 차트 순위대로 일괄 음악듣기를 해본 적이 없었다. 그러다 보니 좀처럼 새로움에 노출

되지 않았다. 중학교 때 좋아하던 신해철과 넥스트, 윤도현밴드, 몇 몇 인디 밴드 노래를 계속 듣다 보니 그 안에서는 더 들을 게 없었다. 새로움이 필요했다. 그 무렵 내 주변은 뭔가 유행의 첨단이었다. 내가 모르는 것들을 알고 있는 멋진 친구들도 제법 있었다. 그들이 좋다고 말하는 것을 듣고 읽기 시작했다. 잘 모르지만 록 페스티벌에도 따라 가봤다. 어떤 것은 좋았다. 어떤 것은 좀처럼 좋아지지 않았다. 내한 오는 외국 가수들 공연에 가보면 좋긴 하지만 아는 노래가 별로 없고, 떼창을 하는 관객들이 그저 신기했다. 이후에도 내가 따라 부를 정도로 좋아지지는 않았다. 나도 저들처럼 세련되면 참 좋을 텐데! 나는 취향의 길을 헤매고 있었다.

취향은 힘이 세다. 취향은 내가 누구인지 말해준다. 어쩌면 내가 누구에게 영향을 받았는지 어디에 속하는지도 말해준다. 20대 초반 내게는 취향이라 말할 뭔가가 없었다. 나도 세련된 취향을 가진 사람이 되고 싶었다. 더 이상 텔레비전을 보는 것은 싫었다. 의식적으로 다양한 것을 입어보려 먹어보려 들어보려 애썼다. 하지만 새로운 것은 쉽게 좋아지지 않았다.

무작정 따라하는 것은 정말 싫었다. 영향받을 수는 있겠으나 그대로 따라갈 수는 없었다. 무엇을 좋아하고 추종하는 데는 납득할 만한 계기와 충분한 과정이 필요했다. 적어도 나에게는 그랬다. 그래서 나는 많은 것을 좋아하기보다 좋아하는 것들의 밀도를 높이기로 했던 것 같다.(의도적이고 의식적인 선택이 아니었으니 추측일 수밖에 없다.)

스물한 살 때 나는 학교 가기가 싫었고, 여느 친구들처럼 군대도 가지 않았다. 1년을 그냥 놀았다. 다만 가르치는 일은 재밌어서 그럭저럭 곤궁하게나마 살 만했다. 집에는 기타가 있었다. 엄마가 기타를 배우려고 사둔 2006년산 콜트 기타였다. 친구들과 작은 공간을 빌려 밤새 놀기로 한 날, 나는 엄마 기타를 메고 나갔다. 엄마는 난색을 표했다. 그도 그럴 것이 기타는 엄마 거니까. 나는 당연히(!) 기타를 칠 줄 몰랐고 내 친구는 조금 칠 줄 알았다. 친구는 멋있어 보였다. 나는 멋이 없어 보였다.

돌아와서 기타를 봤다. 가정경제에 기여할 겸, 벌어둔 돈으로 엄마에게서 기타를 샀다. 교본을 보는 것은 귀찮기도 하고 내 방식이 아니어서, 10cm의 〈오늘밤은 어둠이 무서워요〉와 이승철의 〈마지막 콘서트〉를 한 마디씩 부르면서 코드를 봤다. 모임이 있으면 기타를 들고 다녔다. 당연히 잘 못했지만. 인디 밴드 노래나 예전 노래들은 코드가 비교적 단순해서 기타 치면서 노래하기 편했다. 결국 중학생 때 좋아하던 것들이었다.

스물두 살 때는 친구들과 작은 홀을 빌려서 '데뷔 겸 은퇴 공연'을 했다. 스물세 살 때는 학교 축제 무대에서 공연을 했다. 그 무렵 버스킹 장비를 샀다. 50만 원 정도 들었다. 이후에도 계절에 한 번 정도 거리로 나가 공연을 했다. 버스커들은 언제나 '요즘 노래'들을 참 많이 불렀다. 나는 부르고 싶은 노래를 불렀지만, 사람들이 듣고 싶다는 노래들을 기억해두었다가 집에서 듣고 기타로 쳐보았다. 좋은 것은 기억해두고 아닌 것은 알아만 뒀다. 그렇게 나는 새로운

'듣는 취향'을 익혀갔다. 물론 기타도 함께였다. 지금까지도 함께하는 그 기타.

어떤 음악은 시대상을 반영하는 것 같다. 그 시대의 패션, 사고, 정서 등이 음악에는 있다. 그런데 나는 '내가 좋아하는 음악이 만들어진 때'의 사람이 아니다. 때문에 내가 지난 시대의 노래를 하면, 그 시대를 보낸 이들에게 새롭고, 그 시대를 모르는 이들에게도 새롭게 보였던 것 같다. 공연 때마다 내 노래를 좋아해주는 사람들이 있었다. 그래서 나는 노래하는 것이 즐거웠다. 홀로 여행을 할 때도 이따금 버스킹 장비들을 가져갔다. 정말정말 무거웠지만 내가 좋아하는 것을 사람들이 좋아해주니 좋았다.

좋은 취향이란 경험을 재해석하고 편집해서 스스로 재구성한 것이 아닐까 싶다. 지속적으로 경험하면서 무엇에 대한 호오가 나뉘고, 선택과 편집을 통해 구성된 나의 '호오의 총체'가 생긴다. 그것이 취향이다. 호오라고는 썼지만 좋음과 싫음이라기보다는 좋음과 덜 좋음에 가깝다. 요즘엔 입는 것, 먹는 것, 듣는 것, 읽는 것까지 취향에 맞게 추천하는 서비스들이 많다. 예전보다 취향 정보가 많아졌고, 상대적으로 경험이 쉬워졌다. 모든 것을 할 수는 없겠지만, 경험의 폭을 넓혀가며 '나에게 맞는 것'을 선택하면 좋겠다.

취향의 형성 과정은 나를 만들어가는 과정

취향의 본질은 선택에 있다. 내게 EDM 장르 음악은 나쁘게 들리지 않는다. 다만 애써 찾아 듣지는 않는다. 짜장면을 먹을 수는 있지만 애써 먹지는 않는다. 다들 축구를 좋아하지만 지금의 나에게는 그저 그렇다. 스트리트 패션은 멋있어 보이지만 나에게는 안 맞는 것 같다. 나는 마룬파이브 노래를 잘할 수 없다. 골프는 관심이 가지 않고, 여유도 없다. 나는 가수 조용필을 '선생님'이라 부르고 노래 〈비처럼 음악처럼〉을 좋아하는, 내 또래에서는 드문 정서를 가진 사람이고 촌스러운 사람이다. 하지만 이게 나다. 취향을 선택하고 재구성하며 나는 나인 것과 내가 아닌 것을 알아가기 혹은 만들어가기 시작했다.

나는 '취향하는' 것의 궁극은 생산에 있다고 본다. 단순히 소비만 해서는 내 것인지 알 수 없다. 창작까지 가기 어렵다면 이것은 이렇다, 저것은 저렇다라고 '평가'라도 해야 한다. 그 주관이 나를 만든다. 취향을 쌓아간다는 것은 단지 먹고 마시고 입는다는 것이 아니다. 다양한 것을 '경험'하고 그것을 '재해석'해 넓이와 깊이를 더해가는 과정이다. 그러면서 만들어진 나만의 기준으로 '편집'하여 내가 좋아하는 것과 그렇지 않은 것을 형성해나가는 과정이며 나를 만드는 과정이다.

하지만 현대인은 바쁘고 시간은 적고 체력은 모자라며 돈은 빠듯하다. 입고 먹고 들을 수는 있겠으나 '하기'는 쉽지 않다. 그럼에도 자신의 관점으로 경험한 것들을 재구성하고, 자신만의 방식으로 깊이를 더해가고, 일상을 채워나가기 시작하면 좋겠다. 당신의 취향이 남들이 보기에 세련되지 않아도 좋다. 그저 그러면서 자신을 알아가고 그렇게 선택한 취향이 '자기답다'면 가장 멋진 것 같다. 누군가 취향이 무엇이냐 나에게 묻는다면, 나는 대답할 것이다. "나는 읽고 쓰고 '취향하며' 일상을 보내고 있습니다."

아
취향을 갖기란 어렵다.
하지만 취향할 때, 일상은 낭만과 향기를 더해간다.

꿈을 찾기란 어렵다

어떤 꿈은 직업에 지나지 않고,
어떤 꿈은 너무 막연하다

어느 저녁에 동생과 나눈 꿈 이야기

나에게는 열한 살 어린 동생이 있다. 성별은 여성이고, 나이는 열아홉 살이다. 이 친구는 태어나고 성장하는 과정을 내가 모두 지켜본 유일한 인간이다. 동생이 태어난 날 밤, 아빠는 진통 중인 엄마와 산부인과로 갔다. 집에 남겨진 초등학교 4학년의 나는 밤새 국산 명작 게임 '킹덤언더파이어'를 했다. 두 살 위 형은 텔레비전을 봤다. 다음 날, 알아서 학교를 다녀온 형과 나는 엄마가 출산을 했다는 산부인과로 찾아갔다. 다행히 엄마는 건강했고, 당시 초등학생이었던 내가 보기에도 정말 작은 아기가 있었다. 문희지의 탄생이었다.

시간은 대단히 빠르게 흘러 어느 날 저녁, 나는 금방 서른 당해 있었고 문희지는 고3이 되어 있었다. 이날이 오기까지 문희지는 중학생 때는 사격을 하고 싶다(가끔 집에 사격협회 공문이 온다), 고등학생이 되어서는 아이돌이 되고 싶다, 프로그래머가 되고 싶다, 스튜어디스가 되고 싶다 말하던 터였다. 지금까지 동생이 되고 싶다고 했던 직업들은 별로 관련이 있어 보이지는 않았다. 그러면서 이 친구는 그 직업을 갖기 위한 공부나 구체적인 무언가를 딱히 열심히 하지도 않았다. 저녁을 먹으면서 이야기를 나눠보니 동생은 어느 때부터인가 "꿈이 없어졌다"고 말했다. 그래서 '열심히'가 잘 안 된다는 뉘앙스가 담겨 있었다. 그런대로 납득은 되는 이야기였다.

다만 동생이 말한 꿈의 의미는 '직업'이 아닐까 싶었다. 어디 문희지만 그렇겠는가? 다른 많은 청소년들도 직업을 꿈으로 말한다. 그들 탓은 아니다. 우리는 아주 어려서부터 "무엇이 되고 싶어?"라는 질문을 마주했고, 그때마다 그럴듯한 직업으로 답해야만 할 것 같은 기대가 있었다. 고3 때 나는 "네 꿈은 무엇이냐?"는 학년부장 선생님의 기습질문에 "제 꿈은! 정론직필! 공명정대한! 기자입니다!"라고 말했다. 사실 스스로도 그다지 납득이 가지는 않았으나 왠지 그래야만 할 것 같았다. 아무튼 꿈에 대해 직업으로 대답하던 아이들은 어른이 되어갔고, '꿈=그럴듯한 직업'이라는 사고는 충실히 계승되고 있다. 어른이 된 우리는 여전히 꿈을 '직업'이라 생각하는 경우가 많다. 그러고는 더 나은 직업으로서의 꿈을 찾아 방황한다.

꿈은 직업과 다르다

나는 제법 오랜 시간 동안 친구들과 작은 교육회사를 운영했다. 학생들과 진로 상담을 하다 보면, 진로에 대한 대답은 보통 세 가지 중 하나로 귀결됐다. 1) "제 꿈은 (어떤 직업)이 되는 것이에요!" 2) "무엇을 하고 싶은지 잘 모르겠어요" 3) "나는 꿈이 없어요."

이때도 꿈은 '하고 싶은 무엇'이라기보다 어떤 '직업'과 같은 선상에 놓이는 것처럼 느껴졌다. (주로 직업으로서) 꿈을 가지면 뚜렷한 방향이 있는 것 같고, 그렇지 않으면 길을 잃은 것 같다. 무엇이 될지 모르고 꿈을 찾지 못한 상태는 불안하고 불행한 것이며, 꿈이라는 것을 찾으면 불안하지 않고 행복해질 것도 같다. 그 꿈은 철저히 직업. 직업이다! 확실함이 선호되는 시대이기 때문일까? 우리는 계속 꿈을 직업으로 '단순화'시키고는, 그 직업을 가질 때 일어날 좋은 결과만을 계속 상상한다. "기자가 되면, 판사가 되면, 어떤 직업을 얻으면, 나는 행복해질 수 있어요!" 하지만 그럴 리는 없다.

어떤 직업을 가진 뒤 나의 모습은 막연하지만 왠지 좋을 것만 같다. 우리는 보통 이 지점에서 상상을 멈춘다. 충분히 알아보려 하지 않는다. 기껏해야 검색창에 해당 직업을 검색하고 좋은 내용만을 취사선택해 수집하고 다시 행복회로를 돌린다. 그 행복을 좀 더 구체화해봐야 많은 돈, 사랑, 쾌락, 인정 등으로 여전히 막연하다. 그리고 그런 것들은 그 직업을 가져야만 얻을 수 있는 것이 아니다. 사실 현실의 그 직업이 어떤 모습인지는 별로 중요하지 않은 것 같다. 직업을 낭만화하면 우리는 계속 꿈이 있다 말할 수 있다. 대외적인 명분 역할은 해낸 것이다. 그러나 고3 때 내가 그랬듯, 그 꿈은 '꿈속에나 있는' 꿈이다. 그러한 꿈은 언젠가 기대에 대한 좌절을 필연적으로 야기한다. 어떤 직업을 가졌다는 이유로 이상적인 상태가 되며, 그럼으로써 행복하기만 한 일은 세상에 없다. 찾았다면 알려달라. 세상 사람들이 절실히 원하고 있다. 꿈을 직업으로 생각하고 이를 낭만화, 이상화할 때 두 측면에서 삶에 해로울 수 있다.

1. 오늘의 나태함을 정당화한다.

꿈을 찾지 못했다는 말은, 또 여전히 모르겠다는 말은 좌절과 나태를 정당화하기에 참 매력적인 명분을 제공한다. 나는 꿈이 없으니까 공부 안 해도 괜찮아!(과거 제 얘기입니다.) 돈을 벌지 않아도 괜찮아!(옛날 제 친구 얘기입니다.) 왜냐하면 나는 방황 중이니까. 나는 잘 모르니까. 그러고는 나태함에 안주한다.

이 부류가 '자신이 하고 싶은 일'을 찾는다면 달라질까? 그들은 그것이 되기 위한 구체적인 행동도 잘 하지 않는다. 그보다는 '그것이 되는 것의 어려움'을 강조한다. 하지만 정말 '유명' 뮤지션이 되고 싶다면, 꾸준히 작사든 작곡이든 악기 연주나 노래 연습이든 뭐든 해야 한다. 정말 변호사가 되고 싶다면 책상 앞에 앉아 공부를 해야 한다. 자신이 원하는 무엇이 되려면 온몸으로 절실히 시간의 밀도를 높여야 한다. '크고 멋진 꿈'일수록 그렇게 노력하고도 운이 닿아야 겨우 될 수 있을 따름이다. 그러나 이 부류의 사람들은 하나의 꿈이 지나가면 다시 이상향을 하나 만들어서 그것을 꿈으로 설정하고는 지금 자신은 그렇지 못하니 괴롭다고 말한다. (뭐 어쩌라고…) 어쩌면 우리는 마음속에 '직업으로서의 꿈' 세트장을 하나 세워놓고 현실에서 해낼 생각은 없는 것이 아닌지 모르겠다. 그 과정이 피곤하고 지난하며 외로운 탓이다.

2. 정작 그 직업을 가진 뒤에도 행복하지 않다.

열심히 노력을 해서 꿈꿔온 직업을 가졌다고 가정해보자. 그런데 많은 경우 그 직업을 가져도 인생은 여전히 힘들고, 여전히 괴롭다. 실제로 받는 돈, 인정, 사랑은 내가 기대했던 만큼에 미치지 못한다. 무언가 부족하다. 그제야 스스로에게 묻는다. '내가 정말로 바라는 것은 무엇이었을까?' 그러고는 심한 경우, 끝내 그 직업을 그만두고 다시 방황한다. 사실 이 경우는 꽤나 잘한 것이다. 그래도 그는 해봤으니까. 최소한 무엇이 자신에게 맞지 않는지는 알 수 있다. 또 그 과정에서 습득한 능력과 해낼 수 있다는 자긍심은 새로운 무엇을 위한 좋은 원동력이 된다. 너무 멀리 와서 돌이키기 어려운 정도의 선택이었다면? 여전히 꽤 괜찮다. 인생은 길다. 젊음이 짧고 도전할 기회가 무한하지 않을 뿐이다. 잘 맞는 것을 찾으려면 시행착오는 필요하다.

그러나 직업만 바꾸어서는 여전히 꿈을 이루었다고 하기 어려울 것이다. 직업은 인생의 일부만을 반영하기 때문이다. 꿈을 직업과 동일시할 때, 우리는 바라는 것을 충분히 조망하지 못하는 오류에 빠진다. 그러니 직업으로만 꿈을 바라보지도, 말하지도 말아야 한다. 직업만으로는 꿈을 설명하기에 무언가 부족하다. 우리는 나머지 부분을 봐야 한다. 그렇다면 꿈은 도대체 무엇일까?

꿈은 삶의 방식과 기준, 나아갈 방향을 알려준다

국어사전에서 '꿈'을 찾으면 다음 의미를 가진다고 한다.

1. 잠자는 동안에 깨어 있을 때와 마찬가지로 여러 가지 사물을 보고 듣는 정신 현상.
2. 실현될 가능성이 아주 적거나 전혀 없는 헛된 기대나 생각.
3. 실현하고 싶은 희망이나 이상.

첫 번째 꿈이라면 잠을 자면 꾼다. 잘하고 있다. 두 번째 꿈 역시 평소에 너무나 잘 꾸고 있다. '헛된'에 방점이 있다. 세 번째 정의에 따르면 우리는 꿈으로 세계평화를 말해야만 할 것 같다. 비록 그것이 가치 있다 할지라도 우리의 일상과는 너무나 먼 이야기 같다.

어려서부터 우리는 꿈이 있어야 행복하다고 꿈을 찾아야만 한다고 배워왔는데, 정작 꿈에 대한 정의는 대단히 모호하고 막연하다. 입시 학원이나 학교에서 말하는 꿈은 좋은 대학 진학이나 좋은 직업을 얻는 과정과 결과를 대충 얼버무리는 말 같다.

이쯤 되면 꿈을 찾지 말라고 일부러 숨겨둔 것은 아닌가 싶을 정도다. 어떠한 인간도 꿈이 무엇인지 또렷한 정답을 제시할 수는 없다. 꿈이 무엇인지 정해진 답은 없는 탓이요, '꿈이 직업이 아니라면' 무엇이 꿈인지 논의된 적도 합의된 적도 잘 없는 탓이다. 사실 우리는 꿈이 궁금하지 않은 것 같기도 하다. 꿈은 상상할 수 있어야 하기에 실체를 알아서는 안 된다. 단지 꿈은 지금의 상태보다 좋아야 하며, 계속 꿈꾸어야 한다. 그렇게 꿈은 현실의 고통을 잊게 하는 모르핀이 되어간다. 현실은 바뀐 것이 없는데.

그래도 '꿈'이라는 단어가 있기에, '인간이 살면서 갈망하는 무엇'이라는 개념을 우리가 보편적으로 인지할 수 있다는 생각도 든다. 꿈이 무엇인지 서로 생각을 나누는 과정에서 각자가 그리는 꿈을 발견하는 의외의 수확도 있을 것 같다. 그것은 마치 세상의 '진리' 같은 것이다. 진리는 아마도 존재할 테지만, 우리는 진리를 추구하고 탐구할 수 있을 뿐 진리를 모두 알 수는 없다. 그러나 그 과정은 의미가 있다. 진리에 대해 아무 생각을 하지 않을 때보다 진리를 더 잘 알 수 있기 때문이다. 꿈에 대해서도 마찬가지일 것이다. 그리하여 꿈에 대한 개인적인 정의를 나누어보고 싶다. 동의하지 않아도 괜찮다. 동의하지 않는 어떤 이유가 있다면 그 지점이 당신의 꿈을 발견하는 지점일 수 있다. 과문한 내가 생각하기에 꿈이란 다음과 같다.

1. 삶에서 대강의 방향을 알려주는 나침반이며
2. 스스로가 재구성한 삶의 방식이고

3. 선택의 기준이다.

이러한 꿈의 유용하고 멋진 점은 '끝내 내가 아닌 것이 되지 않게 한다는 것'이다. 비유적으로 표현하자면, 원래 내가 남쪽 어떤 섬으로 가는 것이 알맞은 사람이었다면, 좋은 꿈은 적어도 나를 북쪽 바다로는 보내지 않는다. 내가 펭귄으로 태어났는데 계속 날려고 하면 수영할 때보다 더 고생하고 돌아가게 된다. 물고기로 태어났는데 나무를 오르려 하면 기특하고 대단한 일이나 그런 일은 좀처럼 일어나지 않는다. 좋은 꿈은 명백히 삶이 '덜 돌아가게 한다'.

그런데 자신이 펭귄인지 물고기인지는 어떻게 알 수 있을까? 솔직히 내면의 거울을 들여다보는 방법밖에는 없다. 그것은 남이 아닌 오직 자신만 볼 수 있고 알 수 있다. 탁월한 멘토를 만나면 좋겠지만 약간의 '지름길'을 알 수 있을 뿐 목적지를 정하는 것은 결국 자신이다. 인간은 계속 무언가를 시도해보고 그때 내 마음의 상태를 점검해봐야 한다. 자신에게 맞는 삶을 살수록, 꿈이라는 마음속 나침반은 강하게 공명한다. 꿈을 찾으려는 시도는 작은 모험일 수도, 삶의 모든 것을 바꾸어놓을 전략적인 결정일 수도 있다.

물론 남을 참고해보는 것도 좋다. 자신과 닮은 다른 사람의 삶의 궤적, 삶의 방식, 선택의 기준을 자신에 맞게 적용해볼 수 있다. 이 과정에서 절대 잊지 말아야 할 것은 개별 인간들은 성격과 적성, 재능이 모두 다르다는 점이다. 인간들은 서로 비슷할 수 있어도 완전히 같을 수는 없다. 각 개인은 누군가를 '똑같이' 추종하는 것으로 행복할 수 없다. 꿈을 찾는다는 건 철저한 자기 발견을 의미한다.

애초부터 자신에게 꼭 맞는 옷이 존재하지는 않는다. 이때 많은 사람들은 적절한 '기성복'을 찾으려 한다. 세상에 있는 수많은 옷들(삶의 방향, 삶의 방식, 선택의 기준 등) 속에서 자신에게 그럭저럭 맞는 기성복만 찾아도 그런대로 괜찮은 삶이다. 그러나 자신에게 딱 맞는 '맞춤옷'은 스스로 지어 입어야 한다. 만약 어떤 인간이 끝내 자신에게 꼭 맞는 옷을 지어 입는 데 성공했다면, 또 그 옷이 너무나 잘 어울리고 스스로도 그 옷에 만족한다면 그것은 행복한 삶이요, 진정으로 성공한 삶이다. 결국 꿈의 실현에는 주관적인 요소가 있다.

꿈을 꾸는 인간은 불행하지 않고,
꿈을 이룬 인간은 행복하다

엄마가 말씀하시길, 아주 어릴 때 내게 뭐가 되고 싶냐고 물으면 '택시 기사'라고 말했다고 한다. 이유는 '어디에나 갈 수 있어서'(사실은 그렇지 않지만)였다고. 그러니까 나는 택시 기사가 되고 싶었던 것이 아니라 어디든 자유롭게 갈 수 있길 바랐던 것이다. 생각해보면 지금도 그렇다. 나는 날 때부터 유독 자유롭고 싶은 개인이었다. 직업은 무엇이든 아무래도 좋았던 것이다. 물론 직업은 중요하다. 직업이 삶에서 일종의 수단이고 꿈을 담는 그릇이라면, 가장 적절한 수단과 그릇은 있을 것이기 때문이다.

나는 삶에는 딱히 이유가 없다고 생각한다. 다만 태어나 살아가고 있으니 기왕이면 행복하면 좋겠다고 생각해볼 따름이다. 무엇이 좋은지는 해봐야 알 것이다. 물론 내가 가진 능력과 자원의 한계를 넘어서는 시도는 좀처럼 하기 쉽지 않다. 하지만 꼭 해야 하는 순간이 온다면, 나는 그것을 할 것이다. 꿈이라는 나침반이 강하게 공명하는 방향이라면, 그 순간 나는 그것을 시도할 것이다. 하고 싶지 않은 것도 경험해보고 열심히 할 것이다.

역설적으로 '내가 아니게 되는 경험'을 함으로써 인간은 진정으로 자신이 누구인지, 무엇을 바라는지 알 수 있다. 늦은 나이 입대한 나는 훈련소에서 틈틈이 무언가를 쓰는 자신을 발견했다. 광장과 거리 집회 현장에서 무표정의 관찰자일 때, 경찰기동버스(의경들은 기대로 불렀다)에서 틈틈이 편지와 일기를 쓰는 나를 마주했다. 자유로울 때는 몰랐던 나를, 자유가 제약된 곳에서야 알게 됐다. 나는 말하고 쓸 때 즐거운 사람이었다. 고난 속에서도 노래를 할 때 위로받았다. 나는 노래를 해야 행복한 사람이라는 것을 알게 됐다. 그리하여 지금 나는 알고 있다. 나의 꿈이 무엇인지를. 대강은.

꿈을 찾고 꿈을 실현하려는 나는 행복하다. 그 길 위에서 나는 포기하지 않을 것을 희망하고 다짐한다.

아
꿈을 찾기란 어렵다.
내 삶의 맞춤옷을 지어 입는 일이기에.

여행을 떠나기란 어렵다

떠나고 싶을 때 떠나지 못하는 우리,
도대체 여행은 무엇이기에

3년 만에 홀로 갑자기 떠난 제주

반은 프리랜서지만, 반은 늦깎이 대학생으로 사는 나도 종강을 맞았다. 원고를 써야 하는데 쓰지 않은 지 꽤 오래됐다. 조금 바쁘다는 핑계로 운동을 하지 않은 지도 오래였다. 바로 전 주까지 꼭 끝내야 하는 일을 마쳤다. 6월 30일 밤. 왠지 7월 첫 주에는 어디로든 떠나고 싶었다. 지금 떠나지 않으면 떠나기는 점점 어려워질 터였다. 곧 제주에 장마전선이 생길 예정이라는 일기예보를 보았다.

제주에 내렸다. 7월 1일 저녁. 온다던 비는 오지 않고, 구름이 하늘을 덮고 있었다. 그래서 더 좋았다. 나에게는 계획이 없다. 이곳에 오기까지 나는 주저했다. 내일은 여행을 떠나자, 기왕이면 국내에서 가장 먼 곳 제주에 가야지, 결심하고는 늦은 점심에야 일어났다. 일어나서 대충 씻고 배낭에 옷 두 벌과 사흘치 기초생활물품을 넣었다. 김포공항으로 가는 동안 자리가 있는 비행기 중 가장 빠른 출발 한 시간 전 표를 주웠다.

비행기 입구에는 신문들이 있었다. 바로 전날 판문점에서 남북미 정상회담이 있었고, 신문들은 저마다 이 소식을 중요하게 다뤘다. 신문을 들고 비상구 옆 복도 쪽 내 자리에 앉았다. 창 쪽에는 아시아계 외국인이 탔다. 딱히 할 말은 없어서 신문을 읽었다. 가져온 신문의 1면부터 마지막 면까지 훑었다. 어느덧 도착 20분 전이다. 옆자리 외국인이 말을 건다. 영어 할 수 있느냐고. 나는 한국어 할 줄 아시냐고 묻고 싶었지만, 이 사람에게도 영어가 모국어 같지는 않았다.(물론 나보다 훨씬 잘했다.) 그래 한국어는 공용어가 아니니까. 잠시 뇌 정지 후. "리를 빗⋯(조금⋯)"이라 말했다. 아무튼 내리기까지 20분 동안 우리는 가능한 수준의 영어로 이런저런 대화를 나눴다. 그는 덴마크 코펜하겐에 살고 휴가를 맞아 아시아를 여행 중이라고 했다. 싱가포르—홍콩을 거쳐 한국에서 마지막 시간을 보내고 있었다. 아시아계로 보여서 가까운 나라 사람인 줄 알았는데 역시 편견은 무섭구나 싶었다.

아무튼 코펜하겐에서 온 그가 제주에서 즐거운 시간을 보내길 바라며 비행기에서 내렸다. 도착한 첫날 정해둔 행선지는 없어서 일단 시청으로 가는 버스를 아무거나 탔다. 어느덧 여덟시. 시청 인근에서 밥을 먹고, 근처 남는 호텔방을 아무거나 아주 값싸게 찾아서 첫 밤을 보냈다. 일어나서는 동쪽으로 떠나는 버스를 아무거나 잡아타고 아무튼, 떠났다.

혼자 하는 여행의 매력은 가능한 최대의 의외성 같다. 함께하는 일행이 없고 계획이 없다면, 여행의 의외성은 어디로 튈지 모르는 수준이 된다. 첫날은 제주 시내, 그다음 날은 동쪽. 아마도 그다음 날은 남쪽, 마지막 날은 서쪽으로 떠나볼까 한다. 약간 두렵기도 하고 기다려지기도 하는 여행의 예측 불가능성. 이 글을 쓰다 문득 생각한다. 이렇게 떠나기 쉬운데, 왜 나는 떠나지 못했던 걸까?

여행을 떠나지 못하는 이유

사실 여행을 떠나기는 쉽지 않다. 우리가 어떤 나이를 살고 있든 저마다 일상에서 해야 할 일이 있기 때문이다. 학생은 학교를 가고, 직장인은 직장에 가고, 프리랜서도 일을 한다. 당장 할 일이 없더라도 곧 뭔가 할 일이 생긴다. 무엇을 배우든, 돈을 벌기 위한 일을 하든 우리 각자는 적어도 1인 몫의 책임을 지고 사회 속 일상의 '자리'를 지킨다. 그런데 내가 없는 자리에는 나의 부재로 인한 멈춤이 생긴다. 일상 속 나의 자리가 중요할수록, 자리를 비우는 시간이 길어질수록 여파는 커진다. 내가 떠남으로써 누군가는 나의 일을 더 하게 될 텐데, 나의 부재가 타인에게 피해는 아닐까 염려도 한다. 물론 나의 부재가 그다지 대단하지 않아서, 나 하나쯤 떠나도 세상은 아무래도 괜찮을는지 모른다. 그렇게 생각하든 정말 그렇든, 부재가 여행을 떠나지 못할 이유인 사람은 분명히 있다.

하지만 그것 말고도 여행을 떠나지 못할 이유는 다양하고 충분하다. 고교 시절에는 어딘가 떠날 수 있다는 생각을 못 해봤다. 혼자 하는 여행은 물론, 흔히 떠나는 가족여행조차 그랬다. 온 가족이 떠나는 여행은 고교 입학 전이 마지막이었던 것 같다. 딱히 불화 없는 우리 집인데도 그랬다. 나는 여행이 의식적으로 무지 낯선 사람이었다. 나는 20대 초반이 되어서도 오랫동안 굳이 여행을 떠날 이유, 그러니까 일상을 벗어나야 할 이유를 찾지 못했다. 일상의 모든 것에 만족해서가 아니라, 일상 밖에 만족이 있다는 보장이 없는데다 여행에는 일상을 벗어나기 위한 큰 '탈출 에너지'가 필요하기 때문이었다.

우리를 떠나지 못하게 만드는 일상의 관성과 강력한 인력. 여행은 애써 일상의 관성을 끊고 그 인력에서 벗어나는 일이다. 일상에서 감당해야 할 책임(이라 쓰고 '짐'이라 읽는)의 질량이 크다면, 필요한 탈출 에너지는 더욱 커진다.(질량이 큰 만큼 중력은 강해지고, 그만큼 강한 로켓이 필요하다.) 사람마다 이 관성과 인력은 다를 것이다.(달을 벗어나는 데 필요한 힘은 지구와 비교하면 22분의 1이면 충분하다고 한다.) 어떤 사람들은 하루하루 일상을 살아내기도 벅차서 일상에서 조금도 벗어나기 어렵다. 엄두가 나지 않는다는 말이 적절할까. 평생 자동차 정비를 해온 아버지를 보며 그런 생각이 들었다.

여태까지 삶의 대부분 시간에서 내게 여행은 비상식은 아니나 비일상적이고 비정기적이며 낯설어서 그것을 애써 감행할 이유를 찾지 못했다. 일상을 탈출하는 데 필요한 많은 에너지, 여행을 가지 않을 너무나 명확하고 '합리적인' 이유들. 그래서 나는 대체로 내가 사는 인천/서울/경기도를 벗어날 일이 없었다. 군생활조차 서울에서 의경으로 보냈으니, 좀처럼 멀리 떠난 일이 없었던 것이다.

애써 여행을 떠난다면, 일상의 부재 동안 나는 더 행복해야 하고 더 배워야 하고 무언가 의미를 찾아야만 할 것 같았다. 하지만 어떤 이들은 그냥, 슝 여행을 잘 떠났다. 그들에게 여행을 떠난다는 것은 무슨 의미인 걸까? 누군가는 여행에서 많은 것을 배웠다고 하는데, 그가 여행에서 배웠다는 것은 여행을 떠나지 않으면 배우지 못하는 것일까? 그럼 세계일주를 떠난 이는 어마어마하게 많은 것을 배우는 것인가? 나도 '지도 밖으로 행군'해야 할까? 여행이 무슨 별거라고 이렇게 난리들이람.

여행의 모습과 의미

로켓이 발사될 때도 기상과 인력이 최적인 시기가 있듯, 여행하기 좋은 때는 내게 주어진 1인 몫의 사회적 책임과 일상의 관성이 가장 적은 때일 것이다. 그래서 입시 끝난 고3과 방학 중인 대학생이, 군대 입대와 전역 전후, 퇴사와 입사 사이, 은퇴한 노년에 여행을 많이 떠난다. 한창 공부해야 할 때, 일해야 할 때 여행은 큰맘 먹고 떠나야 한다. 이 시기 여행은 길게 떠나기 어렵다. 며칠에서 길어야 일주일이다. 적어도 몇 달이나 년 단위가 걸리는 세계일주는 아무나 감행하지 못한다. 그쯤 되면 여행이 다시 일상이 되어버린다. 대다수의 사회인이 할 수 있는 선택은 아닐 것이다. 먹고사는 문제는 현실이니까.

게다가 안정화된 일상에서보다 여행에는 돈도 제법 든다. 떠나는 수단에도, 먹고 마시는 것에도 때로는 입는 것에도 돈이 더 든다. 아무튼 여행을 떠나는 시기와 여정의 길이는 일상 속 부여된 책임의 정도와 주머니 사정 아래에 있다. (이러한 이유로 나의 여행은 1년에 한두 번이다.)

자 그럼에도 당신은 여행을 떠났다. 이 여행은 어떤 여행이어야 할까? 물론 일상을 떠나는 것으로도 충분한 의미가 있고 보상일 것이지만 여행에서 자신이 무엇을 바라는지 알고 떠나면 더 좋을 것 같다. 소중한 당신의 여행은 언제나 있는 이벤트는 아니니까.

여행을 떠나기 전(충동적 여행이라면 떠나면서) 나는 다음 질문들에 대해 생각해보곤 한다. 여행을 여행답게 하는 지극히 개인적인 질문들이다.

1. 이번 여행의 목적은 '쉼/체험/유람/탐험' 중 어디에 가까운가?

여행의 목적을 단순히 쉼, 체험, 유람, 탐험이라는 단어로 한정지을 수는 없겠지만, 주된 목적/기대는 대체로 이에 해당할 것이다. 제주 여행 동안 올레길 다섯 개는 걷겠다는 사람은 체험과 탐험(말하자면 사서 고생)에 가깝고, 온갖 맛있는 것을 다 먹고 오겠다는 사람은 유람—쉼—체험의 적절한 혼합을 기대한다. 물론 '쉼'만 추구하며 일정 내내 호캉스(호텔에서 보내는 바캉스)를 즐기는 사람도 있다. 그런 여행도 가치가 있다. 같은 곳을 같은 시간 여행하더라도,

여행의 목적은 여행의 모습을 너무나 다르게 만든다.

2. 누구와 떠나는가?

누구와 떠나느냐에 따라 여행의 목적과 장소는 꽤 달라진다. 여행에 대한 기대가 비슷한 이와 떠나는 것이 아니라면, 함께 떠나는 이에 맞춰 여행을 편집해야 한다. 이러한 이유로 불확실함의 자유를 누리고 싶은 나의 여행은 혼자인 경우가 많았다.

"부모님과의 해외여행은 고생! 고생이야!"라는 절규를 제법 많은 지인들에게 들었다. 대체로 20~30대의 해외여행은 (호캉스가 아니라면) 유람과 체험이 중심인 걷고 또 걷기인데, 부모님 세대의 체력과 여행에 대한 기대는 우리 세대와는 다르다는 것이다. 또 여행지에서 각종 예약과 의사소통을 책임지는 충실한 가이드 역할이 되어 여행을 즐기지 못하는 경우가 많았다고 한다. 여행을 떠나기 전에 함께 여행할 이와 여행의 기대와 목적에 대해 이야기해보는 것이 좋겠다.

3. 나의 여행 템포는?

여행의 템포, 즉 빠르기는 여행을 위한 시간을 얼마나 낼 수 있느냐와 연관된다. 여행지에서 보내는 시간의 길이는 얼마나 돈을 포기하느냐, 돈을 쓸 수 있느냐에 대한 질문이기도 하다. 일상에서 부재하는 시간은 그만큼 일을 덜 하게 된다는 것이고, 여행지에서의 생활은 일상에서보다 돈을 더 많이 쓰게 된다는 것이니까. 이렇게 일상의 관성과 인력은 여행의 템포까지 결정해버리는 경우가 많다. (과연 인력은 시간에 영향을 미친다.)

나는 빠른 템포가 싫다. 적어도 여행에서만큼은 결단코. 어떤 여행지에서 겨우 하루이틀만 보낼 수 있다면, 그곳에서 얼마나 많은 것을 보고, 또 할 수 있을까? 짧은 시간 동안 너무 많은 것을 하려 하면, 하는 것마다 밀도가 낮아진다. 여행지에서 걷지 않고 뛰게 된다. 자세히 보지 못하고 대충 지나치게 된다. 일상이 조급한데, 여행에서까지 조급하다면 사유하고 느낄 시간이 없다. 물론 어떤 사람들은 가능한 한 많은 것을 보고 느끼려 한다. 가능한 한 많은 것 보기는 그 자체로 의미가 있다. 보는 것은 보지 않는 것보다 좋을 수 있으니까. 단지 내가 그렇지 않을 뿐이고, 나는 그저 하나를 진득하게 보고 체험하는 것이 좋을 따름이다. 느린 템포로 버스를 타거나 걷기를 즐기는 나는 같은 여행지를 몇 번이고 다시 가곤 한다. 부산만 해도 홀로 일곱 번을 찾았는데, 갈 때마다 새롭고 나도 모르는 낯섦이 있었다. 나의 관심은 넓이보다는 깊이로 향한다.

이번 제주 여행에서는 동쪽 광치기해변에 어스름이 내릴 무렵에 가서 해가 지고 별이 뜰 때까지 있었다. 그다음 날에는 성산일출봉을 향해 걸으면서(2킬로미터 남짓이고 짐도 배낭뿐이라 걸을 만했다.) 낮의 광치기해변을 보았다. 제주 바다도 제법 조수간만의 차가 있어서 저녁과는 완전히 다른 모습이었다.

4. 얼마나 계획을 세울 것인가?

이 질문은 바꾸어 말하면 '불확실함을 얼마나 마주할 것인가?' 와 같다. 계획을 세우면 불확실함은 상당 부분 줄어든다. 여행지에서 불확실함은 뜻밖에 멋진 기회를 찾는 가능성이 될 수도 있지만, 크게 실망하게 되거나 위험한 순간으로도 이어질 수 있다. 특히나 잘 알려지지 않은 곳으로 떠나면서 계획하지 않는 것은 무모하고 위험하다. 우리는 생존전문가 베어 그릴스가 아니다. 어떠한 경우에도 안전은 꼭 염두에 두어야 한다. 감당할 수 없는 위험은 낭만이 아니다. 나는 무모하게 지도 밖으로 행군하지 않을 것이다. 그보다는 안전한 여행지에서 나의 시간과 일정의 주인으로서 적당히 계획하고 불확실성에 놓이는 것이 좋다.

경험상 떠나는 수단, 머물 곳에 대한 대강의 계획 정도는 미리 세우는 것이 좋았다. 여행 예산도 절감되고 일정이 얼마나 불확실해도 괜찮은지 감을 잡을 수 있었다. 국내로 떠나는 대부분 여행에서는 계획을 많이 세우지 않았는데, 감당할 만한 불확실함이라 생각했기 때문이었다.

5. 나는 이 여행의 주인인가?

결국 여행에서 나는 얼마나 주체일 수 있는가에 관한 질문이다. 나의 여행은 보통 저지르는 것이었다. 일상의 인력이 약해지고 일상의 관성을 멈출 수 있을 때, 나의 여행은 저질러졌다. 여행지에서만큼은 자유롭게 부유하려 노력했다. 마지못해 가야 할 것 같은 여행은 가지 않았다. 나의 일상은 아무 때나 멈출 수 있는 것이 아니기에 여행이 더욱 소중하다.

내 여행의 주인은 나여야만 한다. 꽤 많은 사람들이 여행 그 자체에만 너무 심취한다. 여행에 도취된 이들은 여행의 관성에 휘말리거나 여행하는 자신에게 과몰입해버린다. 여행을 떠난 자신을 너무나 자랑스러워한다. 여행에 빠진 이들은 일상을 견디지 못한다. 자연히 자극에 대한 반응을 일으키는 데 필요한 역치閾値도 높아진다. 이들은 남들이 가지 않는 곳과 하지 않는 여행방식에 몰두한다. 나는 남들과 다르다는 듯 여행을 패션처럼 사용하지만, 그 패션에는 정작 자기가 없다. 여행이 허영심의 충족, 인정이나 자기 과시의 수단이 되는 것이 온당할까? 여행의 주인은 여행이 아니라, 타인이 아니라, 일상의 인력을 이겨낸 '나'여야 할 것이다. 물론 나는 여행이 좋다. 내가 주인인 여행이라면, 여행은 언제나 좋았다.

우리는 여행에서 무엇을 바라는가?

우리가 여행에 바라는 바는 어쩌면 예술에 바라는 바와도 같을 것이다. 단기적 유용성이나 투자 대비 효용과 이익 회수라는 관점으로 따지면 예술도 여행도 참 투자수익률이 낮다. 그러나 따지고 보면 여행에는 유용한 점이 있다. 일상의 부재와 단절은 나에 대해 더잘 알게 한다. 나의 부재를 느끼는 타인에게도, 일상 밖 나에게도. 관찰하려면 대상으로부터 어느 정도는 떨어져야 하는데, 좋은 여행은 나를 관찰하기에 좋은 거리감을 준다. 갈 길을 찾는 이에게, 특히 창작자에게 여행은 참 좋다.

어설픈 창작자인 나도 이번 제주 여행에서는 뭔가 느끼는 바를 쓰리라 마음먹고 노트북과 수첩을 챙겼다. 말하자면 여행지에서 일상의 작업을 이어갈 생각을 했던 것이다. 사실 여행지에서 진득하게 쓰는 것은 좀 어렵다. 굳이 방법이 있다면 어디 갇혀 쓰는 방법 정도일 것 같다. (예전에는 출판사에서 호텔 방을 잡아놓고 작가를 가두어 글을 쓰게 했다고도 한다.) 하지만 그렇게 되면 여행은 여행이 아니다. 공간이 다를 뿐 일상의 연장이랄까. 제주 여행 2일차 만에 진득하게 쓰기는 포기했다. (대문호들은 언제 어디서든 작업을 이어갔다는데, 나는 그런 그릇은 아닌 듯.) 아무튼 이 글의 첫머리는 쓰고 돌아왔다.

여행지에서만 가능한 어떤 감성이 존재한다. 느끼고 남기는 것. 그곳이 아니면 할 수 없는 일들. 진득하게 쓰기 대신 보고 경험한 것들을 틈틈이 짧은 문장으로 수첩에 적고, 지나치는 풍경과 소리들을 사진으로, 영상으로 담았다.

여행지에서 일상으로 복귀하면 적응을 위한 조정기가 필요하다. 여행지의 자장으로부터 벗어나 일상의 중력에 다시 적응할 즈음, 여행 기록을 정리했다. 나는 여행에서 돌아오고 시간이 조금 지나서 여행 기록 정리하기를 좋아한다. 여행에서 일상을 돌아보기 좋은 것처럼, 일상에 돌아와서야 그 여행의 의미를 알 수 있으니까. 이번 여행은 어찌나 기록을 많이 남겼는지 언제 어디에 갔고 무엇을 느꼈는지 정리하는 데 꼬박 이틀이 걸렸다. 나는 나의 시간을 기록하는 사관으로서, 여행을 기록했다. 기록을 정리하면서 어떤 순간의 의미는 보다 또렷하게 다가왔다. 제주 여행 3일차, 우연히 찾아간 게스트하우스에서의 대화를 떠올렸다. 저마다 다른 고민을 하는 청춘들과 이야기를 나누었고, 노래했고, 함께 새벽 바다를 보았다. 밝은 달이 떠 있었고 여름날에도 바람은 선선했다. 그 순간에는 몰랐던 환상 같은 순간이었다. 다시 그 순간을 만나지 못할지 모르겠다.

이 글의 마침표를 찍으면, 제주 여행은 비로소 끝이 난다. 이번 여행의 불확실성에는 예기하지 못한 환상성이 있었다. 이 글을 쓰는 지금, 지나와서야 그것이 또렷이 보인다. 한편 나의 부재 여파는 돌아온 지금 일상에 충격으로 다가왔다. 일상의 인력과 관성은 강해져 바다는 만조가 되었다. 한동안 나는 떠나지 않을 것이다. 다시 일상의 인력과 관성이 약해지면 모를 일이지만.

아
여행을 떠나기란 어렵다.
돌아온 일상의 인력에 적응하기도.

청춘을 낭비하지 않기란 어렵다

끔찍이도 짧으며 다시는 돌아오지 않을,
우리의 청춘을 위하여

할 수 있을 때가 가장 좋은 때다

내가 아는 사람 중 가장 잘생긴 사람 이야기다. 이 사람은 정말정말 잘생겨서 연예인이어야만 하는 사람이었다. 아니나 다를까 연예활동을 시작한 지 얼마 지나지 않아 텔레비전 광고에 나오게 되었다. 보통 유명인들은 카카오톡 메신저 등 프로필 사진에서 자신을 알아볼 수 없게 하는 경우가 많다. 유명세를 치르지 않기 위한 조치로 보인다. 그도 그럴 것이 잘 알지도 못하는 사람들로부터 원하지 않는 메시지를 계속 받으면 여간 귀찮은 일이 아닐 것 같다. 이내 이 친구는 아예 번호를 바꿔버렸다. 잘생긴 친구의 이전 번호를 인수한 사람은 적어도 일흔은 되어 보이는 어르신이었다. 저장된 이름은 알고 지내던 잘생긴 청년인데, 새로 바뀐 프로필 사진은 인생의 황혼기를 보내고 있는 할아버지였다. 어르신의 프로필은 조금 과하게 클로즈업된 무표정한 얼굴, 모자와 선글라스를 쓴 사진, 꽃과 절경 사진들로 구성되어 있었다. 대화명은 '할 수 있을 때가 가장 좋은 때다'. 어르신은 이제 무언가를 할 수 없는 때인 걸까. 그때부터 카톡을 켜면 이따금 잘생긴 지인의 이름을 검색하곤 했다. 잘생긴 지인과 존함도 사는 곳도 모르는 어르신이 함께 나왔다. 어르신의 대화명과 프로필 사진은 어쩌다 한번씩 드물게 바뀌었다. 가장 최근에 확인한 사진은 일본으로 추정되는 거리에서 일자로 서 계신 모습이었다. 부디 재미있게 사셨으면 좋겠다. 하고 싶은 일을 꾸준히 하시면서.

어르신의 사진을 찾아볼 때마다 지금 내가 할 수 있는 때인지 생각한다. 당연히 할 수 있는 때다. 나는 지금 건강하다. 흰머리도 없다. 아직 아무것도 아닌 나지만, 무엇이든 될 수 있지 않을까 생각한다. 할 수 있는 가장 좋은 때, '청춘'을 보내고 있으니까!

게스트하우스의 청춘들

홀로 떠난 지난 제주 여행 3일차. 이날은 성산일출봉 근처 게스트하우스에 묵었다. 사장님은 두 분이었다. 털보 사장님은 가수 이문세를 닮은 인싸(인사이더, 외향성이 아주 높다는 의미)이고, 다른 사장님은 게스트하우스 한 층을 노래를 듣고 부르기 위한 펍으로 만든, 말하자면 뮤지션이었다. 성산일출봉을 등반하고 돌아와 쉬고 있다가 털보 사장님의 제안으로 투숙하는 사람들과 함께 저녁을 먹기로 했다. 시끌벅적한 파티는 아니란다.

서로 낯선 이들이 펍에 둘러앉았다. 오늘 처음 만난 사람들이다. 서로를 전혀 모른다. 사뭇 어색할 법도 하고 무슨 대화를 할 수 있을까 싶기도 하지만, 이곳은 여행지다. 게다가 우리는 펍에 있다. 잔잔히 음악이 흘렀다. 우리는 제주 어디를 보고 왔는지 남은 여행은 어디를 가려는지 이야기했다. 서로 몇 살인지 무슨 일을 하는 사람인지는 묻지 않았다. 확실한 것은 우리 모두가 청춘이라는 사실이었다. 여행지에서 우리는 서로를 모르기에 일상에서 만나는 이들에게보다 어째 더 솔직해진다. 우리는 저마다 살아온 이야기들을 쏟아냈다. 털보 사장님이 대화를 재미있게 이끌었다면, 뮤지션 사장님은 선곡을 기가 막히게 했다. 시간이 지나며 우리는 술잔도 기울이고 노래도 했다.

우리는 모두 청춘이고, 대부분은 20대 후반에서 30대 초반이었다. 말하자면 마냥 어리지만은 않은, 방황이 멋으로만 느껴지지 않는, 책임의 무게를 알기 시작하는 시기랄까. 나 역시 이 시간을 지나고 있다. 우리의 대화는 새벽까지 이어졌다. 우리는 어느덧 각자의 가장 큰 고민이 무엇인지 알게 되었다.

함께 여행하는 형제가 있다. 그들은 지금이 아니면 떠나지 못할 것 같아 여행을 왔다. 길게 연차를 낸 형제는 해안도로를 한 바퀴 전부 돌 생각이라고 한다. 15일째 올레길을 걷고 있는 여행자가 있다. 그는 퇴사를 했다. 살면서 떠난 가장 긴 여행이라고 한다. 인기종목의 국가대표 직전까지 간 운동선수가 있다. 그는 부상 탓에 직업으로서 운동을 할 수 없게 됐다. 곧 입대를 앞두고 있단다. 직장 동료를 2년 넘게 짝사랑하고 있는 남성이 있다. 서른한 살인 그는 자신이 느끼는 감정이 결코 가볍지 않음을 알고 있다. 목소리가 대단히 또렷한 여성이 있다. 우리는 이 여성이 말과 목소리에 관련한 일을 하는 사람이라 생각했는데, 정말 성우 지망생이었다. 그녀의 고민은 시험장에만 들어서면 굳어버리는 것이었다. 나는 마냥 대학생인 것도 아니고 전업 작가도 아닌, 그러면서 프리랜서 기획자인 애매한 나에 대해 이야기했다.

여행지에서 만난 청춘들은 저마다 다르게 살아가고 있었다. 누구는 무엇이 되려 했으나 끝내 그것이 될 수는 없게 되었다. 누구는 무엇이 되려 하지만 그때마다 벽을 만났다. 우리 모두는 끝내 무엇이 될지 알지 못했다. 자신의 길을 알고 싶어 하는 우리는 방황하고 있었다.

어쩌면 인생의 각 시기는 각기 다른 계절 같다. 각 시기마다 그때가 아니면 알 수 없고 할 수 없는 무언가가 있다. 끔찍이도 짧은 우리네 청춘. 인생에서 언제까지가 청춘인지는 잘 모르겠다. 몸과 마음의 청춘은 사람마다 다를 것이다. 다만 청춘이 영원할 수는 없다. 인생이 그러하듯, 청춘도 유한하다. 그날 우리 청춘들은 짧디짧은 청춘에 대해 말했다.

털보 사장님도 모처럼 지난 이야기를 했다. 그는 이제 막 마흔이 됐다. 그는 어릴 때부터 자신에게 공부가 잘 맞지 않는다 생각했다. 대학을 가지 않았다. 일찍이 사업을 시작했다. 사업은 그런대로 잘

되어서 30대 초반에는 수억을 모았다. 그러나 서른넷 즈음 사업이 크게 기울었고, 그는 가졌던 돈만큼 빚을 지게 되었다. 세상이 싫어진 그는 기숙사가 딸린 산속 공장에 들어갔다. 공장에서의 일과는 밤낮과는 무관하게 작업 일정에 따라 돌아갔다. 작업에 몰두하면 생각을 할 수 없었다. 아린 기억을 잊기에는 참 좋은 일이었다. 작업 중 가장 큰 즐거움은 좋아하는 노래가 나오기를 기다리는 것이었다. 어떤 날, 20대 초반에 그가 가장 좋아하던 노래가 나왔다. 그 시절 그는 불같은 사랑을 했다. 지나온 시간 그는 사랑할 수 있을 때 사랑했고, 도전할 수 있을 때 도전했다. 그는 갑자기 눈물이 났다. 멈출 수 없었다. '나 이러고 있을 때가 아닌데. 나 아직 하고 싶은 것이 있는데…' 그는 지나가고 있는, 다시는 돌아올 수 없을 청춘을 생각했다.

20대 초반에만 느낄 수 있던 어떤 마음이 있다. 서른다섯의 그는 스무 살 그와 온전히 같은 것을 느낄 수 없었다. 하지만 서른다섯의 그는 아직 무엇인가 할 수 있었다. 이대로 멈추고 싶지 않았다. 공장을 나와 무엇이든 닥치는 대로 했다. 밑바닥이라 생각했지만, 다행히 그에게는 그를 믿는 '동지'가 있었다. 때로는 함께 일하고 때로는 함께 여행을 떠났다. 마흔이 되었다. 가진 모든 것을 처분해서 동지와 함께 이 게스트하우스를 인수했다. 그리고 오픈한 다음 주에 맞은 손님이 우리였다.

우리는 바다로 갔다. 파도 소리를 듣고 무어라 외쳤다. 그날 새벽 밝은 달도, 보일 듯 말 듯한 성산일출봉도 보았다.

청춘은 지나간다

그날, 우리의 대화를 곱씹어본다.(게스트하우스 이름이 '그날'이기도 하다.) 청춘을 가장 멀리 보낸 사장님의 이야기를 떠올린다. 인생에는 시기가 있고, 청춘은 영원하지 않다. 어떤 것은 그때가 아니면 느낄 수 없다. 시간이 지나면 분명히 달라져버린 무엇을 마주하게 된다. 그때가 지나고 나면 이제는 알 수 없고 할 수 없다. 미래에 나는 지금 내가 느끼는 무엇을 느끼지 못할지 모른다. 그런 것이 분명히 있다.

10대 때 나는 사랑을 해본 적이 없다. 그때 사랑을 하던 내 친구들은 지금 와서 보면 별것 아닌 것에 행복해 했던 것 같다. 그때 그들은 카페에도 잘 가지 않았고, 술도 마시지 않았다.('공식적'으로는 그랬다.) 학원 앞에서 좋아하는 이를 기다렸고, 함께 떡볶이를 먹었다. 놀이터 벤치에 앉아 시간이 허락하는 한 오래 이야기를 나누기도 했다. 좋아하면, 좋아하면 충분했다. 어떤 친구는 고3 모의고사 날 학교에 나오지 않았다. 그날 여자친구와 한강으로 놀러 갔단다. 자전거를 탔고 저녁에는 한강변에서 캔맥주를 마셨다고 했다. 그 친구에게는 가장 컸던, 사랑의 일탈이었다. 지금 우리는 아마도 할 수 없을. 느낄 수 없을.

나는 처음 기타를 잡던 날을 기억한다. 처음 F코드를 잡을 수 있게 된 날 나는 정말 행복했다. 학교 축제에서 공연을 하던 날은 솔직히 눈물이 날 정도로 좋았다. 이제 나는 그때로 돌아갈 수 없다. 다만 그 기억으로 나는 오늘을 더 행복하게 산다. 나는 그때 그것을 했기 때문에. 지난 기억 속에 우리는 추억을 남긴다. 하지만 추억은 과거라는 현상액 속에서만 회색으로 빛난다. 지금 나는 그때와 같을 수 없다. 내가 지나고 있는 시간이 다른 탓이다.

청춘은 아름다운 스트러글

나는 '스트러글하자'는 말을 자주 한다. 고등학교 때 쓴 일기에도 나오는 표현이니 쓴 지 10년은 더 되었다. 나에게 이 말은 10대 때부터 좋아한 가수 신해철에게서 왔다. 사실 신해철의 노래 중엔 '스트러글'이라는 노래가 없고, 그런 가사도 없다. 그는 이 말을 동사형으로 쓰지도 않았다. 영단어로는 본래 이런 의미다.

1. 투쟁[고투]하다, 몸부림치다, 허우적[버둥]거리다.
2. 힘겹게 나아가다[하다].
3. (나쁜 상황결과를 막기 위해) 싸우다.
4. (~와) 싸우다; (~에게서 벗어나려고) 버둥거리다[발버둥을 치다].
5. (~을 차지하기 위해) (~와) 겨루다[다투다].

'스트러글'은 그가 2002년, 데뷔 15년차에 발매한 베스트 음반 제목, 〈The Best of Shin Hae-Chul Struggling〉에 딱 한 번 나온다. 보통 이런 음반은 데뷔 20주년 이상이 되어서나 아티스트 사후에나 나온다. 그런데 이 앨범이 나올 때 그는 고작 만 서른넷이었다.

참 호방한 30대 청년이었다. 나는 30대 중반인 그가 지나온 자신의 시간에 꽤나 자신이 있었다고 생각한다. 아니, 지나온 자신의 청춘을 존경했다고 생각한다.(30대 중반도 여전히 청춘이지만.)

과연 신해철의 20대는 치열했다. 일찍이 그는 밴드를 하고 싶었다. 밴드 '무한궤도'의 보컬 신해철은 대학가요제에서 〈그대에게〉로 대상을 수상하며 벼락같이 데뷔했다. 이후 무한궤도 해체로 (아마도 자의 반 타의 반으로) 솔로로 음악을 하면서도 많은 인기를 얻었지만 그는 밴드를 하려는 열망을 포기하지 않았다. 그는 용기를 냈다. 솔로이기를 거부하고 끝내 밴드 '넥스트'를 만든다. 20대에 이미 1990년대 한국음악에서 빼놓을 수 없는 아티스트로 올라선다. 그러고는 더 나아갈 수 없다고 생각했을 때, 넥스트를 해체하고 배움을 위해 영국으로 떠난다.

어쩌면 제법 많은 청년들에게 신해철의 청춘 시기는 꽤 부러울지 모르겠다. 적어도 그는 자신이 무엇을 하고 싶은지 진작 알았으니까. 그래서 그는 스트러글할 수 있었는지도 모르니까.

20대 초반 그가 쓴 곡 〈길 위에서〉에는 다음과 같은 가사가 나온다.

난 후회하지 않아 아쉬움은 남겠지만 / 아주 먼 훗날까지도 난 변하지 않아 / 나의 길을 가려 하던 처음 그 순간처럼 / 자랑할 것은 없지만 부끄럽고 싶지 않은 나의 길 / 언제나 내 곁에 있는 그대여 날 지켜봐주오 그는 꿈이 있었다. 그는 음악을 해야 하는 사람이었다. 하지만 확고한 꿈을 꾸는 이조차 자신을 믿을 수 없을 때가 있다. 어린 듯 젊었던 신해철도 자신이 서야 할 길은 알았으나 어떻게 나아가야 할지는 매순간 도무지 알지 못했을 것이다. 〈길 위에서〉를 쓰면서도, 그 이후에도, 그가 보낸 시간은 끊임없이 자신을 의심하는 순간의 연속이었을 것이다. 그럼에도 그는 언제나 다시 자신의 자리에 앉을 용기를 냈다.

스트러글에서 방점을 둘 것은 '갈 길을 아는 것'이 아니라 '다시 자리에 앉을 용기를 내는 것'이 아닐까. 내게 스트러글한다는 것은 타인이 아닌 자신에게 부끄럽지 않도록 시간의 밀도를 높이는 일이다. 꿈이 있고 대단한 목적이 있기 때문에 스트러글하는 것이 아니라, 태어났고 살아가기 때문에 스트러글해야 한다. 그렇기에 나는 그저 이렇게 선언할 따름이다. "우리 스트러글합시다!"

여전히 나는 무엇이 되려는지 모르겠다. 나는 누구인지 나는 끝내 무엇이 되려 하는지. 청춘을 지나고 있는 나는 무엇 하나 제대로 알지 못한다. 하지만 어느 하나 결정되지 않았기에, 무엇이 될지 알 수 없기에, 끔찍이도 짧기에 청춘은 아름답다.

가끔은 멈추어 그저 내면의 소리를 들어볼 따름이다. 50년 후 청춘을 지난 나는, 지금의 나에게 말하고 싶을지도 모른다.

"너는 하고 싶은 것이 있었잖아. 지금 여기서 뭐 하고 있는거야?"

나에게 묻는다. 나의 청춘에 다시 묻는다. 다른 길을 간다는 이유로, 자랑할 것이 없다는 이유로 나는 나의 길을 부끄러워하지 않았는가? 시시한 삶을 살게 될지도 모른다는 걱정 탓에 제법 많은 순간 비겁했던 것은 아닌가? 다시 내 자리에 앉을 용기를 내고, 시간의 밀도를 높여왔는가? 피하지 않고 직면하여 나는 정말 스트러글했는가?

나의 불안, 나의 청춘, 시시한 삶을 살게 되는 것은 아닌가 하는 걱정들. 그럼에도 다시 일어나서 언제나 스트러글. 언젠가 청춘이 지난 나에게 지난날이 부끄럽지 않도록. 끝내 시시한 삶을 살게 되더라도 나는 언제든 다시 일어나 스트러글할 것이다.

할 수 있는 가장 좋은 시간. 다시는 돌아오지 않을, 나의 청춘이 가고 있다.

아
청춘을 낭비하지 않기란 어렵다.
그럼에도 청춘은 아름다운 스트러글.

Part 2

나와 관계,
나와 세상

4장

나와 더불어
살아가는 존재들

다른 세대를 이해하기란 어렵다

다른 시대에 태어나 같은 시대를 사는 이들,
우린 서로를 모른다.

"요즘 젊은것들은 말이야…" 그 유구한 역사

동서고금을 막론하고 젊은 세대는 기성세대의 지탄(?) 대상이 되어왔다. 유사 이래 젊은것들은 언제나 나약하고 배움을 게을리하며 재수가 없었다. 젊은 세대의 나약함과 무례함, 게으름은 쐐기문자로도, 한자로도, 라틴어로도, 벽화로도 남아 그 유구한 지탄의 역사를 증명하고 있다. 그냥저냥 살아가는 아저씨들만 그렇게 생각한 것이 아니었다. 당대의 뛰어난 철학자들도 젊은것들을 보고 한탄해 마지않았는데, 후대에 크나큰 영향을 준 소크라테스도 한비자도 마찬가지였다.

'젊음'과 '어림'은 상대적이다. 이제 막 서른 당한 내게 20대 초중반 사람들은 약간 시간적 거리감이 느껴진다. 내게는 이미 익숙한 것을 이들이 새로 시도하려고 할 때, 이들은 뭔가를 잘 모르는 것 같다. 왠지 헤매고 방황하는 것 같고 어리숙해 보인다. 그럴 때마다 내 마음속 꼰대는 한마디씩 하고 싶다. '야 인마, 이거 그렇게 하는 거 아냐.' 애써 말하지는 않는다. 보통은 세 가지 이유에서다.

1. '아휴 내가 뭐라고 조언이야.'
내가 대단한 성취를 이룬 것도 아닌데 누구에게 이래라저래라 조언할 자격이 되던가. 성취가 조언의 자격인지는 모르겠으나 객관적으로 내가 이룬 것이 없긴 하다. 조언보다는 내가 하는 일을 더 잘하는 게 맞겠다 싶다.

2. '저 친구가 나보다 잘할 수도 있잖아?'
어린 친구들과 같이 뭔가를 해야 할 때 당장은 자세히 관여하는 것이 더 나아 보이지만, 굳이 그러지 않아도 대부분의 경우 그들은 잘 해냈고, 때로는 내가 못 보는 것을 보고 내가 못 하는 것을 하곤 했다. 모르는 것이 있다면 스스로 찾아보고 알아가는 과정도 성취의 일환이다. 성취의 즐거움을 빼앗아서는 안 된다.

3. 어린 내게 조언을 가장한 무례가 준 불쾌함을 잊을 수 없다.
가장 주요한 이유다. 지금 와서 생각해보면 20대 중반까지 대체로 '군필 취업준비생 남자 선배'들은 나를 별로 안 좋아했던 것 같다. 그도 그럴 것이 나는 군대도 미루고 줄곧 창업을 한다고 설쳤으니 다른 길을 가는 내가 얼마나 모자라고 어리숙해 보였을까. 그들 마음은 아마 이랬을 것이다. '야 인마, 너 인생 그렇게 사는 거 아냐.' 아무튼 그들이 이따금 조언이라며 건네는 말들은 사실 대단히 불쾌했다. 정말 잘되라고 하는 말인지, 원래 잘되라는 말은 이렇게 불쾌한 것인지, 사실은 망하기를 바라는 것은 아닌지… 조언에 대한 반감 탓인지 하라는 대로 하기는 더 싫어졌다. 게다가 그들도 아직은 돈이 없어서 지갑을 꺼내면서 말을 하지는 못했다.(참치 사주면서 말했으면 잘 들었을 텐데…)

애써 조언을 가장한 '말씀'을 하지 않을 이유가 이렇게나 많음에도, 상대적으로 기성세대가 보기에 젊은/어린 것들은 왠지 자신들과는 다르다. 저들은 어리숙하고 뭔가를 모른다. 고작 이제 막 계란 한 판 나이가 된 나도 '야 인마, 이거 그렇게 하는 거 아냐'를 누르고 살진대, 반백 년 이상을 산 분들은 오죽할까 싶다. 반대로 젊고 어린 세대가 보기에 기성세대는 얼마나 고루할 것인가.

기억과 경험은 한 세대를 구성하고,
각 세대에는 저마다의 '상식'이 있다

세대는 나이에 의해 나뉘지만, 기억과 경험에 의해서도 나뉜다. 이는 90% 한국 남성의 제2사회화 기간인 군복무 시기에 압축적으로 관찰할 수 있다. '군대 내 사병'끼리는 실질적으로 같은 세대임에도 신구세대의 상대적 관계가 너무나 쉽게 관찰된다. 군대에서의 반년은 마치 사회에서의 5년 같달까. 이곳은 '같은 세대 안 또 다른 세대 차'를 구현한 실험장 같기도 하다.

군대에서는 시간이 지남에 따라 자연스레 서열 문화에 적응하게 되고 특유의 일하는 방식에 숙달될 수밖에 없다. 1년을 넘게 같은 장소에서 먹고 자고 반복되는 일을 하면 이제 막 들어온 신입이 얼마나 어수룩해 보일까. '2층침대 위' 선임들은 우리 동기들에 대해 한마디씩 덧붙였다. "나 때는 이렇지 않았는데…" 아이러니는 그 선임들이 나보다 여섯 살은 어린 친구들이었다는 것이다. 사회에서 야 내가 나름대로 경험이 있지만(에헴) 군대에서 사회에서의 경험이나 전문성은 리셋된다. 이곳 문화에 적응하고 복종하고 이른바 기는 정도가 '에이스'의 표준이 되며 이는 계급사회의 '상식™'이다.

나는 의경을 나왔다. 나와 동기들은 이른바 '촛불 기수'였다. 가장 낮은 계급인 이경 때 대통령 탄핵을 촉구하는 촛불집회가 막 시작됐고, 그 겨울의 광장과 거리는 추웠다. 그곳에서 매주 수십만 명을 목도했다. 우리는 3월 10일 탄핵 선고일 헌법재판소 앞에서 긴장하던 기억을 공유했다. 나중에는 촛불의 기억을 가진 이들과 아닌 이들로 '세대'가 나뉘었던 것 같다. 고작 반년 정도의 시간이지만 이때 고생한 기억은 우리의 자부심이자 피해의식이 되었다.(오후 8시까지 외출은 촛불 기수의 고생으로 이뤄낸 '전리품'이라는 식의 인식이다.)

스물일곱에 입대해서 제법 사회화가 되어 있던 나에게도 이 자부심과 피해의식은 꽤나 영향이 있었다. 나의 사회에서의 자아는 여전히 상식™에 저항했지만 나중에는 중대 내 비상식에 꽤나 무뎌져버렸다. 그런데 시간이 지남에 따라 우리 기수의 상식™은 '윗선'의 노력과 사회적 압력으로 점점 사라져갔다. 나중에 입대한 친구들은 '우리 때'와는 다르게 어려운 청소를 '몰빵'받지도, 휴게시간에 잠을 못 자지도, '전파'라는 명목으로 알림 내용을 전하려 뛰어다니지도 않았다. 입대 1년 반쯤 되었을 때 동기들끼리 모여서 이제 막 들어온 신입들에 대해 이야기를 나눈 적이 있다. 동기 하나가 한마디 덧붙였다. "아휴 요즘 애들 왜 이러냐 진짜. 너무 편해서 그래."

우리 기수의 상식™은 정말 상식일까? 나보다 어렸던 나의 선임들이 공유했던 상식은? 그보다 전 세대의 상식은? 군대 시절 상식은 고생에 대한 보상심리에서 기인했다. 상식은 처음부터 '고생을 덜한 후배 기수'에 대한 피해의식과 인정 욕구로 발현됐다. 우리는 후임들이 왠지 편하게 지낸다 느꼈다. 그들도 고생하지만 촛불 정국을 겪지 않았으니 더 편하다고 생각했다. 군생활 시작부터 우리보다 급여도 많이 받았으니 더 윤택하다고 여겼다.(2018년도부터 사병 급여가 2배 가까이 늘었다.)

그런데 이런 식으로 고생 투쟁을 하자면 끝도 없다. 나의 아버지 세대는 우리보다 훨씬 적은 급여를 받았고, 복무 기간도 우리보다 훨씬 길었다. 각 세대는 각자 고군분투하고 고생한 기억을 가지고 있다. 이 기억은 세대를 구성하고 세대를 결속한다.

나는 군대 내 위계에서의 '짬질'과 기성세대가 젊은 세대에 가지는 '너 인마, 이거 그렇게 하는 거 아니야'가 본질적으로 같다고 생각한다. 내 고생을 알아달라는 요구. 더 나아가 우리 세대 '상식'을 따라달라는 말이기도 하다. 그런데 시대는 변하고 세상은 변한다. 우리의 상식이 후대의 상식일 이유가 없다. 그런 이유로 공유하는 기억이 다른 세대는 같은 시대에 다른 상식으로 살아간다.

한국전쟁에서 촛불 정국까지,
각 세대의 너무 다른 경험과 기억

국어사전은 '세대'를 다음과 같이 정의한다.

1. 어린아이가 성장하여 부모 일을 계승할 때까지의 30년 정도 되는 기간. 늑대代.
2. 같은 시대에 살면서 공통의 의식을 가지는 비슷한 연령층의 사람 전체.
3. 한 생물이 생겨나서 생존을 끝마칠 때까지의 기간.
4. 그때에 당면한 시대.

3, 4는 현존하는 세대차이를 다루기에는 다소 먼 정의다. 일제강점기에 청년기를 보냈던 분과 나는 직접 갈등할 여지가 거의 없다.

첫 번째 정의에 따르면 한 세대를 나누는 기준은 30년이 된다. 사회학에서는 대체로 이 정의를 따르는 것 같다. 2번은 앞선 군대 이야기에 가장 맞는 정의 같다. 나는 이 '공통의 의식'이 세대가 공유하는 집단기억에서 비롯된다고 생각한다. 어떤 세대의 생각을 이해하려면 그 세대가 공유하는 기억에 주목해야 한다. 저들이 우리와 어떻게 다른 기억을 가지고 살아가는지 탐구해야 한다. 세대에는 경험이, 시대가, 집단기억이 녹아 있다. 당연하게도 이러한 집단기억은 같은 시대 안에서도 나라마다 다를 것이다. 1980년대에 20대를 보낸 미국인과 한국인의 기억이 같을 수는 없다. 그 나라에는 레이건과 터미네이터가 있었고 이 나라에는 전두환과 외인구단이 있었다.

10년이면 강산이 변한다는 말이 있다. 꽤나 동의한다. 지금 서른 살인 나와 스무 살인 친구들은 같은 시대를 다른 나이로 지나오고 있다. 우리는 특정 연도에 대한 시간적 거리감도 다를 것이다. 내게 1980년대는 '음 조금 옛날이군' 정도라면, 그들에게 1980년대는 1960/1970년대에 대한 감상, 거리감과 별 차이가 없을 것이다. 사실 그 시대들이 꽤나 차이가 있다!는 말은 현대인이 "중종 때와 세종대왕 때 감성은 꽤 다르답니다!"에서 느끼는 당혹감과 비슷할 것이다. '포켓몬'과 '디지몬'이라는 대단히 희미한 연결고리가 있음에도, 10년의 시차는 우리의 차이를 공통점보다 두드러지게 한다.

10년도 이러할진대, 그보다 태어난 시기 차가 크다면 생각의 차이는 더 두드러진다. 태어난 시대가 다르면 젊은 시기 경험한 기억도 달라진다. 게다가 이 나라는 너무 빨리 변했다. 50년간 나라의 경제는 100배 넘게 성장했다. 국민이 직선제로 대통령을 뽑기 시작한 지도 고작 30년 남짓밖에 안 됐다. 그러다 보니 한 세대(30년) 위로부터는 이해의 어려움이, 두 세대(60년) 위로부터는 상당한 낯섦과 거리감이 느껴진다. 부모님의 어린 시절 이야기를 들어보면 그 모습이 영화처럼 그려지기는 했다. 하지만 외할머니가 어린 날 경험한 일제강점기나 한국전쟁 때 이야기를 들려주셨을 때 나는 막연한 흑백사진을 상상했다. 무엇이 있었고 없었는지조차 알 수 없는, 짐작조차 할 수 없는 시대.

의경 시절 촛불 정국이 한창이던 때 여러 집회 현장에 나갔던 기억이 있다. 이른바 '태극기집회'에는 군복을 입고 선글라스를 쓴 노년층이 많았다. 그들은 왜인지 군가를 틀고 젊은 시절 자신의 소속을 나타내는 깃발을 들고 거리를 아주 천천히 행진했다. 어떤 이들은 내게 다가와 자신들이 하는 행동의 정당성에 대해 말했다. 우리 애국하러 나온 거라고. 고마운 줄 알아야 한다고.

무표정의 관찰자였던 나는 그들의 행동이 너무나 의아했다. 아니 군복은 왜 입는 걸까. 군가는 왜 트는 걸까. 나는 단지 그들이 젊거나 어린 시절 새마을운동을 경험했을 것이고, 적어도 서른은 다 되어서야 대통령을 투표로 뽑아봤으리라는 것 정도를 짐작할 따름이다. 그러나 짐작은 아는 것이 아니다. 나는 온 가족과 단칸방에서 살아본 적은 있으나 밥을 굶어본 적은 없다. 고교 시절 선생(여전히 나는 그를 존칭할 수 없다)에게 쉬는 시간 체벌을 받는 친구에게 말을 걸었다는 이유로 갑작스레 따귀를 맞은 적은 있으나 촌지를 내본 적은 없다.

지금의 내 나이, 과거의 내 나이에 그들은 무엇을 경험했을까? 무엇을 마주했을까? 무엇이 그들을 거리로 나서게 했을까? 나는 이

해할 수 없었다.

각 세대는 각 시대의 어려움을 직면해왔다

미디어에서 주로 보이는 세대갈등을 아주 간결하게 단순화하면 다음과 같을 것이다.

—기성세대의 생각

"'어리다'는 말은 '어리석다'의 옛말이기도 하다. 어린 세대는 고생과 고난을 모르고 자라 편안함만을 추구하는 것 같다. 관계에 대한 책임을 지기 싫으니 결혼도 안 하고, 아이도 안 낳는단다. 이상하다. 우리 때는 그렇지 않았는데."

—젊은 세대의 생각

"기성세대는 답답하다. 고루하다. 잘 알지도 못하면서 자신이 살아온 시대의 기준을 강요한다. 알고 싶지도 듣고 싶지도 않다. 당신의 시대와 다르게 지금은 좋은 직장 들어가기가 너무 어렵다. 결혼은 자유를 상실하게 할 뿐 아니라 시작하기도 어려운 너무 비싼 선택이다. 아이를 낳으면 '나의 꿈'은 더 요원해질지 모른다."

아직은 젊은 세대에 속하는 나이기에 '내 삶을 책임지지 않는 이들의 조언'은 고루하고 짜증 났던 것이 사실이다. 그럼에도 지나서 보면 부모 세대의 어떤 조언이 곱씹어보았을 때 꽤나 맞는 말이었다는 것도 부정하기 어렵다. 다만 시대가 달라 맞지 않는 것도 많았다. 나는 기성세대가 책임을 질 수 없고 구체적인 해결책을 말할 수 없을 때는 조언하기보다는 그저 믿음을 주었으면 좋겠다고 생각한다. 나의 부모가 내게 준 것처럼, 널 믿는 나를 믿는다는 그 믿음. 그 것이면 충분하다고 생각한다.

각 세대는 각자 고생을 해왔다. 조부 세대는 일제강점기와 한국전쟁을 경험했다. 생존을 위해 고군분투해야 했던 시대였다. 그때를 살아낸 기억은 강렬하게 그들의 삶 전반을 지배한다고 본다. 원칙은 없었고, 반칙이 만연했을 것이다. 그런 시대를 이겨낸 그분들을 나는 진심으로 연민한다. 여생만큼은 편하게 지내셨으면 좋겠다.

나의 부모 세대는 젊은 시절 분명 고성장기에 있었다. 하지만 그만큼 물가상승률도 끔찍하게 높았다. 그들은 분명 '살기 어려웠다'. 생존은 했으나 생활을 지키기 힘들었다. 노동권은 열악했고, 임금은 낮았다. 자고 일어나면 생필품 물가는 훌쩍 올라 있었다. 그 시기 대부분의 가정은 단칸방에서 한 식구가 모두 생활했을 것이다. 나는 그것이 어떤 의미인지 너무나 잘 안다. 가족에는 '식구'만 있고 개인은 없다. 우리 집이 첫 번째로 망했을 때 단칸방에 네 식구가(동생 문희지도 강아지 문돌이도 태어나기 전이었다) 살게 됐다. 그 집은 화장실이 밖에 있었다. 나는 처음 이사한 날 잠을 꼬박 설쳤다. 이제 나의 방이 없다는 사실은 개인으로서 나를 작아지게 만들었다. 이러한 생활이 부모 세대가 경험한 젊은 날의 대부분이었다면, '개인으로서 나'를 중시하는 요즘 애들을 이해하기가 어려운 것도 이해가 된다.

내 또래 세대도 생활은 힘들다. 고성장기는 끝났고, 장기 저성장의 터널로 우리 사회는 들어섰다. 노력은 '노오력'으로 자조된다. 한편 초연결 기술이 일상이 되면서 '개인의 시대'가 도래했다. 나보다 멋지고 잘나가는 개인들이 너무나 많이 보인다. 인플루언서다 유튜버다 독립출판이다 세계일주다 하는 자아실현의 홍수 속에서 여전히 나는 자아미실현 상태로 남아 있는 것 같다. 나는 초라하다. 여전히 내가 누구인지 모르겠다. 이때 무심하게 어떤 어른은 말한다. "녀석아 그래도 결혼하고 애는 낳아야지." 나는 생각한다. '내가… 왜요?' 갈등은 일상 속에 잠재되어 있다.

각 세대의 가치관을 형성한 시대의 차이를 이해하지 않으면 서로는 증오하기도 혐오하기도 쉽다. 노인은 '틀딱'이 되고, 중장년층은 '꼰대'가 된다. 젊은것들은 '철없고 나약하고 무례한 놈들'이 된다.(젊은 세대를 혐오하는 마땅한 표현이 없다는 데서 젊은 세대의 기성세대 혐오가 더 강하지 않은가 한다.) 각 세대는 자신의 시대를 견뎌내고 살아남았다. 다른 시대에 태어나 같은 시대를 사는 우리 모두가 각자의 고생을 인정받을 자격이 충분하다고 믿는다.

결국 우리는 더불어 살아갈 수밖에 없는 운명

당연하게도 기성세대와 젊은 세대의 구분은 상대적이다. 열한 살 어린 내 동생 희지에게 나는 기성세대다. 그리고 머지않아 내가 기성세대로밖에 불릴 수 없는 시기가 올 것이다. 나는 영원히 젊지 않을 것이다. 스무 살 어린 어른이 된 날로부터 서른 살까지의 10년은 체감으로 중학교 3년보다 짧았다. 시간이 흘러 시대가 변하고 언젠가 나의 젊음도 사그라져갈 것이다. 나에게 중년이, 이어서 노년이 올 텐데 그때의 사회와 나의 몸은 어떤 상태일지 짐작하기 어렵다. 나는 잘 적응할 수 있을까? 나는 '꼰대'가, '틀딱'이 되지 않을 수 있을까? 오랜 시간이 지난 후 노인이 된 나는 무엇으로 여겨질까?

나는 최근 앱 서비스 기획자로 커리어를 시작했다. 잠재 사용자들을 인터뷰하고 관찰하다 보면 연령별로 살아가는 모습들이 대단히 다르다는 인상을 받는다. 모두를 잡을 수는 없기에 기획 단계에서 가장 많이 하는 것은 '배제'다. 즉 서비스의 주 연령대를 정한다, 서비스를 잘 쓰지 않을 것 같은 연령대는 가장 나중에 사용성을 고려한다, 고려할 수 없다면 과감히 배제한다. 최근 몇 년 사이 패스트푸드점에 도입된 키오스크(무인 주문기계)를 사용하기 어려워하는 노인들이 많다고 한다. 그들 세대에게 터치 인터페이스는 너무 낯설어서 도무지 이해가 어려운 것이다. 나는 그들이 기획 단계에서 배제당했다는 생각을 한다. 사업자는 내심 그들이 오지 않기를 바랐는지도 모른다.

열한 살 어린 동생과 대화하다 보면 사고의 기본값이 다르게 세팅되어 있다는 느낌을 받는다. 이 글을 쓰기 위해 물어보니 희지는 카카오톡을 중1 때부터 써왔다고 한다. 자기 스마트폰을 쓰기 이전부터 공기계로 사용해왔단다. 나는 카톡을 스물두 살 때 처음 썼다.

나는 인터넷을 초3 때부터 썼다. 생각해보니 희지는 초등학교에 들어가기 전부터 주니어네이버를 봤다.

1988년생인 나의 형은 2016년 7월에 태어난 문하성 군의 아버지다. 가끔 형의 집에 가서 하성이와 놀아줄 때가 있는데, 물리적인 실체가 존재하는 장난감으로 놀기 반, IT기기 함께 보기가 반이었다. 아직 네 살밖에 안 된 하성이는 유튜브에서 동영상 찾아보기를 너무나 잘했다. 나는 아이패드를 스물한 살 때 처음 만져봤었다.

나의 미래가 두려워졌다. 하성이가 내 나이가 될 때쯤, 나는 이 사회에서 어떤 존재일까? 다른 시대에 태어나 나와 같은 시대를 살아갈 하성이의 세대는 어떤 기억을 공유할까? 나는 그들을 이해할까? 그들은 나를 이해하려 할까?

유기체 인간은 점점 오래 살아남는다. 출생률은 줄겠지만, 다른 시대에 태어난 다양한 세대가 같은 시대를 사는 기간은 점점 길어질 것이다. 우리는 이제껏 목도한 적 없는 세대차이의 시대를 곧 마주하게 될 것이다. 좋든 싫든 우리는 같이 살아가게 될 것이다.

어떤 세대가 어떠한 경향성을 가지는 데는 나름의 이유가 존재한다. 어떤 세대의 집단적인 체험에 의해 형성된 사고를, 공통 체험을 하지 않은 다른 세대가 이해하기는 어렵다. 어쩌면 불가능할 것이다. 다만 노력을 해볼 따름이다. 키오스크 앞에서 헤매는 어르신께 친절히 말을 건네볼 따름이다. 우리는 함께 살아가야 하니까. 더불어 살아갈 운명인 우리 모두는 차이에도 불구하고 서로를 더 이해해야만 하는 과제 앞에 함께 서 있다.

아

다른 세대를 이해하기란 어렵다.

하지만 함께 살아가야 하는 우리.

좋은 친구를 만나기란 어렵다

내가 사랑한 나의 20대를 함께한,
보고 싶은 나의 친구들에게

문득 떠오른 오래전 나와 친구들의 기억

비 오는 10월의 가을날. 나의 첫 예비군 훈련일이었다. 스물아홉 전역, 서른 살 첫 예비군이라니. 전역자라고는 해도 예비군 훈련에 대해 아는 바가 없으니 예비군이 거의 끝나가는 친구들에게 이래저래 많이 물어봤다. 녀석들은 나를 놀리면서도 꼭 필요한 말들은 해줬다. 역시 함께 20대를 보낸 내 친구들이다.

정말 오랜만에 군복을 입고 집을 나섰다.(나는 의경 출신이라 군복은 훈련소 이후 처음이었다.) 어떤 사람들은 군복을 입으면 한없이 풀어진다는데, 나는 묘한 긴장감을 느꼈다. 아마 예비군 1년차이기 때문이겠지. 집 근처에 있는 훈련장인데, 들어오면 바깥세상과는 다른 공기가 흐른다. 흙탕물 가득한 연병장과 산에 걸린 안개가 보였다. 영락없이 훈련소 입소일의 것이었다. 그때도 10월이었다. 더

운 듯하다가도 해가 지면 그렇게 추웠다.

논산으로 가던 스물일곱 살 10월 6일, 친구들이 따라와줬다. 연병장을 한 바퀴 돌고, 우리는 정말 '안녕'했다. 그날 나는 울지 않으려 노력했다. 논산훈련소에서의 첫 밤은 잊을 수 없다. 낯설고 너무 낯설었다. 잠에 들어야 하는 밤. 내 옆자리에 누운 이는 스물여섯 살 초등학교 교사였다. 잠들기 전 그가 내게 사회에서 무엇을 했느냐고 물었다. "저는 교육을 했어요. 늘 제가 더 많이 배웠지만요…" 내가 말했다.

그때, 잠시 떠나왔던 나는 남겨둔 것과 함께한 이들을 참 많이도 생각했다. 창업이 쉽지는 않았지만 나는 정말 좋은 사람들과 잊을 수 없는 시간을 함께했다. 나는 지나온 시간을, 함께한 사람들을, 바깥세상을 그리워했다. 세상에는 어떤 일이 일어나고 있을까. 사랑하는 이들은 잘 지내고 있는 것일까. 시간이 허락하는 틈틈이 일기와 편지를 썼다. 훈련을 마치고 돌아오면 가끔은 친구들이 쓴 편지가 와 있었다. 백령도에서 해병 병장 녀석에게 받은 편지는 꿈엔들 잊힐까. 편지 속 어떤 문장은 지금도 잊을 수 없다.

"너는 어떠한 상황에서도 결코 음울함에 지지 않던 사람이었다."

지나온 시간 나는 그랬던가? 아무쪼록 나는 마주할 것이 무엇이든 음울함에 지지 않으리라 다짐했다. 한편 편지들이 전하는 시국은 대단히 불안정했다. 광화문에서는 촛불이 켜지기 시작했고 어느덧 대통령에 대한 하야 요구가 전국으로 확산되고 있었다. 의경인 내가 이어 맞이한 겨울의 광장과 거리는 우리가 기억하는 그 모습이다.

그때로부터 3년이 지났다. 편지를 읽으며 입고 있던 군복을 오랜만에 다시 입었다. 그사이 나도 세상도 제법 많이 변했다. 하루 동안의 지루한 교육과 훈련을 뒤로하고 다시 훈련장 밖으로 나섰다. 나는 보고 싶은 사람들을 그렸던 그날과 이제는 볼 수 있는데 좀처럼 만나지 못하는 친구들을 생각했다.

나를 만든 것은 친구들과 함께한 시간이었다

사전은 '친구'를 "가깝게 오래 사귄 사람"이라 말하는데, 나와 함께 20대를 분투한 이들을 부르기엔 조금 모자라는 정의다. "목적이나 뜻이 같음. 또는 그런 사람." 사전은 '동지'를 이렇게 정의한다. 굳이 말하자면 그들은 나의 동지였다. 스무 살 우리는 같은 뜻을 도모했기에 동지였고, 오래 함께했기에 친구였다. 보잘것없는 나와 함께한 고마운 사람들이었다.

고등학교 2학년 때쯤인가. 갑자기 턱끝까지 불안이 밀려온 적이 있었다. 지금도 그 이유는 잘 모르겠다. 확실한 것은 나는 어디서부터 무엇을 해내야 할지 도무지, 아무것도 알지 못했다는 것이고, 꿈이라 말할 것이 없었다는 것이다. 공부를 제법 하는 많은 친구들은 '크고 멋진 것'을 꿈으로 말하기 시작했다. 그 꿈은 대개 '직업으로서의 꿈'을 의미했던 것 같다. 나는 뒤처지고 싶지 않았다. 내 마음이 진심으로 설득되지는 않았지만 어느새 나도 '말하기에 부끄럽지 않은 직업'을 꿈으로 말하고 있었다.

고3 때 영어 선생님 수업시간 중 내게 꿈이 무엇이냐 물었다. "사회과학을 전공해 정론직필하는 기자가 되고 싶습니다!"라고 나는 말했던 것 같다. 그것도 제법 당당하고 확신에 찬 어조로. 선생님은 흐뭇하게 웃으며 내게 멋진 꿈이라 말씀해주셨다. 반 친구들은 박수를 쳐주었다. 그때의 나 역시 지금처럼 말하기도 글쓰기도 좋아했다. 다만 미치도록 좋아하지는 않았다. 자리에 앉은 나는 잘못을한 것도 없는데, 가슴 한쪽이 시큰거렸다. 죄를 지은 것만 같았다. '양심의 소리를 듣지 않아서인가!' 실없는 소년만화 같은 생각도 했었다.

내가 동지가 된 친구들을 만난 때는 그맘때였다. 처음 만난 열아홉 때 우리는 각자 다른 지역에 살았고 저마다 입시로 바빴지만, 우연히 만났음에도 빠르게 가까워졌다. 아마도 우리 모두가 '나아갈 길'에 대해 정말로 진지하고 아프게 고민했기 때문이 아니었을까. 다른 이들이 그렇지 않았다는 것이 아니다. 그저 우리는 왠지 모르게 마음으로 공명할 수 있었다는 것이다.

스물한 살 어린 날에는 함께 뜻을 모아 무모한 시도를 했다. 당시는 지금 학생부 종합전형의 조상 격인 '입학사정관 전형'이 막 생겨난 때였고, 대중교육을 지향하며 적정한 대가를 받으면 괜찮은 비전이 있으리라 생각했다. 또 입시와 진로에서 우리가 겪은 시행착

오를 후배들은 겪지 않기를 바랐다. 그해 여름, 우리는 일단 '시작'했다. 아직 어린 어른이었던 우리는 더 어린 친구들을 만나 그들에게 영향을 주는 일을 시작했다.

첫 2년간은 나름대로 성과가 있었다. 고무된 우리는 본격적으로 '사업'을 벌였다. 사무실을 열고 교재와 서비스를 개발했고, 열심히 강의했다. 하지만 아직 어린 우리에게는 실력과 자본이 늘 부족했고, 부족한 만큼은 근지로 버텼다. 매년 겨울은 참 추웠다. 힘겨울 때는 임대료와 각종 고정비가 큰 부담이었다. 그런데도 '사업자적 필요'와 '교육자적 양심' 사이에서 우리는 대개 후자를 선택했던 것 같다. 지금 와서 보면 우리는 필요 이상 간절하고 절박했다. 청춘을 '덜 걸었어도' 충분히 괜찮았을 텐데. 나는 군대를 계속 미뤘고, 대학에서 최선을 다하지 않았다. 우리는 청년 사업가가 되기를 바랐으나 사업에 '뛰어들지' 못했고 사업에 '빠져' 있었다.

7~8년 동안 나와 친구들은 분투했다. 친구들은 나보다 먼저 군대를 다녀왔고 내가 입대한 후에도 제법 오래 버텼다. 어느덧 우리는 20대 후반이었다. 이제는 마침표를 찍을 용기를 내야만 했다. 우리는 함께 끝을 내기로 했다. 새롭게 시작하기 위해. 우리를 거쳐간 모든 이들에게 그 소식을 알렸다.

이 글이 공표되는 시점부터, 청년교육벤처 비유는 브랜드 '꿈소서' 활용을 포함한 모든 사업적 활동을 진행하지 않기로 결정하였습니다. 비유는 영리 사업체로서의 기능을 해체하고, 졸업생 네트워

크만을 남깁니다. 본 결정의 이유는 8년간 오랜 노력에도 불구하고, 비유가 지속가능한 비즈니스 모델을 찾지 못했기 때문이며, 다른 한편으로는 비유 구성원들의 새로운 꿈을 위한 길을 열기 위해서입니다. 오늘 결정은 이사회가 다시 소집되어 결정을 번복하지 않는 한 무기한 유효합니다.

비유는 2010년 7월 창업자 3인(문희철, 이건호, 고재형)의 도전으로 시작되었습니다. 스물한 살 어린 청년들이 무엇을 알고 무엇이 되고자 업을 시작하였다면 거짓말일 것입니다. 그저 우리 앞에는 기회가 있었고, 우리는 기꺼이 우리를 던져보기로 마음먹었었지요. 지난 8년간 우리 스스로도 우리의 행보가 무엇을 향해 가는지 알지 못했습니다. 다만 그것이 우리에게 결코 작지 않은 무언가를 남겼다는 것, 그리고 너무나 좋은 사람들과 함께한 가치 있는 여정이었다는 것은 확신합니다…

청년 사업가가 되고 싶었던 청년 자영업자. 우리는 성공하지 못했다. 미숙했고, 어쩌면 성공을 두려워했는지도 모르겠다. 너무 빠르게 삶의 방향이 결정되는 것은 두려운 일이다. 비록 우리는 큰돈을 벌지 못했으나, 돈이 아니라 사람을 남기는 일이었다면 꽤나 잘 했는지 모른다.

하지만 우리가 함께 지나온 시간 동안 나와 동지들은 참 고생이 많았다. 특히 내가 떠나 있는 동안 끔찍이도 고생한 친구들에게 고마움과 미안함을 충분히 말하지 못했다. 꼭 말하고 싶었다. 의경 복무 시절, 광장과 거리 근무를 마치고 돌아올 때마다 틈틈이 편지를 써놓고도 차마 부치지 못했다.

같은 것이 많다고 생각했던 우리는 이제는 서로가 서 있는 곳도 생각하는 것도 꽤나 달라졌음을 느낀다. 다시 사회로 돌아왔을 때, 각자의 길 위에서 고군분투하고 있는 친구들을 보았다. 다들 참 잘하고 있다. 어느 누구와 비교해도 모자라지 않게 잘하고 있다. 다시 학교로 돌아온 나는 느리지만 나의 새로운 자리에서 길을 내기 시작했다. 이제 다른 곳에 서 있는 우리 각자는 높아진 시간의 밀도 탓에 아쉽게도 자주 만나지 못한다. 다 같이 여행을 떠난 게 3년 전이 마지막이구나.

우리 사이 거리가 멀어져갈 때

많은 관계들이 그렇듯 친구 사이도 가까웠다가도 멀어지기도 한다. 다만 연인 사이의 이별과는 다르게 친구 사이의 멀어짐은 대체로 점점 옅어지는 그러데이션이다. 고교 시절 친하게 지내던 동창들을 어느새 잘 보지 않게 되었다. 애써 보지 않으려는 것이 아니라 사는 곳, 하는 일, 생각하는 바가 달라지며 큰 경조사가 아니면 만날 일이 없어진 탓이다.

아직 교복을 입던 때였다. 햇빛이 좋은 봄날이었다. 점심을 먹고 반 친구들과 교정을 천천히 걸었다. 운동장에서 축구를 하는 아이들을 구경하며 그저 천천히 걸었다. 교복 입은 우리는 생기가 넘쳤다. 나는 문득 이 순간을 그리워하겠구나 생각했다. 다시는 이 순간이 돌아오지 않을 것을 알았다. 같은 교복을 입은 우리의 생기 넘치는 어린 날도, 나와 함께 걷는 친구들의 철없는 마음도.

관계가 변한다는 것이 꼭 나쁜 건 아니다. 함께 시간을 지났던 우리는 단절된 것이 아니라 단지 희미해졌을 뿐이다. 심지어 여러 이유로 관계가 끊어졌더라도, 함께 시간을 지낸 덕분에 우리가 더 나아가고 더 성장했으니, 우리는 친구여서 참 좋았다. 우리가 친구여서 참 다행이었다. 좋은 친구들은 나를 더욱 나답게 했다.

돌이켜보면 나와 친구였던 이들은 나와 꼭 같았기 때문에 친구는 아니었다. 달라도 친구가 될 수 있었다. 오히려 알아갈수록 다른 점이 많아 친구가 되기에 좋았다. 서로 다르다고 생각했지만, 함께 지내며 우리는 각자의 세계를 넓혀나갔다.

무엇보다도 친구 사이에서 가장 중요한 것은 서로를 대하는 태도였다. 많은 관계에서 태도는 본질을 규정한다. 같은 것이 많아도 서로 존중하지 않는다면 친구다운 친구일 수 없었다. 그런 관계는 잘 지내봐야 '같이 노는 것이 재미있는 정도'를 넘지 못했고, 그마저도 오래 지속되지 않았다. 서로를 존중하고 이해하려 노력한 이들과는 좋은 친구가 되었다. 애써 감내할 것과 참을 것이 적어야 관계는 오래 지속됐다. 그리고 어떤 관계가 원활하고 별 탈이 없다면, 사실은 서로가 대단히 서로를 존중하려 지속적으로 노력하고 있음을 깨달았다. 그렇게 오랫동안 생각과 마음이 통한 이들은 친구이자 동지가 되었다. 함께 있을 때 우리는 정말 즐거웠다.

마음으로 공명하는 친구는
만드는 것이 아니라 만나는 것이다

친구는 만드는 것일까, 만나는 것일까. 친구는 찾는 것일까, 자연스레 찾아오는 것일까. 나에게는 만드는 것보다는 만나는 것에, 찾는 것보다는 찾아오는 것에 가까웠다. 물론 좋은 친구를 노력으로 사귀려 한다면, 부분적으로는 가능할지도 모르겠다. 누군가의 존재를 모른다면 친해질 수조차 없으니까. 나 역시 친구를 찾으려는 노력, 사귀려는 수고를 하지 않았던 것은 아니다. 한때는 '네트워킹'이라는 명목으로 나보다 더 뛰어나 보이는 사람들이 있는 자리에 가본 적도 있었다. 그곳에서 알게 된 어떤 이들과는 그럭저럭 즐겁게 대화를 했고, 지금도 좋은 관계로 잘 지내고 있다. 하지만 마음으로 공명하고, 서로를 존중하며, 함께함이 즐거웠던 이들, 나의 동지인 친구들은 아무리 생각해봐도 애써 만나려고 만난 것이 아니었다. 일상의 순간에서 나와 친구들은 우연히 필연히 서로 만났고, 지내는 시간 동안 크고 작은 어려움들을 함께 이겨내며 서로의 청춘을 구성하는 조각이 되었다.

내가 좋은 친구를 만나고 오랫동안 함께 지낼 수 있었던 이유는 솔직히 잘 모르겠다. 다만 방법이 있다면. 아마도 다음 세 가지 정도일 것이다. 내게는 그랬다.

1. 좋은 존재를 발견할 수 있도록 관계를 회피하지 않는 것.

2. 함께 지내는 사람들을 존중하는 태도를 지키는 것.

3. 스스로 더 좋은 사람이 되기 위한 노력을 포기하지 않는 것.

이렇듯 좋은 친구를 만나는 법은 단순하고 어렵다. 유유상종類類相從이다. 더 나은 인간은 더 나은 사람을 만나고 함께하게 된다. 그러니까 좋은 사람은 좋은 친구를 만나게 된다.

20대가 끝나기까지, 졸업도, 사랑도, 사업도 무엇 하나 잘해낸 것 없던 나. 그럼에도 후회하지 않는 건 나보다 멋진 친구이자 동지들과 함께한 시간 덕이다. 우리네 청춘은 끔찍이도 짧고, 시간은 정말 빠른 듯하다. 그사이 먼저 떠난 이도 있었다. 친구들과 나, 우리의 청춘도 삶도 영원하지는 않을 것이다. 남은 우리는 머지않은 미래에 꼭 모여, 어린 듯 젊었던 때 용감하고 무모했던 우리의 생각과 마음을 나눌 수 있었으면 좋겠다.

아

좋은 친구를 만나기란 어렵다.

그대들보다 좋은 친구를 만나기란 정말 어렵다.

반려동물을 키우기란 어렵다

열아홉 내가 서른이 되는 동안,
열두 살이 된 강아지 뭉뭉이

나도 강아지를 키우고 싶었다

아주 어릴 적 나는 '록맨'이라는 게임을 정말정말 좋아했다. 서울 강북 초롱유치원에서 인천 계양 대명미술학원으로 그리고 병방초등학교 저학년 때까지도 나는 록맨에 심취해 있었다. 후에 탈덕(덕질, 즉 어떤 분야를 열성적으로 좋아하여 그와 관련된 것에 파고드는 일을 그만두고 빠져나옴)했으나 중학교 때 록맨X 시리즈에 심취하여 재입덕(다시 덕질을 시작함)을 하게 된다. 세계 정복을 꿈꾸는 닥터 와일리에 맞서는 파란색 로봇인 록맨. 그의 여정은 언제나 반려견 로봇 랏슈('러시Rush'를 일본식으로 읽은 것)와 함께였다. 빨간 강아지 랏슈는 록맨이 하늘을 날 수 있도록, 높은 곳으로 점프할 수 있도록 도왔다. 랏슈와 함께라면 록맨은 절대 닥터 와일리에게 지지 않았다. 록맨과 랏슈는 몇 번이고 세계를 구했다.(10번도 넘게. 사실 와일리 박사가 더 대단한 것이 아닐까?)

어린 나는 랏슈 같은 강아지를 '갖고' 싶었다. 어떤 친구들은 강아지를 키우고 있었다. 하지만 나는 강아지가 없었다. 나는 엄마에게 강아지를 키웠으면 좋겠다고 말했지만, 엄마는 그때마다 안 된다고 말했던 것 같다. 말해도 말해도 안 된다고 안 된다고 해서 나는 언젠가부터 단념했다. 우리 집에 강아지는 있을 수 없었다. 털이 있는 동물이란 우리 집에는 존재할 수 없는 존재였다.

초등학교 2학년 즈음이었을까. 놀이터에서 놀고 있는데 학교 친구가 축 늘어진 강아지를 안고 왔다. 강아지는 다친 데는 없어 보였지만 전혀 숨을 쉬지 않았다. 혹시나 깊은 잠에 빠졌는지도 모르기에 우리는 강아지를 벤치에 올려두고 한참 동안 깨어나기를 기다렸다. 강아지는 깨어나지 않았다. 우리는 그 강아지를 살릴 수 없었다. '지금'으로서는 방법이 없었다. 하지만 그때 우리는 죽음이 끝이 아니라 생각했다. 당시 록맨을 좋아하던 우리는 '사실 록맨은 원래 소년이었고 로봇강아지 랏슈는 소년의 반려강아지였는데, 둘 다 사고로 죽게 된 후 과학기술로 되살린 것'이라 믿었다. 나중에 알고 보니 록맨은 전혀 그런 이야기가 아니었지만, 그만큼 우리에게 죽음이라는 개념은 낯설디낯설었다. 무언가 끝난다는 것을 우리는 섭사리 인정할 수 없었다.

어떤 영화에서는 남아 있는 일부 DNA를 가지고도 기억을 그대로 간직한 인간을 만들어내지 않는가? 어쩌면 과학이 발달된 미래가 오면 강아지는 랏슈처럼 다시 새로운 생명을 얻을지도 몰랐다.

지금은 깨지 않는 긴 잠을 자는 강아지를 위해 우리가 해야 할 일은, 오랜 시간이 지나도 온전히 있을 만한 곳을 찾는 것이었다. 고심 끝에 우리는 강아지를 묻어주기로 했다. 오래도록 양지바른 곳, 변하지 않을 땅을 찾아 동네를 한 바퀴 돌았다. 우리가 찾은 곳은 우리에게 가끔 슬러시를 주시던 아저씨의 편의점 뒤편 공터였다. 70평쯤 되는 땅이 비어 있었다. 우리는 강아지를 그곳에 묻으며 언젠가 다시 만나길 바랐다. 얼마 전 강아지가 잠든 자리를 지났다. 신기하게도 20년은 지났는데 여전히 그 자리는 변함이 없었다.(역시 좀처럼 개발되지 않는 동네인 듯하다.) 우리는 언젠가 다시 만날 수 있을까. 이름도 얼굴도 기억나지 않는 그때 내 친구들도, 긴 잠을 자는 강아지도.

어느 날 우리 집에 강아지가 생겼다

미취학 아동과 초등학생 시절을 지나 나도 어느덧 교복을 입게 되었다. 중학생이 된 나는 학교에 적응하기도 바빴고, FPS(1인칭 슈팅)와 RTS(실시간 전략 시뮬레이션) 게임에 심취해 있었다. 유년시절 반려동물에 대한 간절한 마음은 어느덧 기억 저편으로 사라져 잊힌 지 오래였다. 이어서 진학한 고등학교는 통학만 50분이 넘게 걸리는데다 매일 강제인 야간자율학습('자율'의 의미가 그때는 좀 달랐던 모양이다)에 시달리느라 반려동물이라는 개념 자체를 떠올리지 못했다. 나는 오직 잠과 자유만이 고팠을 뿐이다!

내게는 두 살 많은 형과 열한 살 어린 여동생이 있다. 내가 고3이 되었을 때, 형은 국방부 퀘스트를 하러 가기 전이었고 동생은 막 초등학교에 입학했다. 그날은 여느 날과 다름없는 날이었다. 야자와 학원이 끝나고 축 처져서 밤에 집에 오니 웬 강아지가 있었다. 우리 집에 온 이 강아지는 너무 작아서 내 발바닥보다도 작았다. 리모컨만 한 녀석이 구석에서 꼬물대고 있는데, 경계심이 많아서 좀처럼 편안하게 잠을 자지 못하고 조금만 인기척이 있어도 깼다. 어찌나 작은지 혹시라도 실수로 발에 차일까 집 안에서는 한동안 바닥을 보고 걸었다.

당시에는 동생 희지의 정서함양을 위해 키우기 시작했다고 알고 있었는데, 며칠 전 엄마에게 따로 여쭤보니 아빠는 직장을 다니고 엄마는 한창 가게를 하던 때라 어린이 희지가 혼자 남는 것이 마음에 걸려 강아지를 키우기로 결심하셨다고 한다. 그런 이유로 강아지를 보러 갔더니 자고 있는 다른 강아지들과는 다르게 엄마를 계속 보고 낑낑거리는 강아지가 있어 그 강아지를 데리고 오셨단다. 그 애가 지금 우리 집 개 시추 문돌이다.

당연히 문돌이는 처음에는 이름이 없었다. 퍼피, 초롱이, 해피 등 뻔한 이름을 피하기 위해 다들 고심했던 것 같다. 나는 좀처럼 좋은 이름이 떠오르지 않아 리히텐슈타인, 슈나우저 3세 등 말도 안 되는 이름을 생각하고 있었는데, 형이 어느 날 이 아이를 문돌이라고 부르기 시작했다. 가족들도 자연스레 문돌이라 불렀다. 사후적 의미로 해석을 덧붙이자면, 문씨 집안에 '수컷 강아지'이기 때문에 문돌이가 된 것 같다.(물론 문돌이는 훗날 모종의 수술로 인해 더 이상 수컷은 아니게 되었다…)

문돌이는 우리 가족과 지내며 금세 경계심을 풀었다. 사람처럼 벌러덩 누워서 잘 때가 많아졌다. 쑥쑥 크는 속도도 빨라서 열 달쯤 지나자 거의 지금 크기가 되었다. 한창 이가 날 때는 간지러운지 비버처럼 나무로 된 가구들을 다 갉아 먹었다. (성적으로 성숙하면서 예기치 못한 움직임을 할 때도 있었지만, 뭐 앞에서 말한 대로 그렇게 되었다.) 착하고 심성 바른 문돌이는 크게 짖지도 않았고, 말썽도 피우지 않았다. 따로 알려준 적도 없는데 용변도 알아서 잘 가렸다. 약간 의뭉스럽게 머리도 좋아서 배변시트가 없으면 운동매트 위에 용변을 봤다. 잘 짖지 않는 문돌이지만, 식구들 발소리가 들리면 문 쪽으로 나가 언제고 반갑게 짖었다. 언제부터인가 문돌이는 우리 가족이었다.

문돌이를 키우며 알게 된 사실이지만 강아지들은 각자 성격이 있고 마음이 있다. 문돌이는 유독 고집과 정의감(?)이 있다. 원체 말썽을 피우지 않는데, 납득할 수 없는 이유로 혼나면, 그르르거리면서 불만을 표시한다. 문돌이는 브로콜리와 오이, 당근 같은 채소를 좋아한다. 채소를 주면 그릉거리면서 또 좋아한다. 언젠가 유기견에 대한 영상을 보고 문돌이를 쓰다듬으며 예쁘다 예쁘다 말하다 함께 잠이 든 적이 있었다. 문돌이는 왠지 울고 있는 것처럼 보였다. 시추는 원래 눈물이 많지만 그날은 정말 우는 것 같았다. 분명 문돌이에게는 마음이 있다.

문돌이와 함께한 11년 동안 참 많은 것들이 변했다. 교복 입은 고3
이었던 나는 어느덧 서른을 맞았다. 그사이 집에도 여러 변화가 있
었다. 내가 스물두 살 때 집이 너무 어려웠다. 그 시기 파산을 했었
고 이제야 그 여파에서 벗어나고 있다. 엄마는 가게를 정리한 지 오
래고, 아빠는 여전히 자동차 정비를 하고 계신다. 두 분의 시간은
이제 중년에서 노년으로 가고 있다. 형은 군대를 다녀왔고 대학을
졸업했고 결혼을 했고 하성이의 아빠가 됐다. 여덟 살 희지는 문돌
이가 처음 오던 날의 내 나이가 되었다.

　나는 창업이다 의경이다 20대 내내 바깥을 나돌았다. 집을 오래
떠나 있을 때면 가끔씩, 특히 늦은 나이 군대에서 불침번을 설 때면
떠나온 집이 생각나곤 했다. 엄마가 아빠가 희지가 형이 생각났다.
내가 사랑하는 것들, 보고 있어도 보고 싶은 것들, 남겨두고 떠나온
것들 생각이 났다. 자신의 힘으로 살아갈 수 없는 문돌이는 특히나
걱정되었다. 내게 가장 두려운 일은 문돌이가 세상을 떠나는 것이
었다. 다행히 몇 달 만에 집에 돌아올 때마다 문돌이는 언제나 집에
있었다. 발걸음만 듣고도 내가 오는 것을 알고는 반갑게 짖었다. 계
단을 오르며 그 소리에 나는 안도했다.

　다시 집에 돌아왔다. 남들은 집을 떠날 시기에 나는 돌아왔다. 문
돌이는 여전히 나를 기다리고 있었다. "살아 있어줘서 고마워." 전
역한 날 밤 문돌이를 안고 말했다. 내 부모의 늙어감과 동생이 자라

는 것을 체감한다. 많은 것들이 너무나 빠르게 변함에 두려움을 느낀다. 하지만 나의 시간이 빠르게 걷는 동안 문돌이의 시간은 달리고 있었을 것이다. 문돌이의 눈동자가 흐려지기 시작했다. 아침저녁으로 맑은 물을 먹이고, 가끔 좋아하는 채소도 챙겨준다. 아삭아삭 잘도 먹는 문돌이. 언제나 자리를 지키고 있는 문돌이가 언젠가 떠나갈 것을 나는 안다. 그날이 올 것도, 그날 내 마음이 참 많이 아플 것도 알고 있다.

반려동물. 사전은 "사람이 정서적으로 의지하고자 가까이 두고 기르는 동물"이라 말한다. 마음이 있는 한 생명과 함께 살아간다는 것은 쉬운 일이 아니다. 단지 그 생명의 생존을 책임질 뿐 아니라, 그 마음까지 돌보아야 하는 까닭이다. 반려동물은 말없이 우리를 기다린다. 우리에게 사랑을 기대한다. 우리에게 행복을 주는 반려동물들은 사실 그 자신도 행복하기를 바라고 있는지 모른다. 그들은 우리와 마음을 나눌 때, 함께 즐거이 시간을 보낼 때 가장 행복할 것이다. 그 책임을 다하기는 참 어렵다. 방법을 모르기 때문이 아니다. 일상의 과제들 탓에 문돌이에 대한 책임은 자꾸 뒤로 미뤄진다.

너무나 빠르게 흘러가는 너의 시간. 흐르는 시간 속 변하는 수많은 것들. 하지만 너의 사랑은 언제나 변함없이 직진이다. 그때나 지금이나 외길이다. 나의 사랑이 바깥을 돌 때조차 너는 그랬다. 내가 집에 없는 동안, 밖을 떠도는 동안에도 언제나 그 자리에서 나를 기다렸다. 11년 동안 변함없이. 다른 속도의 시간을 사는 우리이기에 언젠가는 다가올 끝을 아는 우리이기에, 나는 너를 사랑한다는 말을 아끼지 말아야겠다. 너를 사랑하는 나는 너에게 책임이 있기에 사랑의 시작, 지나는 모습, 끝을 모두 함께 보낼 것이다.

오늘밤엔 꼭 산책을 나가자. 내가 사랑하는 문돌이.

아
반려동물을 키우기란 어렵다.
아직은 생각하고 싶지 않은 언젠가 너와의 안녕.

가족과 잘 지내기란 어렵다

나를 가장 오래 본 사람들, 가족.
우리 집에서 태어나서 나는 정말 행복하다.

가족의 탄생, 나의 시작

나에게는 가족이 있다. 내가 나고 자란 터전인 가정의 구성원들이다. 내가 스스로를 인식하고, 세상을 인식하기 이전부터 나의 시작을 함께했고, 지금도 나와 함께하고 있는 나의 가족들이다.

1988년 나의 부모님이 결혼했다. 형이 태어나고 17개월 후 내가 태어났다. 아마도 내 기억의 시작은 네댓 살 때쯤인 것 같다. 물론 그 기억이라는 것은 상황과 맥락에 대한 자세한 기억이라기보다는 '장면'이 사진처럼 스치듯 지나가는 형태다. 내 기억 속 첫 장면에서 우리 집은 씻는 곳과 방이 구분된 턱이 높은 단칸방이었다. 그 턱이 내 가슴 높이쯤 됐던 것 같다. 그다음 장면은 햇빛이 밝게 비추던 '우리 집' 빌라에서 시작한다.(1990년대 초 서민들은 노력하면 서울 변두리에 작은 집을 살 수 있었다.) 그때 나는 다섯 살로, 초롱유치원 노랑반이었고, 우유팩을 잘라 씨를 뿌린 다음 창가에 올려두고 이따금씩 싹이 나는 것을 바라봤다.

1996년, 일곱 살 나는 초록반이 되었다. 형은 화계'국민'학교를 다니고 있었다. 당시 이모는 내가 지금 살고 있는 인천 계양에서 가방과 수제화 가게를 하고 있었다. 집에서 형과 나를 키우던 엄마는 다시 일이 하고 싶으셨던 것 같다. 엄마는 이모의 가게를 인수하기로 결정했다. 서울 집을 팔고 가게를 인수했고 남은 돈으로 인천 지역 아파트에 '전세'로 이사 갔다. 아빠의 직장은 성수동 자동차 정비공장이었지만 이 선택에 아빠는 전혀 반대하지 않았다. 그 이후에도 아빠는 묵묵하고 우직하게 엄마의 선택을 따랐다. 아빠는 팔로우십이 정말 좋은 사람이다. 묘한 기분이 드는 지점은 서울에서 인천으로 왔을 때 엄마의 나이가 고작 서른둘밖에 안 됐다는 것이다. 그때 내 눈에 엄마 아빠는 어른으로 보였지만, 사실 그들도 참 어리듯 젊었다.

첫 가게를 열었다. 활기가 넘쳤다. 그런데 기억나는 다음 장면들은 회색이다. '따뜻한 저녁과 웃음소리'보다는 이상하리만큼 치열한 엄마 아빠의 모습이 떠오른다. 1998년 한국에는 IMF 환란이 왔다. 모두가 그랬듯, 당시 살던 아파트의 집주인도 경제적으로 어려운 상황이었던 것 같다. 끝내 전세금을 받지 못했다.

2001년 두 번째 가게를 열었다. 방이 딸린 작은 가게였다. 다시 수제화와 가방을 팔았다. 이번에는 판 제품의 AS 수선까지 했다. 자동차를 정비하던 아빠는 수선기술을 금방 배웠다. 아빠는 직장을 다니면서 주말에 수선을 했다. 엄마도 수제화를 팔며 재봉을 배웠다. 엄마 아빠는 매일 새벽 두시쯤 잠들었다. 처음에는 어려웠지만 곧 가게는 자리를 잡았다. 마침 동생인 희지도 태어났다. 가게는 점점 커져서 집도 가겟방을 벗어나 따로 이사를 가고, 내가 고등학생이 되었을 즈음에는 1층을 전부 터서 우리 가게로 썼다. 이 지역에는 수제화만 전문적으로 파는 가게가 거의 없었기 때문에 가게는 잘됐고, 담당 관청의 추천을 받아 엄마는 중소기업청장상도 받았다. 그 무렵 엄마 아빠는 신용이 좋았다. 은퇴한 군인이었던 건물주 아저씨는 차라리 엄마에게 이 (작은) 건물을 사라는 말을 했다고 한다. 하지만 엄마는 작은 건물보다는 '집다운 집'을 사고 싶어 했다. 인천에서 제법 오래 살았고, 다자녀에 무주택 자격을 오래 유지했던 우리 가족은 그 무렵 송도의 넓은 평수 아파트 분양권에 당첨됐다. 엄마 아빠는 크게 기뻐했다.

2008년, 고3 여름방학 때 엄마와 나는 송도에서 점심을 먹었다. 허허벌판이었지만 거대한 건물들이 분주하게 올라가고 있었다. 엄마는 저 집이 올라가면 일단은 세를 주고, 나중에는 직접 살거나 팔아서 전원에 갈 거라고 말했다. 나는 두 분이 정말 많이 고생하셨으니 앞으로는 행복하고 또 행복했으면 좋겠다고 생각했다. 엄마는 그즈음 기타를 사서 배우기 시작했다. 나의 첫 기타이자 지금도 함께하는 그 기타다. 나는 우리 가족의 미래를 크게 낙관했다.

해가 바뀌어 나는 경영학과 학생이 되었고, 곧 '서브프라임 모기지'로 시작된 글로벌 금융위기가 닥쳤다. 부르는 게 값이었던 분양

권은 살 수 있는 사람이 아무도 없게 되었다. 경기가 얼어붙은데다 너무 큰 평수여서 거래가 쉽지 않았다. 엄마 아빠는 그래도 버텼다. 엄마는 정든 가게를 정리했다. 아빠는 열심히 일했다. 그래도 끝내는 손을 쓸 수가 없었다.

스물둘, 말 그대로 집의 '파산'을 경험했다. 그즈음 나는 친구들과 이후 7년을 함께한 스타트업을 시작했다. 드라마를 보면 집이 망하면 가전제품이나 가구 등에 차압 딱지를 붙이러 사람들이 오던데, 그런 것은 없었다. 그런 일은 재벌이나 정말 큰 부잣집이 망했을 때나 생기는 모양이다. 나는 그때 창업을 하며 처음 번 돈으로 엄마의 기타를 사기로 했다. 나는 기타를 가지고 싶었고 엄마 기타를 사는 것이 가정경제에 조금이나마 도움이 될 것 같았다. 엄마에게 계좌를 여쭈었다.

"입금은 새마을금고 문희지 XXX―XXXX―XXXX 고마워 아들!"

한때 중소기업청장상을 받은 엄마는 이제 계좌가 없었다. 파산을 하면 계좌를 만들 수 없고, 대부분의 금융거래를 할 수 없다. 엄마는 내 동생 이름으로 계좌를 만들었다. 스물둘밖에 안 됐던 나는 이 모든 것을 인정하고 싶지 않았다. 괴로웠다. 방황이 이어졌다. 나는 창업과 음악에 빠져 시간을 보냈다. 스물넷에 나는 사업을 위해 인천을 떠나 서울로 향했다.

시간이 훌쩍 지나 스물아홉 7월 전역 후, 다시 집으로 돌아왔다. 나는 다행히 괜찮은 조건으로 스타트업 기획 업무를 하며, 재입학

후 남은 학기를 다닐 수 있게 되었다. 하지만 5년을 밖에서 지내다 돌아온 나는 이제 많은 것들이 변해 있음을 체감한다. 그사이 형은 결혼을 했다. 돌아온 나는 이제는 젊지만은 않은 엄마 아빠와 훌쩍 커버린 희지, 노견이 된 문돌이를 마주했다. 내가 집에 없는 5년 동안 나의 부모는 또다시 '고군분투'했고 다행히 우리 집의 사정은 대단히 나아지지는 않았으나 혼란하지는 않게 되었다. 그간 나는 나대로 '스트러글'하고 있었지만, 가족에 별다른 도움이 되지 못했다. 애써 직면하지 않고 있었다는 표현이 더 맞을 것이다. 그것이 두고두고 마음에 걸렸다.

5년 동안의 방황 후 돌아온 집에서, 나와 나의 가족에 대해서 생각해보는 시간이 많아졌다. 이제는 나의 부모가 내가 어린 날 보아온 모습이 아님을, 그들의 몸도 마음도 노년을 향해 가고 있음을 절실히 느낀다. 나는 나의 부모 이전에 한 사람의 개인으로서 그들의 삶이 궁금해졌다. 나는 처음으로, 그들에게 지나온 삶을 물어보기 시작했다. 그들이 나를 낳은 나이보다 더 많은 나이가 되어서야, 개인 대 개인으로 나와 나의 부모는 만나게 된 것이다. 그것은 나의 시작에 대한 질문이기도 했다.

가족, 내가 '나'일 수 있게 한 사람들

인간이 자유의지를 가진 존재라 할지라도, 자신이 놓인 환경에서 완전히 자유롭기란 어렵다. 특히 아직 자아가 충분히 자라지 못한 어린 시절, 한 인간을 둘러싼 환경은 그 개인의 성격 형성에 지대한 영향을 미친다. 내가 좋든 그렇지 않든 어쨌든 '나'일 수 있었던 이유는 내가 나고 조우한 최초 환경의 영향임을 부인하기 어렵다. 보통 최초의 환경은 가족이다. 물론 모든 인간이 전통적인 형태의 가족에 속해 있지는 않다. 다양한 형태의 가족이 있을 수 있고, 어떤 사람들은 혈연으로 구성된 가족이 없을 수도 있다. 사실 가족이 별것인가 싶기도 하다. 오랜 기간 서로가 서로를 가족이라 여기고 지속적인 영향을 주고받으면 그 관계를 가족이라 불러도 괜찮지 않을까.

다양한 형태로 구성된 가족은 '나'라는 개인이 탄생하고 형성되는 데 영향을 준다. 나의 부모가 내게 전한 유전 정보로부터 나의 신체가 구성된다. 가족들이 서로를 대하는 방식과 태도에서 독자적인 문화가 만들어지고, 그 문화는 서로의 내면에 영향을 준다. 가족 구성원들은 그들이 형성한 가정의 문화에 조응하고, 때로는 저항한다. 나 역시 가정의 여러 문화에 꽤나 많은 저항을 해왔지만, 가족으로부터 애써 벗어날 필요까지는 느끼지 못하고 있다. 가족이 주는 단단한 심리적 안전판이 있는 덕분이다. 이 안전판이란 안전망이나 안정감이라는 말로는 부족하고, 지켜야 할 가치가 있는 한편으로 나를 지켜주기도 하는 강력하고 든든한 무엇이다. 경제적 풍요로부터 오는 안정과는 다른 종류의 것이다.

내가 생각하기에 서로에 대한 우리 가족의 기본 태도는 '서로 생각하나 간섭하지는 않는 것, 차마 그러지 못하는 것'이다. 나의 부모는 내 삶을 책임질 수 없다는 것을 알기에 나의 결정에 대해 늘 말을 아낀다. 그러면서도 스스로를 파괴하는 결정을 하지 않을 것이라는 어떤 믿음을 가지고 있는 듯하다. 그들은 형과 나의 삶을 충분히 돕지 못함에 대해 아쉬움을 가지고 있는 듯하지만, 나는 부모가 이미 형과 나의 양육에 대한 모든 의무를 다했다고 생각한다. 그들은 나의 사고와 결정에 영향을 주지 않으려 함으로써 이 세상 무엇보다도 가장 강렬하게 나에게 영향을 주었다. 당신들의 헌신과 존중은 나를 자유롭게 살고 싶은 개인이 되게 했다.

나의 시작에는 아빠가, 엄마가, 형이 있었고, 내가 나를 인식하기 시작한 이후에 희지가 태어났고, 청소년기 막바지부터는 문돌이가 함께했다. 우리 가족은 각자 참 개성이 있다. 아빠는 과묵하고 누구보다도 성실하지만 집에서는 거의 누워 있다. 엄마는 외향적인 성격이고 사람들을 만나는 것을 좋아한다. 지금은 '출가'한 형은 나와 같은 방을 10년 이상 쓰며 늘 티격태격했다. 희지는 자라나고 성격이 형성되는 과정을 지켜본 최초의 개인이었다. 그들은 가장 오랜 시간 동안 나와 부대끼며 나에게 영향을 주었다. 당신들의 헌신과 존중은 나를 자유롭게 살고 싶은 개인이 되게 했다. 나의 많은 면은 그들로부터 왔다. 작은 습관까지 그렇다. 나는 식사 후 30분 동안은 절대 눕지 않는다. 여간해서는 상대가 통화를 종료하기 전에 전화를 끊지 않는다. 아는 이들을 조우할 때마다 인사를 하려 한다. 이는 모두 어릴 적 나의 부모가 강조한 습관들이다. 나는 그 습관들을 여전히 지키고 있다.

내게 나의 가족이 없었다면, 나는 어떤 나였을까. 다섯 살 무렵의 어느 기억 속 사진 같은 장면이다. 나는 동해 바닷가 피서지에서 길을 잃었다. 모래사장 텐트 안에 있다가 호기심에 이곳저곳을 떠돌았고, 이내 근처 시장까지 혼자 걸어갔다. 어떤 아저씨가 나의 손을 잡고 부모를 찾아주겠다 했다. 그러다 시장에서 엄마를 만났고, 나는 울면서 엄마에게 안겼던 것 같다. 그때 내가 다시 가족을 만나지 못했더라면, 나는 어떤 사람으로 자라났을까. 그저 같은 유전 정보를 가진 완전히 다른 인간이 되지 않았을까. 그러한 나의 모습을 나는 도무지 상상할 수 없다. 분명 나의 가족은 지금 내가 나일 수 있게 한 강렬한 배경이었다.

그럼에도 가족과 잘 지내기 어려운 이유

새는 알에서 나오기 위해 투쟁한다.
알은 세계다. 태어나려는 자는 한 세계를 깨트려야 한다.

헤르만 헤세의 소설 《데미안》 속 유명한 구절이다. 그러고 나서 새는 신을 향해 날아가겠고, 신의 이름은 아브락사스일 터. 수많은 인용 탓에 클리셰에 가까워졌음에도 데미안의 이 문장은 참 강렬한 상징이다. 인간은 자신을 둘러싼 저마다의 껍질을 깨고 변화를 마주한다. 그러나 과연 개인으로서 인간은 최초의 껍질인 가족으로부터 얼마나 자유로울 수 있을 것인가.

20대 동안 작은 교육사업을 하며 느낀 놀라운 점은 어떤 형태로든 가족들은 서로를 반영한다는 것이었다. 상담과정에서 고등학생인 우리 학생들은 형이나 오빠 정도 나이인 우리에게 가정에서 느낀 많은 서러움과 괴로움을 토로했다. 반면 부모들은 그러한 자녀들의 마음을 이해하지 못했다. 부모들은 최선을 다해 사회에서 살아내고 있었고, 자녀에 대한 기대를 가졌다. 더 열심히 공부하는 것이든 다른 무엇이든, 자신들이 가진 기대를 자녀가 따르길 바랐다. 자녀들은 대체로 반항하지 않고 순응하는 척했지만, 마음에는 언제든 터질 수 있는 시한폭탄을 가지고 있었다. 째깍째깍 폭탄의 시계는 작동하고 있었다. 언젠가 부모에게서 벗어날 수 있는 힘이 생기면 그들은 언제든 떠날 터였다. 부모 입장에서는 섭섭하고 아쉬운 일이다. 그뿐이겠는가. 자녀들은 바깥에서의 짜증 나는 감정들을 부모에게 던졌다. 혹은 부모의 말에 수동공격으로 대응했다. 이것을 감내해야 할 때 부모는 인간적인 서운함을 느낀다. 반대도 마찬가지. 가족 어느 누구도 서로에게 그럴 자격은 없다.

내가 상담과정에서 본 대부분의 부모들은 정도의 차이는 있었으나 자녀를 통제하고 싶어 했다. '독립된 자아'로서 자녀를 마주하는 것은 아마도 부모의 입장에서는 아주 어려운 일이 아닌가 한다. 그들은 자녀의 탄생과 성장을 지켜보았고, 그에 대해 꽤나 많은 지분을 가지고 있다고 믿고 있는 것 같았다. 그럴 수밖에 없을 것이다. 한 인간이 나고 자라는 데는 또 다른 인간의 정말 많은 노력이 필요하다. 나 역시 자녀를 낳고 기른다면 나의 뜻을 따르지 않는 자녀에게 아쉬운 마음이 들 것이 분명하다. 이러한 부모의 통제는 근엄한 부모 나름의 사랑이기도 할 테지만, 자신의 '또 다른 자아'를 잃고 싶지 않다는 소유욕이기도 했다. 때로 부모는 자신의 희생을 매개로 자녀를 통제하고 싶어 한다. 이러한 부모의 마음은 자신을 위하면서 자녀를 위한다고 여긴다는 점에서 양가적이고 때로는 모순적이다.

하지만 1) 부모의 책임과 마음을 자녀가 받아들일 수 있는 것이 아니라면, 2) 부모가 자녀를 자신이 하지 못한 자아실현을 대리할 '유사 자아'이자 종속되어야 할 대상으로 여긴다면, 부모와 자녀가 아닌 개인 대 개인으로서의 갈등은 예정되어 있다. 부모와 자녀라는 '역할' 이전에 서로는 개인이다. 상호 간의 기대와 역할, 더불어 사는 방식에서의 조정과 타협이 없다면 개인들은 갈등의 가능성을 언제나 안고 살아가게 된다.

운이 좋았는지 나의 부모와 형제들은 일찍 개인 대 개인으로 마주할 수 있었다. 우리에게 서로의 삶을 책임질 만한 충분한 여력이 없는 것도 하나의 이유였다. 그 덕에 우리는 서로를 구속하지 않으면서도 함께 힘을 합치는 것이 가장 잘 살아갈 수 있는 방법임을 더욱 잘 알게 되었다. 평소 우리는 서로의 생활에 꽤나 무관심함으로써 서로를 존중한다. (극단적으로는 생일도 딱히 안 챙긴다.) 그러면서도 필요할 때는 힘을 합치니, 우리 가족은 대외적 위기를 막기 위한 소집령에는 응하는 느슨한 봉건국가가 아닌가도 싶다. (형의 결혼식 때 그것을 여실히 느꼈다.)

태어난 이래 나는 대체로 크지 않은 집, 때로는 비좁은 가겟방에서 유년시절과 청소년기를 보냈다. 그 시절 나는 형, 나중에는 희지와도 한정된 공간과 자원을 나눠야 했다. 생각해보니 정말 심하게 싸웠다. 그 과정에서 나와 형과 희지는 나름대로 서로 양보하고 균형을 찾는 방법을 알아갔다. 일찍이 나는 나만의 방을 가지기를 소망했고, 그 욕구는 언제나 자유로운 개인이고 싶은 열망으로 이어진 듯하다. 인간이라면 누구나 개인으로 살아가고 싶은 욕구가 있다고 생각한다. 가족이라는 강렬한 관계는 개인의 따스한 울타리일 수 있는 동시에 개인을 강렬히 가두는 알 껍질이 될 수도 있다. 가족이기 이전에 한 개인으로 서로를 마주할 수 있어야겠다.

언젠가 우리는 함께하지 못하게 될 것이다

나의 부모는 형제자매가 많은 넉넉하지 못한 집에서 어렵게 자랐다. 학창시절 엄마는 학교 등록금을 못 내는 일이 잦았고, 두 사람이 처음 만났을 때 엄마는 아빠가 정말 말랐었다고 회고했다. 가난한 두 사람은 지금의 나보다 어린 나이에 필연처럼 만나 사랑했고, 결혼을 했다. 엄마는 결혼 후 가족을 떠나 단칸방에 혼자 있을 때 그렇게 행복했다고 했다. 엄마는 희지 나이로 돌아가서 대학에 갔더라면 삶이 어땠을까 하고 말한 적이 있다. 희지를 가졌을 때는 두 사람 다 마흔이 다 된 시점이라 아빠가 걱정이 많았다고 했다.

나의 기억 속에서 우리가 아주 넉넉한 적은 없었던 것 같다. 물론 나의 부모는 언제나 치열했고 부지런했고 지금도 그렇다. 한 사람의 평범한 개인으로 세상에 맞서 살아내고, 내가 세상에 있게 한 당신들께 어떤 감사의 말도 부족함을 알고 있다.

작년 여름, 돌아온 내게 집은 좁았다. 나는 엄마에게 좀 더 큰 집으로 옮기자고 말했다. 그때 엄마는 아직은 남은 빚이 조금 있다고 말했다. 오래전 우리 집은 파산을 했었다. 파산을 하면 변제 책임이 없다. 그런데 왜 빚이 있다는 것일까. 엄마는 지난 몇 년간 한 번도 내게 '왜 힘든지' 말해준 적이 없었다. 의아했다.

"예전에 파산할 때 금융권 거는 넣었어. 그런데 사람들에게 도움 받은 것들은 그럴 수가 없더라. 오랫동안 알고 지내던 분들인데 그럴 수는 없지."

내가 방황하는 몇 년 동안 나의 부모는 희지를 키우며 묵묵하게 '도움 준 이들'의 돈을 갚아왔다. 이제는 얼마 남지 않았다고 했다. 얼마 전부터는 계좌를 다시 만들 수 있게 되었다. 그러고 보니 형의 결혼식에는 정말 많은 엄마와 아빠의 사람들이 왔었다. 덜 힘들 수도 있었는데. 그들은 그렇게 하지 않았다. 아니 '차마 그러지 못했다'는 말이 맞을 것이다.

평생 자동차 정비를 한 아빠는 이제 온몸이 아프다. 20년간 미뤄둔 병원에 다니려고 당신 삶에서 처음으로 2주 가까이 집에서 쉬고 있다. 그는 내가 본 어떤 사람보다도 늘 똑같은 사람이다. 발전도 퇴보도 없었던 사람. 하지만 한 해 한 해 나이를 더해갈수록 변하지 않고 그 자리에만 있던 아빠의 짐이 얼마나 무거웠는지 조금씩 깨닫는다. 사실 당신이 변하지 않아서 우리가 나아가지 못한 것이 아니라, 당신이 늘 그 자리에 있었기에 우리 각자는 자신으로 살 수 있었다.

나의 엄마와 아빠가 내게 남긴 것이 무엇일까 생각했다. 그들은 사회적으로 성공하지 못했다. 그저 사랑해서 결혼했고 하루하루를 열심히 살아왔으며, 많이 배우지도 많은 자산을 가지지도 못한 평범한 소시민일 따름이다. 다만 그들은 선하고 정직하고 우직했다. 그들은 내게 많은 말을 하기보다, 내가 무슨 길을 가더라도 그냥 믿고 지켜봐주었다. 그들이 내게 준 것은 무제한의 믿음이었고, 양심을 저버리지 못하는 '차마 어쩌지 못하는' 마음이었다. 말이 아니라 삶으로 그들은 내게 증명했다.

집으로 돌아오는 길에 피자를 사 왔다. 문 앞에 서니 문돌이가 반갑게 짖는 소리가 들린다. 집에는 엄마도 아빠도 희지도 있다. 함께 피자를 먹었다. 나눠 먹어서 너 먹을 거 부족한 거 아니냐며 엄마가 순두부찌개를 끓여줬다. 나는 문돌이가 좋아하는 오이를 던져줬다. 문돌이가 맛있게 오이를 먹었다. 저녁을 먹고, 희지와 파를 다듬었다. 파를 다듬고 엄마와 희지는 산책을 나간다고 했다. 그러면서 조카 하성이에 대한 이야기를 하다 웃었다. 엄마와 산책 나가는 희지에게 아끼는 후드티를 빌려줬다. 날이 추워졌다. 노견 문돌이는 입을 옷이 없어서 집에 남았다. 형에게 전화가 왔다. 새로 시작한 작은 사업에 대해 고민이 많단다. 이전 작은 사업을 했던 시절의 경험을 나누었다.

문득 그들을 사랑할 수밖에 없다는 생각이 들었다. 내가 엄마, 아빠, 희지, 문돌이와 다 같이 북적이며 살 수 있는 날이 아주 오래지는 않을 것이다. 그 시간이 행복하고 즐거웠으면 좋겠다. 아직 지나지도 않은 이 시간이 나는 벌써 그립다. 보고 있어도 보고 싶은 것들을, 사랑하는 것들을 지켜나가야겠다. 이 말이, 문장이 무력하지 않도록, 나도 내 삶으로 증명해내야지.

아
가족과 잘 지내기란 어렵다.
그럼에도 행복한 우리의 더불어 삶.

5장

사랑의
어려움

매력적이기란 어렵다

매력의 상대성과 감정 앞에서 어려워지는 자기객관화

매력, 본래 하지 않았을 일을 하게 만드는 힘

매력은 묘하다. 딱 집어 무엇이라 말하기 어렵다. 마치 향수의 향기 같다. 좋은 것들의 미묘한 조합인데, 무엇으로부터 왔는지 넌지시 알 법도 하지만 그 원천을, 그 비율을 설명하기는 쉽지 않다. 매력을 굳이 정의 내리자면 정서적 '끌림'을 만드는 어떤 특성/느낌이라 해두자.

20대의 시간을 지나면서 제법 나의 세계가 만들어지고 취향이 형성되는 동안 나는 매력에 대해 고민해왔다. 단순히 매력이 있다/없다 하는 문제가 아니었다. 왜 누구에게 나는 매력적으로 느껴지고, 반대로 누구에게 나는 그렇지 않은 존재인가 하는 것. 매력의 상대성에 대한 고민이었다. 근본적으로 매력이라는 것의 실체가 무엇인가, 또 나의 매력은 무엇인가 하는, 어쩌면 나는 누구이고 무엇인가 하는 존재에 대한 고민이었다. 내가 있어야 나의 매력도 있을 테니까. 물론 내가 매력적이라고 느끼는 이가 나를 매력적으로 느꼈으면 좋겠다는 욕심이 제일 컸다.

관계 속에서 매력은 다양한 형태로 전개된다. 어떤 상대에게 매력을 느끼는 것이 꼭 상대에 대한 성적 긴장을 의미하지는 않는다. 좋은 가르침을 준 선생님에게 스승으로서 인간적인 매력을 느낄 수도 있고, 비즈니스 현장에서 좋은 상대를 만나도 그렇게 느낄 수 있다. 이 경우 매력은 인간 그 자체에 대한 끌림으로, 스파크 튀는 긴장감을 주는 매력과는 다른 것이다. 반면 상대에 대한 성적 긴장을 만드는 매력은 우리의 가슴을 뛰게 하고, 평상시보다 각성된 상태를 만드는 힘이 있다.

인간 그 자체에 대해 느끼는 매력과 성적 긴장을 유발하는 매력은 완전히 같다고 말하긴 어렵지만, 어쨌든 매력은 그것을 유발한 대상에 대해 지속적인 궁금증과 함께하고 싶은 욕구를 이끌어낸다. '왠지 저 사람이 파는 물건을 사고 싶다.' '왠지 저 사람과 계약하고 싶다.' '왠지 같이 무엇인가를 해내고 싶다.' 이러한 욕구는 구체적인 말과 행동을 하게 만드는 힘이 있다. 스스로도 하려는 의지의 이유를 명확히 설명하기 어려운, 비일상적인 결정을 이끌어내는 힘이 매력이다. 결국 매력이란 '이성적 판단만으로는 하지 않았을 일을 자발적으로 하게 만드는 힘'이라 생각한다.

관계 속에서 매력이 작용하는 방식은 참 신비하다. 매력의 정도는 일관적이지 않고, 상황에 따라 사람에 따라 시기에 따라 상대적이다. 매력이라는 '힘'의 작용은 단순히 객관적 요소만으로 결정되지 않는다. 동일한 상대에 대해서도 각 개인들이 느끼는 매력의 정도는 다르다. 물론 극단적으로 객관적 속성이(이를테면 외모가) 뛰어나다면 누가 보아도 일단 매력적이라고는 느낄 것이다. 정우성, 강동원, 차은우는 제각기 정말 잘생겼다. 하지만 분명히 그중에서도 상대적 선호의 차이는 있다. 하물며 우리 같은 보통 사람들은 경제력이나 외모등 객관적 지표가 극단적으로 뛰어난 경우가 잘 없으므로, 그 상대성은 더 크게 나타날 것 같다. 때로 매력의 상대성은 객관적 지표가 만드는 차이를 무시하고 상쇄해버릴 정도로 강렬하게 나타난다. 극단적으로 누군가에게는 '짐짝'인 사람이 다른 누군가에게는 일상의 균형을 깨어버리는 '마성'의 상대가 된다. 그리고 대체로 일반적인 관계에서보다는, 성적 긴장을 유발하는 관계에서 매력의 상대성은 더 극대화된다.

매력의 함수에서 객관적 지표가 '상수'라면, 주관적 지표는 '변수'이며 각 개인이 느끼는 주관적인 특성이 반영되어 상황이나 타이밍에 따라 변하는 값이다. 상수와 변수가 더해져 매력의 결과값이 되는데, A라는 상대를 두고도 개인 B, C, D가 느끼는 매력의 결과값은 각기 다르게 나타난다.

소개팅을 예로 들면, 각 개인마다 상대를 보는 뚜렷한 기준(?)이 있음을 알 수 있다. 키나 재력이나 학벌 등이 그것인데, 일견 주관적인 기준으로 보이지만 남들에게 뚜렷하게 설명을 할 수 있다는 점에서, 또 매력값의 예상이 비교적 정확하다는 점에서 '객관적 지표'에 가까우며 '상수'라 보아도 괜찮을 것 같다. 하지만 실제로 어떤 대상을 마주하고, 대화를 해보고, 알아가다 보면 느끼는 매력의 정도는 예상보다 많이 널뛰곤 한다. 이것이 매력의 '변수'다.

그런데 생각보다 많은 사람들이 자신이 어떠한 경우에 매력을 느끼는지 잘 모르고 있다. 자신의 기준을 아는 방법은 직접 여러 상대를 마주해보는 수밖에는 없는 것 같다. 쉽게 말해 끌렸던 상대들은 어떤 특성을 가지고 있었는지, 나는 그때 어떤 상황에 있었는지 특징을 찾아보는 것이다. 이렇게 해보면 일관된 특징도, 각각 다른 특징도 발견된다.

나는 누구를 매력적이라 느낄까?

나의 경우 매력 판단의 주관적 기준을 알기 위해 매력적이라 느꼈던 사람들, 그 상황들의 공통점을 찾아보려 했다. 완전한 설명은 할 수 없지만 나는 언제 누구에게 매력을 느꼈는지 어렴풋이 알게 됐다. 회고해보면 (성적 긴장을 동반한 매력이라는 점에서) 내가 매력적이라 느꼈던 사람들은 1) 주관이 강하고 주체적이며 2) 외향적이고 3) 지성미가 있고, 4) 온화하면서도 냉정한 면이 있었다. 5) 말이 너무 많지는 않았지만 적지도 않았고, 모두가 그런 것은 아니었지만 외모는 6) 쌍꺼풀이 없었고 7) 키가 너무 크지는 않았다. 상황적으로는 당시 8) 나보다 상대적으로 자기 일에서 이룬 것이 많았다.

'이상형'이라는 말을 사전에서 찾아보면 "생각할 수 있는 범위 안에서 가장 완전하다고 여겨지는 사람의 유형"이라 한다. 과거 나의 이상형은 내가 생각하고 마주할 수 있던 범위 내에서 가장 '1~8)의 특징을 지닌' 사람들이었던 것 같다. 적고 보니 내가 왜 김연아 선수를 좋아하는지 알겠다. 물론 한 개인으로서 김연아 선수를 알지 못하기에 인격의 교류가 없는 '상상 속의 호감'일 뿐이지만 말이다.

어찌 보면 매력을 판단하는 주관적 속성은 사람에 대한 취향이다. 어떤 포인트는 누군가를 치명적으로 취향 저격한다. 각 개인이 느끼는 매력의 주관적 속성은 선택과 선호의 기준이 되며, 상대에 대한 일관된 행동과 말의 경향을 만들어낸다. 하지만 절대 기준은 아니다. 앞서 언급한 기준과 무관하게 좋아했던 사람들도 있었다. 게다가 언어로 단순화하기에는 관계에서의 매력은 훨씬 복잡하다. 관계에서의 매력 함수는 12차함수는 되는 것 같다. 때문에 누군가가 주관적으로 '1~8)'하다고 느끼는 상대를 내게 '인위적으로 소개'해준다 해도 나는 별로 매력을 못 느낄 가능성이 크다. (실제로 떠밀리듯 그런 경험을 한 적이 있었는데, 그 자리는 주선자의 자기만족을 위한 자리에 가까웠다.)

또한 잊지 말아야 할 사실은 상대도 나를 보고 있다는 것이다. 마음에는 냄새가 있다. 매력을 느끼는 마음에는 냄새가 있고, 상대는 그 냄새를 맡을 수 있다. 그 사실을 인지할 때 서로가 느끼는 매력값은 달라질 수 있다. 매력의 상대성은 1) 나 자신이 어떤 상대를 볼 때의 매력값과 2) 상대가 나를 볼 때의 매력값이 함께 작용한 결과다. (마음도 재화라면, 희소함은 그 가치를 과대평가하게 만드는 이유가 된다. 흔하다면 반대다.)

나는 상대를 좋아하는데 상대는 나를 사소하게 여긴다면, 내 입장에서는 '기울어진 운동장'에 가깝기 때문에 이 간극을 이겨내기 어렵다. 그 불균형을 극복해내기 위해 일상의 항상성을 깨고 '무리'하게 된다. 이렇게 애써서 좋아해야 할 이유는 무엇인가? 멀쩡한 넓은 밭이 있는데, 바다를 메우고 간척사업을 해서 공연히 밭을 일궈야 할 이유가 있는가? 이성적으로는 알고 있다. 하지만 사람 마음이라는 것이 그렇게 뜻대로 되지는 않는다.

매력은 기술인가?

서로에게 느끼는 매력값이 극단적으로 차이가 나는 기울어진 운동장 상황에 빠진 개인은 생각한다. 무리를 해볼 것인가 단념할 것인가. 나의 결론부터 말하자면 '부딪쳐는 보자'다. 단 나와 상대 사이에서 '가능하고 허용되는 범위' 안에서만. 그리고 매우 높은 확률로 그 시도는 성공하지 못하게 마련이다. 기울어진 각도가 클수록 거리가 멀수록, 시도는 어렵고 실패 확률은 높아진다. 하지만 그럴 만한 가치가 있다고 느꼈다면 시도하라. 어디까지나 상대와 나 사이에서 '가능하고 허용되는 범위'에서만!

여기서 잊지 말아야 할 것이 있다. 그 기울어진 운동장을 누가 만들었느냐는 것. 어쩌면 상대를 한 인간이 아닌 완전한 대상으로 바라보고 있지는 않은가. 특히 상대를 이상형이라고 믿을 때 이러한 일이 잦다. 이 경우 자연적으로 기울어진 각도와 상대와의 거리에는 별 문제가 없는데, 괜히 내가 발목에 모래주머니를 찬 상황이다. 생각보다 많은 경우에 우리는 상대를 자꾸 이상화하고 자신을 낮추어 본다. 그러면 자연스러운 상대의 매력을 알지 못하고, 상대도 당신의 매력을 보지 못한다. 잘못된 판단에 계속 꽂혀서 생각하고 행동하는 '몰입의 상승효과'다. 이 상황을 벗어나기란 정말 어렵다. 심리적으로 말려들어 있어서 자기객관화를 어려워하기 때문이다.

이때 우리는 어떤 기술적 접근으로 기울어진 운동장을 뒤집을 수 있다고 믿고 싶어진다. 어떻게 메시지를 보내고, 어떻게 전화를 하고, 대화에서는 어떤 레퍼토리를 사용하는지, 해야 할 것과 하지 말아야 할 것들을 중요하게 여긴다. 행여나 술자리에서 누가 누구를 좋아한다고 하면, 이래야 한다 저래야 한다는 이야기가 아주 빈번한 화제가 된다.

'픽업아티스트'라는 존재가 있다고 한다. 이들을 아주 대단히 좋게 해석해서 정의하자면 '남성이 여성의 마음을 어떻게 얻을지를 기술적으로 연구하고 실천하는 사람'이라고 하겠다. 굳이 성별을 특정한 이유는 여성이 남성을 '픽업'한다는 경우를 본 적은 없기 때문이다. 어떤 픽업아티스트들은 픽업이 '인간 심리를 연구한 이론'

과 '이론을 시험한 실전 경험'을 통해 경험과학적 지위에 도달했다고 주장한다. 이 원고를 쓰기 위해(솔직히 호기심도 있었다) 픽업계의 고전이라는 외국 논픽션《THE GAME》을 읽어보았다. 요약하자면 숙맥인 기자 닐 스트라우스가 픽업 커뮤니티를 취재하면서 픽업계의 본좌(절대 실력자)가 된다는 대서사시다. 역설적이게도 책의 결론은 '쾌락'을 넘어 '진정한 사랑의 가치'를 설파하고 있었다. 픽업 기술만으로는 진정한 사랑을 얻을 수는 없으니, 마음이 공명하는 진심이 관계에서 가장 중요하다는 것이 마지막 메시지였다. 역시 어떤 분야든 '고전'은 나름대로 의미를 가지는 법이다.

하지만 고전의 가르침을 사람들은 자기 멋대로 해석하기 마련이다. 성적 긴장을 느끼는 대상에게 매력을 기술적으로 소구할 수 있다고 믿는 사람들, 그러니까 픽업 기술을 강조하는 사람들은 많은 여성을 만나고 경험하는 것의 의미를 대단히 강조한다. 시행착오는 기술을 시험할 수 있는 사례 중 하나에 불과하단다. 그러나 그 기술은 관계를 장기적으로 경영하고 상대를 존중하는 목적은 아닌 것 같다. 그들의 접근은 대단히 수단적이다. 어떻게든 매력적인 여성과의 관계를 트고 종국에는 성적 쾌락을 취한다는 목적을 넘어서지 못한다. '성취' 이후에는 또 다른 목표를 노릴 뿐이다. 이런 관계는 단편적 중독의 수단이 되기 쉽다. 이들이 픽업 기술을 발휘해 얻는 것은 관계가 시작될 때의 긴장감과 관계가 의도대로 되었을 때의 성취감, 얕은 성적 쾌락을 넘어서지 못한다.

이러한 기술을 추구하는 사람들은 접시 물처럼 얕고 넓은 관계를 지향하고 상대와 정서적으로 진정 교감하지는 못한다. 안 된다 싶으면 바로 '방생'하고 '단념'하며, 매력적인 다른 사람도 많으니 어서 '손절'하고 다른 시도를 하자는 것이 기본적 태도다. 게다가 어떤 사람들은 그들이 말하는 '매력의 게임' 자체에 응하지 않기 때문에, 그들은 '일부 유형의 사람'에 대해서만 '제한적인 매력'을 '기술적으로 연기'하고, '얕은 관계를 형성'할 수 있다. 종국에는 그마저도 대부분 불태우고 떠나는 '관계의 화전민'들이다.

이러한 매력에 대한 기술적 접근은 과몰입하고 중독되었을 때 진정으로 그 자신을 불행하게 만든다. 깊이 있는 마음의 교류로 얻을 행복을 포기하게 함으로써 역설적으로 쾌락의 궁극에 이르지 못하고, 쾌락에 대한 회의감에 빠지게 하기 때문이다. 진정한 교류를 하지 않으니 관계는 종국에는 좁아진다. 픽업에 심취한 이 주변에 과연 어떤 사람들이 남아 있는지 묻고 싶다.

물론 '진심'만으로는 매력적일 수 없고, 관계를 여는 어려움을 해결하지도 못한다. 서로 설렘을 지킬 수 있을 정도의 '밀당의 기술'은 필요하다고 생각한다. 다른 이를 대하는 것이 '미숙'해서 실패할 수도 있으니까. 이 경우에는 방법적 교정이 필요할 수도 있을 것이다. 하지만 일단 관계가 시작되고 오랜 시간 서로를 알아갈 때는 기술보다는 나를 만들어가는 노력과 상호 존중의 태도가 더 중요하다. 가슴을 뛰게 하기 위해 불안한 긴장을 지속적으로 만들어야 하는 관계라면, 건강하게 오래 지속될 리가 없다. 매력을 관리하는 기술은 기술일 뿐 내 본연의 모습이 아님은 자명하다.

그럼에도 매력을 높이는 방법이 있다면

아마도 당신이 매력에 대해 고민하는 이유는 매우 높은 확률로 결국 '그 사람'과 잘되고 싶어서일 테니까, 매력을 높이는 방법 이야기를 하지 않을 수 없겠다. 기술이라기보다는 마음가짐에 가깝다. 당신이 아래 지침을 염두에 두었으면 좋겠다.

1. 상대를 지나치게 이상화하지 않는다.

아무리 매력적이어도 상대도 결국 같은 사람이다. 실제보다 상대를 이상화해 스스로를 기울어진 운동장에 놓지 말자. 매력에 끌릴 때 자기객관화 능력을 상당 부분 상실하므로, 상대를 높게 보고 자신은 낮게 보게 된다. 스스로의 매력에 대한 냉정한 자기객관화를 시도하자. 상대의 매력을 '있는 그대로', 나에 대해서는 조금 더 관대히 보자. 그래야 균형이 겨우 맞을까 말까 한다.

2. 일상에서 항상성을 잃지 않는다.

나와 내가 하는 일이 가장 중요하다. 일상에서 항상성을 잃지 말자. 일상의 항상성을 잃으면 당신은 불안해지고, 그 상태가 지속되면 삶은 위태해진다. 나의 매력은 절하된다. 반면 내 일과 관심사에 몰두하면 시간과 여력이 많지 않게 된다. 그 소중한 시간과 여력을 상대를 위해 일정 부분 사용하다 보면 어쩔 수 없이 우리는 일상과 상대 모두에게 소홀해지지 않기 위해 노력할 수밖에 없고, 자연스레 '밀당'하게 된다. 매력의 중력 탓에 일상 궤도를 이탈하지 말자. 더 나은 내가 되기를 포기하지 말자.

3. 말과 행동의 온도 편차를 줄인다.

상대가 매력적이라고 생각할 때 당신의 말과 행동은 어딘가 모르게 긴장되고 경직되고 애쓰게 된다. 반면 상대가 그다지 매력적이지 않다고 생각하면 당신은 지극히 자연스러워지고 때로는 무례해지기도 한다. 당신이 느끼는 매력의 결과값을 보정해 상대가 누구든 균일하게 대하려는 노력이 필요하다. 상대가 가진 매력의 중력에 저항하여 균일한 값으로 만드는 것은 당신 내면의 힘이다.

4. 관계에서 내가 원하는 것을 확실히 안다.

생각보다 많은 사람들이 관계에서 무엇을 기대하는지 자신도 모른다. 풍부한 사례 수집을 통해 도출한 결론을 말하자면, 관계에서 "될 대로 되겠지 뭐"는 사실은 '저 사람이랑 잘됐으면 좋겠는데, 나는 그럴 자신이나 용기는 없으니까 나 자신도 내 마음을 모르는 걸로 해두자'인 경우가 많았다. '전략적 모호함'과 '원하는 것을 명확히 모르는 것'은 분명히 다르다. 당신의 마음에 솔직해져라!

5. 가끔은 과감한 시도를 위한 용기를 낸다.

상황에 따라 다르지만, 보통 평행한 관계를 흔드는 행위는 긴장과 부담을 수반한다. 연락이나 만남을 위한 계기를 만들기 어려운 상황일수록, '시도'는 불편함을 자아낼 수밖에 없다. 당연히 불편하고 당연히 긴장되고 당연히 부담이 된다. 그러나 어떤 시점에서는 적절한 방법으로 용기를 내야 한다. 잊지 말아야 할 점은 '무리수'는 안 된다는 것이다. 당신 마음의 지속적이고 일방적인 전시는 아예 판을 깨버릴 위험이 있다. '과감한 시도'라는 것도 서로의 상황과 적절한 명분이 가능한 범위에서만 가능하다.

6. 때로는 포기할 용기를 내야 한다.

최선의 노력을 다했음에도 상대가 화답하지 않는다면 포기할 용기를 내야 한다. 하지만 이 정도 생각이 들기 전까지 용기 있게 시도해보는 것은 좋다. 일상에서 좀처럼 하지 않았을 일을 하게 하는, 그런 매력적인 사람을 만나기란 쉽지 않기 때문이다. 그럼에도 포기를 선택할 때, 나는 생각한다. '이렇게나 멋진 나를 놓친 당신이 손해지 뭐.' 언뜻 정신 승리처럼 보인다.(맞다.) 우리 스스로의 매력에 대해 과신도, 의심도 하지 말자. 단지 매력을 더해갈 스스로를 믿어보자. 우리는 분명 좋은 사람을 만날 것이다.

누군가를 모방하는 것으로는 나다운 매력을 만들 수 없다

우리는 사회 속에서 살아가고 필연적으로 타인과 관계한다. 관계 속에서 우리는 매력을 통해 스스로도 예상하지 못한 멋진 기회들을 잡을 수 있다. 매력은 사람들의 자발적인 동의를 이끌어내고, 평

소라면 하지 않았을 말과 행동을 하게 하는 힘이 있기 때문이다. 그렇기에 우리 자신이 매력적이었으면 좋겠다.

매력을 높이는 가장 손쉬운 방법은 자신이 생각하는 매력적인 사람들의 특징을 참고해 '자신의 방식대로' 적용해보는 것이다. 어떤 것은 할 수 있고, 어떤 것은 할 수 없으며, 어떤 것은 하지 않는 것이 나을 것이다. 더욱이 '자기 방식대로의 해석'이 없다면 그것은 누군가를 흉내 내는 데 불과하고 나와 어울리기 어렵다. 우리는 다들 너무나 다르기 때문이다. 키도, 성별도, 얼굴 생김새도, 체형도, 어쩌면 사고의 근간도 다르고, 하는 일도 다르다. 잘 맞지 않는 것을 따라하면 정말 하나도 어울리지 않는, 매력적이지 않은 자신을 발견할 수 있다. 타인의 눈에는 그것이 더 잘 보인다. 될 수 없는 것이 되려 할 때 인생은 괴로워진다. 경영학은 말한다. 강점은 강화하고 약점은 최소화하라고. 작은 키를 작지 않게 보일 수는 있지만, 실제로 커질 수는 없다. 내가 얼굴천재 차은우의 스타일을 그대로 따라했다가는 대참사가 일어날 것이 확실하다. 누군가의 카피보다는 나 자신의 오리진이 되어야 한다.

마음먹는 것 자체로는 매력을 더하는 데 한계가 있다. 아주 구체적인 노력이 수반되어야 나는 더 나은 사람이 된다. 매력 쌓기는 고유한 나를 만들어나가는 과정이다. 경험한 것들을 자신에게 맞게 해석해 적용하는 과정이다. 그것은 지난한 여정이고, 나 자신에 몰두하는 과정이다. 나의 생각에서 확고함을 세워나가며 나 자신이 의도한 대로 일하고 여가를 보내는 데 시간과 여력과 마음을 쓰는 과정이다. 매력적이자면 매일 한두 장씩 종이를 쌓듯, 꾸준히 운동하고 책을 읽고 사유하고 음악을 듣고 자신의 방식대로 '취향하며' 빈곤한 내면을 풍성하게 채워야 한다.

결국 매력이란 더 나은 나, 더 나은 삶을 지향하는 과정에서 자연스레 배어나오는 향기라고 생각한다. 하지만 매일 일상에서 충실하기란, 여러 관계 속에서 매력의 상대성을 알기란, 기울어진 운동장을 이겨내기란 좀처럼 쉽지 않은 것 같다. 그리하여 오늘 나는 생각한다. 에휴, 매력은 무슨. 사람은 자기 일을 할 때 가장 멋진 법이야! 글이나 써야지.

아
매력적이기란 어렵다.
매력의 기울어진 운동장을 이겨내기란.

사랑과 동경을 구분하기란 어렵다

나를 잃었을 때 그것은 사랑이 아니었네

사랑이 무엇인지 말하기란 정말 어렵다

무엇이 사랑이고 무엇은 사랑이 아니라 말하기는 참 어렵다. 연속되고 변화하는 사랑이라는 상태를 적절히 나누어 잘라내기란 어렵기 때문이다. 또 잘라낸 어떤 부분을 보고 '이것은 사랑입니다'라고 선언하기는 쉬우나 그 선언이 보편적 진리일 가능성은 지극히 낮다. 각자가 마주하는 세상은 같지 않고, 세상에 대한 저마다의 해석도 다르고, 그런 이유로 각자의 사랑은 또 다를 것이기 때문이다.

사랑은 분명 존재한다. 그럼에도 사랑을 어떤 말이나 단어로 모두 표현하기란 어렵다. 사랑에 대한 언어 표현은 많은 이들이 느낀 사랑의 여러 모습과 그 감상에 대한 단상들을 제공할 따름이다. 다만 그 느낌들로부터 우리는 사랑을 넌지시 알 수 있다.

사랑은 때로는 도취적 상태 같기도 하다. 그러면 도취가 끝나면 사랑이 아닐까? 가수 장범준의 노래 〈그녀가 곁에 없다면〉 가사처럼 "설렘이 없는 사랑, 편안함만 남은 사랑"은 사랑이 아닐까? 모두 다 사랑이다. 연민, 배려, 설렘, 따스함도, 슬픔, 차가움, 분노, 증오, 그리움도 사랑의 어떤 모습들이다. 피천득 선생의 〈인연〉에 나오는 "세 번째는 아니 만났어야 좋았을" 인연과 느꼈던 마음도 사랑일 것이다.

사랑은 저마다 다른 풍경과 해상도, 다른 넓이와 깊이를 가진다. 때문에 사랑의 상태를 표상하기란 대단히 어렵고, '사랑이 무엇인가'는 결국 각 개인이 체험에서 느끼는 바와 체험을 나눈 관계의 상대가 어떻게 느끼는가에 달린 것 같다. 사랑은 말로 설명되는 것이 아니라 체험하는 것이며, 서로가 '어떻게 느끼는가'로만 체감되는 현상이다. 다만 많은 사람들에게 공감받는 사랑의 속성은 그 한계에도 불구하고 보다 일반적인 사랑의 속성이라 볼 수 있겠다.

나는 사랑을 모른다. 사랑을 체험한 적이 별로 없는 탓이다. 그래서 "나의 사랑은 이랬어요"라고 섣불리 말하지 못하겠다. 사랑에 대한 나의 말은 철저히 내가 느끼고 상상한 감정을 말로 풀어내려는 노력을 넘어서기 어렵다. 다만 이 노력이 사랑의 실체를 상상하는 데 조금은 도움이 되길 바랄 따름이다.

사랑을 상상한다. 사랑을 어떤 단어로 채울 수 있는 경험을 떠올린다. 내가 사랑하는 부모님과 문둘이를 떠올리고, 그들을 볼 수 없게 된다면 그리워할 것이라고 생각한다. 그렇다면 사랑의 모습에는 '그리움'이 있는 것 같다. 비슷한 방식으로 우리는 어렵지 않게 사랑의 구성요소들을 상상해볼 수 있다. 사랑에는 '기대와 분노'가 있다. '책임'이 있다. '배려'가 있다. '상대'가 있다. '교감'이 있다. '좌절'이 있다. '끝'이 있다. '상실'이 있다. '아픔'이 있다.

그리고 사랑에는 '내'가 있었다. 이 모든 것에는 사랑을 하는 내가 있다. 내가 없으면 사랑할 수 없다. 나의 몸이 있다. 나의 마음이 있다. 나의 의지가 있다. 어느 하나라도 없다면, 모자라다면 사랑하기란 어렵다. 내가 없으면 사랑도 없었다.

내게는 전하지 못한 마음이 있었다

'첫눈에 반한다'는 건 어떤 느낌일까? 내게는 매력에 순간 '압도'되는 경험이었다. '강렬하고 순간적인 매료'도 비슷한 의미일 것이다. 이 매력은 지극히 상대적이어서 나에게는 매력적인 누군가가 다른 이에게는 아무것도 아니고, 남에게는 매력적인 무언가가 나에게는 아무것도 아니기도 한다. 나는 내가 끌려가지 않을 수 없던 큰 인력을 기억한다.

M을 처음 본 때는 스물셋이었다. 나는 그녀를 잘 알지 못했다. 하지만 멀리서 지켜본 그녀에게는 또래가 가지지 못한 기품이 있었다. 지적으로 보였고, 아우라에 가까운 분위기가 있었다. 그녀는 부족함 없이 자란 듯 구김살도 없어 보였다. 나와는 모든 면에서 반대였다. 그녀에게도 나름의 고민이나 힘듦이 있을 터였지만, 나로서는 알 수 없는 것이었다.

나는 그녀를 그해 여름 딱 두 번 보았다. 그녀가 담배를 피우는 모습에는 어떤 우수가 있었다. 기품 있는 말씨의 틈에 빈 행간에 나의 상상이 채워졌다. 나는 이내 무장해제되고 말았다.

편지를 썼다. M에 대한 마음을 썼다. 에둘러 일상을 쓰며 한 장 두 장 넘기다가 마지막 장에는 좋아한다고 썼다. 마지막 줄에는 아마 "나를 좋아해줘"라고 적었던 것 같다. 편지를 쓰고는 풀을 붙여 봉했다. 편지를 전하고 싶었지만, 끝내 그 편지를 주지는 못했다. 만나지 못했던 탓이다. 또 애써 만나려고는 하지 않았던 탓이다. 마음에는 냄새가 있다. 좋아하는 마음에도 냄새가 있다. M은 내가 자신을 좋아한다는 것을 알았을 것이다. 그리고 그 마음을 바라지 않았을 것이다.

몇 년의 시간이 지났다. 신기하게 그사이에도 매년 한 번씩은 연락을 주고받았다. 또 신기하게도 M과 나는 만나지는 않았다. 스물일곱 입대 전, M은 내게 여자를 소개받을 생각이 있느냐 물었다. 괜찮다 말했다. 그사이 내게도 몇몇 사랑이 오고 지났지만, 전하지 못한 편지가 있었다. 스물아홉 봄. 집에 6년간 전하지 못한 편지가 여전히 있음을 깨달았다. 이 편지를 전하고 싶었다. 20대가 가기 전 편지에 담은 마음에서 졸업하고 싶었다. 홀가분하고 완전하게, 어떤 아쉬움도 남기지 않은 채로 새로운 앞자리를 맞이하고 싶었다. 그렇게 20대의 마침표를 찍고 싶었다.

그해 봄. 부대에 있던 공중전화로 M에게 전화했다. M이 전화를 받았다. 가벼운 안부를 주고받았다. 만나기로 했다. 서두르지는 않았다. M은 내게 다시 소개받을 생각이 있는지 물었다. 이번에도 괜찮다 말했다. 몇 달이 지나, 갑작스레 M에게서 연락이 왔고 마침 시간이 맞아 우린 보았다. 6년 만이었다. 나와 그녀는 시간이 가는 줄 모르고 이런저런 이야기를 주고받았다. 마지막에 나는 6년 전 써둔 편지가 있다고 말했다. 다음에 볼 때 그 편지를 주기로 했다.

그리고 다음에 만났을 때 그 편지를 건넸다. M은 집으로 돌아가 편지를 읽었다. 우리는 연인이 되어보기로 했다. 나는 스물셋 그 마음으로부터 졸업을 바랐었다. 바라지 않았던 결과였다. 그러면서도 바랐던 결과이기도 했다. 나는 또다시 매력의 중력을 이겨내지 못했다.

사랑과 동경, 구분하기 어려운 그 경계

스물셋의 나와 스물아홉 내가 다른 점이 있었다면, '나'의 중요함을 알고는 있었다는 것이다. 내가 있어야만 '너'가 있을 수 있다. 그래야만 끝내 '우리'가 될 수 있을 것이었다. 머리로는 알았다. 하지만 나는 여전히 사랑을 몰랐다. 지금도 모르지만 그때는 좀 더 몰랐다. 스물셋의 나는 그녀를 동경한 것이 분명했다. 스물아홉에도 M에 대한 내 마음은 여전히 동경에 가까웠다. M의 말 행간에는 여전히 여백이 많았다. 그 사이에는 매료하는 매력이 있었다.

사전은 '사랑'을 이렇게 말한다.

1. 어떤 사람이나 존재를 몹시 아끼고 귀중히 여기는 마음. 또는 그런 일.
2. 어떤 사물이나 대상을 아끼고 소중히 여기거나 즐기는 마음. 또는 그런 일.
3. 남을 이해하고 돕는 마음. 또는 그런 일.
4. 남녀 간에 그리워하거나 좋아하는 마음. 또는 그런 일.
5. 성적인 매력에 이끌리는 마음. 또는 그런 일.

동경에 대해서는 이렇게 말한다.

1. 어떤 것을 간절히 그리워하여 그것만을 생각함.
2. 마음이 스스로 들떠서 안정되지 아니함.

어디서부터가 사랑이고, 어디서부터가 동경인지 알기는 어렵다. 사랑이면서 동경이기도, 동경이면서 사랑이기도 할 것이다. 어느 점은 접점이고, 어느 부분은 접면이고, 어느 지점 어느 부분은 경계가 그러데이션되어 구분이 없어져버린다. 사랑이 동경이고 동경이 사랑이 되어버린다. 어떤 바다는 남해인지 동해인지 구분할 수 없는 것처럼, 무엇은 동경이고 무엇은 사랑인지 말할 수 없다. 앞서 말했듯, 말로는 마음을 충분히 표상해내지 못하는 탓이다.

스물아홉 늦여름, 그녀를 만나며 내가 그녀에게 끌리고 그리워하면서도 아주 초조했음을 기억한다. 6년 사이 그녀는 많은 것을 이뤄냈다. 그녀가 보낸 시간은 밀도가 있었다. 하나의 길로 나아간 그녀의 시간은 성취를 쌓았다. 적어도 내게는 그렇게 보였다. 반면 나의 시간은 작게 이룬 것마저 상실하고 2년을 동결된 채로 지내다 그제야 막 해빙된 참이었다. 나는 늦은 새 시작을 앞두고 있었다.

나는 사랑이 시작되기를 바란 적이 없었으나, 시작되자 끝나는 것이 두려웠다. 그녀에게 그렇게 말한 적도, 내색을 한 적도 없었으나 마음에는 냄새가 있다. 그것은 동경에 멈춰 있는 마음이었다. 우리의 마음이 사랑이 아닌 동경에 머무를 때, 매력의 가위바위보에서 상대에게 지고 만다. 내보일 내가 자신이 없는 탓이다. 나를 잃어버리고, 나도 모르게 나의 자아를 상대에게 위탁한다. 그러고는 상대의 처분을 기다린다. 나를 잃은 나는 매력을 잃는다. 끝나지 않을 수 없는 것이다. 지켜보는 때 동경에는 힘이 있다. 하지만 마주해야 하는 관계에서 동경은 균형을 잃게 한다.

계절이 바뀌기 전 그녀와 나는 끝이 났다. 사실 이어질 수 없음을 알았다. 그것이 그녀와 나를 위한 것이라고도 생각했다. 이후 나는 다시 나를 보았다. 글을 쓰기 시작했고, 틈틈이 책을 읽었다. 그러기도 힘들 땐 거리를 달렸다. 의경 시절 늘 서 있기만 하고 달릴 수 없던 그 거리를 달렸다. 매주 글을 쓰고 새로운 일을 시작했다. 나는 다시 새로운 나를 만들어가기 시작했다.

시간이 지나 다시 계절이 바뀌었을 때, M에게 닿을 수 있는 곳에 편지를 부쳤다. 그녀가 내게 남긴 것들을 정리하고 그녀의 행복을 바라는 편지였다. 한편으로는 스물셋 그 마음으로부터의 완전한 졸업장이었다. 이젠 동경하는 나로부터의 안녕이어야 했다. 사랑에 빠지지 않고, 사랑에 뛰어들 수 있는 사랑. 그것이 아니라면 나는 애써 사랑하지 않기로 마음먹었다.

나는 오늘도 사랑을 꿈꾼다

사랑은 저마다의 풍경과 해상도를 가진다. 다른 넓이와 깊이를 가진다. 고단한 사랑의 여정 역시 그러할 것이다. 그럼에도 나는 사랑을 꿈꾼다.

사랑이 지날 때마다 나는 생각했다. 사랑이라는 것이 전부가 될 의미를 찾는 여정이라면, 그 여정은 어쩌면 이다지도 고된 걸까. 사랑은 어쩌면 이렇게나 지난하고 아픈 걸까. 우리는 얼마쯤 오고야 만 걸까. 굽이굽이 돌고 돌아 난 길의 끝에. 소중하고 전부인 사랑을 나는, 너는 끝내 이루어낼 수 있을까.

사랑에는 기대와 분노가, 책임이, 배려가 있다. 상대가 있고 교감이 있으며, 좌절과 끝과 상실이 그리고 아픔이, 성장이 있다. 당연히 사랑에는 '동경'도 있다. 여전히 나는 동경과 사랑을 잘 구분해내지 못한다. 또다시 사고처럼 오는 사랑에 쉽게 빠져버릴지도, 인력에 궤도를 잃은 위성처럼 될지도 모르겠다. 하지만 사랑에 빠지지 않고 사랑에 뛰어들 수 있는 그런 내가, 그런 사람이, 그런 때가 올 것을 믿는다.

아

사랑과 동경을 구분하기란 어렵다.

어려웠네 참.

사랑을 시작하기란 어렵다

매번 주저하는 나를 만나는 다시 봄

사랑이 시작될 때 풍경들

이제 막 봄이 시작되려는 참이었다. 이대 앞에서 회의를 마친 나는 그 앞 스타벅스에 원고 작업을 하러 갔다. 이곳은 1999년에 연 스타벅스 한국 1호점으로 유서 깊은(?) 곳이다. 대학가에 있는지라 아무래도 대학생으로 보이는 이들이 많다. 2층부터 3층까지 작업을 하거나 공부를 하는 대학생들이 유독 많았다. 빈자리를 찾으려고 보니 위층은 이미 꽉 차 있어서 나는 카운터 앞자리 테이블에 자리를 잡았다. 원고를 쓰다 보니 1층은 유독 오가는 이들이 많았다. 서로를 만나고는 오래지 않아 자리를 떠나는 곳. 마치 이어지는 만남을 위한 기착지 같달까.

원고의 첫 줄을 적었을 때, 내 왼쪽 테이블에 이대 과잠(학교와 학과가 새겨진 점퍼)을 입은 여학생이 앉았다. 첫 문단을 마쳤을 때, 후드를 입은 남학생이 들어와 여학생 옆에 앉았다. 두 번째 문단을 채웠을 때, 오른쪽 테이블에 데님 셔츠를 입은 남성이 앉았다. 세 번째 문단을 시작할 때 예체능인의 아우라가 완연한 여성이 들어왔다. 그녀는 남성을 마주 보고 앉았다.

만남의 중간 기착지인 이곳 1층은 오가는 이들이 많아 그다지 작업하기에 좋은 곳은 아니었다. 게다가 읽고 쓰기에 집중하다가 조금 지친 나는 1호점의 가장 표준화된 탄맛을 느끼며(스타벅스의 커피는 표준화된 약간 탄맛이 난다) 잠시 쉬기로 했다. 이 공간과 사람들에 관심을 가지기로 했다. 대화가 들려왔다.

왼쪽 테이블

과잠 여학생 : 야 뭘 그렇게 재밌게 보냐? (남학생은 스마트폰을 보고 있었다.)

후드 남학생 : 나? 크보!(KBO를 그대로 읽은 것으로 한국 프로야구를 의미한다.)

과잠 여학생 : 크보? 크보가 뭔데?

후드 남학생 : 크보가 크보지 크보가 뭐냐니. 아 근데 나 피곤해.

과잠 여학생 : 그러니까 야구 경기가 크보라는 말이네. 왜 피곤해?

후드 남학생 : 어제 늦게 자고 아홉시 수업 듣고 세시 수업 듣는데 중간에 너무 피곤한 거야. 그래서 친구집에서 자다 나왔어.

과잠 여학생 : 그러게 수업을 왜 그렇게 짰어.

후드 남학생 : 꼭 들어야 하는 수업이라서 어쩔 수 없었어… 흑…

과잠 여학생 : 참 말도 안 되는 수업이네. 됐고. 마라탕이나 먹으러 가자. 너 지금 피곤하니까 내가 좋아하는 거 먹어. (?!?)

후드 남학생 : 자기야 그게 무슨 용불용설 같은 소리야.(다윈 진화론과는 다른 생물의 기관발달 이론으로, 기린은 목을 계속 쓰다 보니 길어졌다는 이야기. 즉 말도 안 된다는 말이다.) 나 마라탕 안 좋아해. 꿔바로우 좋아해.

남학생은 열심히 크보를 보면서도 한 손으로는 여학생의 손을 꼭 잡고 있었다.(짜식…) 마라탕을 파는 곳에서 꿔바로우를 안 팔 리는 없으므로 결국엔 서로 열심히 깨 볶는 소리다. 내용만으로는 네모나고 세모난 뾰족함이 있는 스몰토크인데, 오가는 말의 내용은 동글동글하기만 하다. 하나라도 더 들어주고 결국엔 상대가 원하는 대로 해주려 하는 배려랄까.

오른쪽 테이블

데님 셔츠 남성 : 누나. 오늘도 연습 많이 했어요?

예체능 아우라 여성 : 아니 요즘은 그렇게 많이 안 하고 있어. 사실 연습 외에 할 게 더 많아.

데님 셔츠 남성 : 요즘 저도 할 게 많아요. 학내 창업 준비하잖아요. 개발만 배우면 괜찮은데 알아야 할 게 너무 많아요.

예체능 아우라 여성 : 에구 너도 참 힘들겠다. 몸 챙겨가면서 해. 몸 상해. 넌 참 대단해. 적은 인원으로 하기 쉽지 않을 텐데.

데님 셔츠 남성 : 운이 좋아서 잘하고 있어요. 밥도 잘 챙겨 먹고요. 맞다, 누나 제가 준비한 거 있어요. (남성은 주섬주섬 가방에서 뭔가를 꺼내더니 여성에게 주었다.)

예체능 아우라 여성 : 어머. 이게 뭐야?

데님 셔츠 남성 : 별거는 아니고 편지랑 간식 좀 챙겼어요.

예체능 아우라 여성 : 와… 정말… 너! 밸런타인 지났다고 바로 이러기야?

왼쪽은 이미 연인이 되어 깨를 볶고 있었다면, 오른쪽은 썸의 마지막 단계를 막 지나고 있는 느낌이다. 누구 하나라도 선언을 하면 그들은 곧 사랑을 시작할 참이었다. 아니 이미 그들은 사랑을 시작한 터였다. 여성은 남성을 대화 내내 존중했고 그러면서도 귀여워했다. 남성은 여성에게 말 그대로 홀딱 반해 있었다. 좋아한다는 말을 하지 않아도 그의 목소리는 이미 그렇게 말하고 있었다.

서둘러 저녁을 먹으러 나왔다. 어서 이 기착지를 나서기로 했다. 더 있다가는 '지금 사랑을 하지 않는 자, 유죄!' 아우라에 휩싸일 것만 같았다.

그들의 표정과 말씨를 기억한다. 사랑이 시작될 때 우리 일상은 살아 있음을 느끼는 순간으로 가득 찬다. 만나는 이의 행복을 위해 사소한 노력을 다하게 된다. 이제 막 싹을 틔운 사랑은 우리를 더 힘이 나게 하고 행복한 사람으로 만든다. 가장 예쁜 꽃집을 찾게 되고(이대 앞 '예쁘꽃방'이 가장 좋다) 상대를 더 알고 싶어 지나가는 사소한 말에도 귀를 기울인다. 햇살은 더할 것 없이 따스하고, 일상 속 짜증 나는 일조차 대화를 위한 해프닝이 된다. 세상 그 어느 누구도 오늘의 나보다 더 행복할 수는 없을 것이다. 시작된 사랑은 작은 행복감조차 배로 증폭시키는 앰플리파이어다.

사랑이 시작되는 순간의 도취와 그 비극

사랑이 봄날처럼 시작될 때 대부분의 사람들은 도취될 정도의 행복을 느낀다. 상대의 매력에는 그만큼의 질량과 인력이 있어 우리는 금세 그 매력에 끌려 들어가곤 하는데, 시작된 사랑의 인력은 매력에 비례해 더 커진다. 이 인력을 이기란 쉽지 않다.

물론 사랑이 언제나 거대한 인력으로 시작되지는 않는다. 가볍게 '가능성 탐색'으로 시작되는 사랑도 있으며, 그렇게 쭉 이어지는 사랑이 있고 그러다 끝나버리는 사랑도 있다. 애착을 두지 않으니 딱히 아프지 않고 아주 기쁘지도 않다. 그가 가더라도 또 다른 이가 올 것이다. 이러한 사랑은 대체가 가능하기에 안전하고 합리적이다. 수명이 다 된 전구는 갈아 끼우면 그만이니.

그런가 하면 어떤 사람들은 사랑을 시작했다는 사실 자체에 도취되어버린다. 나 역시 그런 적이 있었다. 나는 도취에서 나를 잃었고, 관계에는 존중이 없었다. 도취만 있고, 존중이 없고, 서로를 바라보지 않는 사랑은 사랑이 아니다. 이처럼 도취의 모습만 띤 유사 사랑을 사랑으로 착각하고 자신을 잃어갈 때 비극은 시작된다.

사랑의 본질은 '관계'다. 관계는 다른 자아의 세계가 서로 만나는 과정이며, 그 결과다. 그런 이유로 사랑은 서로를 마주 봐야만 한다. '나 혼자 열심히'는 최선이 아니다. 삶의 많은 것들은 혼자서 제대로 열심히 하면 잘할 수 있다. 공부를 열심히 하면 성적이 남고, 운동을 열심히 하면 몸이 좋아진다. 하지만 관계는 그렇지 않다. 사랑은 특히나 그럴 것이다. 사랑을 알기 위해 노력한다는 것은 '사랑'이라는 개념을 아는 것이 아니다. 사랑은 무수히 많은 모습을 가지고 있기 때문이다. 사랑의 본질은 '상대'를 아는 것이고 상대와 함께할 '나'를 아는 것이다. 서로를 마주하고 존중하며 맞춰가는 과정과 결과로 사랑을 알 수 있을 것이다. 사랑이 깊어간다는 건 그에 대한 책임을 요구하는 어려운 일이다.

도취 상태는 서로 맞춰가는 과정을 시작하기 전 잠시 찾아오는 허니문 기간일 것이다. 어려움을 마주하기 전 찾아오는 달콤한 시간. 그러나 도취만으로는 사랑을 알 수 없다. 이것만큼은 확실히 해두자. 당신을 잃어간다면 그것은 사랑이 아니다. 그것도 사랑이라고 부르는 사람이 있겠지만, 부디 그런 사랑은 시작하지 말았으면 좋겠다. 그것은 사랑이어서는 안 된다. 나는 결단코 그것을 사랑으로 부르지 않겠다.

왜 사랑을 시작하지 않는가?

봄은 사랑의 시작을 촉진하는 역할을 톡톡히 한다. 봄날 캠퍼스에서 사랑에 빠진 이들을 보며 흐뭇한 미소를 짓다 보면 나 역시 사랑하고 싶다는 생각이 든다. 하지만 사랑을 시작하기란 왜 쉽지 않을까? 나는 왜 사랑을 시작하지 않는지(혹은 못하는지!) 물음과 대답으로 이어가보자. 사랑을 시작하기 전 생각해볼 만한 것들이 있을지도 모른다.

─왜 사랑을 시작하지 않아?

사랑은 상대가 필요해요. 우선 지금은 그럴 만한 사람이 없기도 하고, 상대를 바라봐야 하는 내가 아직 준비되지 않았기 때문일 수도 있죠. 내가 느끼기에 '나'는 사랑에 대한 준비가 미진하고, 내 마음에 드는 '상대'도 딱히 없으니 애써 사랑을 시작할 이유는 없는 것 아닐까요?

매력의 화살표가 서로를 향하기란 참 어려워요. 살면서 만나는 대부분의 상대가 화살표를 조금씩 비껴가죠. 그리고 나이를 먹어갈수록 상대의 매력에 대해 좀 까다로워지는 것 같기도 하네요. 그만큼 사랑이 시작되고 지속되는 것도 쉽지 않을 거예요.

─사랑을 위한 '준비'는 뭐야?

사랑에는 '내'가 필요하죠. 개인적으로는 서른이 되고 사회적으로 나의 상태가 위태롭다는 생각을 많이 하게 됐어요. 대다수 청년이 마찬가지겠지만 나는 번듯하지 못해요. 집도 없고 차도 없고 사원증만 보면 어딘지 알 수 있는 회사에 다니는 것도 아니고, 집안이 탁월해서 먹고사는 게 안정된 것도 아니에요. 물론 그것 때문에 사랑을 하지 못한다는 건 절대 아니고요. 나는 글을 쓰는 내가, 노래하는 내가, 학교에 다니면서도 초보 기획자로 일하는 지금 내가 충분히 좋아요. 다만 상대가 이런 나를 어떻게 생각할지는 솔직히 조금 고민이 됩니다. 사실 나의 준비 상태보다는 지금 애써 사랑에 뛰어들 만한 사람이 없다는 것이 더 큰 이유겠지만.

　—사랑에 뛰어들 만한 상대는 어떤 사람이야?
　기본적으로 내가 매력을 느끼는 상대여야 합니다. 이 경우 1) 나만 상대에게 매력을 느끼거나 2) 서로가 매력을 느끼는 상황으로 나눌 수 있을 텐데, 1)에서 이 매력에 대한 갈망이 지나치면 '동경'이 되어 아티스트를 일방으로 좋아하는 팬처럼 되어릴 거예요. 사랑의 시작은 상호적이어야 해요. 노력으로 다른 사람이 나를 바라보게 하기는 정말 어려워요.
　매력을 가위바위보에 비유하자면, 나는 가위고 내가 호감 있는 사람은 바위인데, 어떤 친구는 보자기인 것처럼요. 내게는 매력적인 사람이 다른 사람에게는 아니고, 다른 사람에게 매력적인 사람이 내게는 아닐 때가 많죠.
　상대도 나도 서로의 매력에 끌리면 사랑이 시작되기에 정말 이상적인 상황이에요. 하지만 그런 일은 좀처럼 일어나지 않고, 그래서 사랑은 쉽게 시작되지 않아요. 사랑의 시작에서 좌절하는 많은 경우가 상대의 관심을 내게로 가져오려고 할 때 일어난다고 생각해요. 혼자 열심히 애쓰는 상태. 보통 이럴 때 우리는 자기 매력을 보이지 못합니다. 애쓰다 보면 무리하게 되고, 내가 해야 할 나의 일을 하지 못하죠. 결국 자신의 매력을 잃어가요. 우리는 자신의 매력에 대해 과신도 의심도 말아야 합니다. 너무 애쓰지 말고 나의 일을 하며 사랑에 대한 작은 기대를 유지하는 정도면 뜻밖의 멋진 일이 일어날지도 몰라요. 전제는 내게 매력적인 상대를 발견했고, 그 주위에 자연스레 있을 방법을 찾았다는 것이겠지만요.

—좋아한다면 상대의 마음에 들기 위해 애써봄 직하지 않을까?

애써도 됩니다. 그렇게 해서 상대가 나의 매력을 알게 된다면 멋진 일이에요. 다만 애쓰다 보면, 상대를 단순히 갈망하는 마음만 커지면서 집착을 낳게 되고 이상한 기대심리가 생기게 마련입니다. 상대를 위한다고는 하지만 사실 스스로를 위한 이기심이죠. 게다가 상대와 나를 동일시하거나 상대를 내게 귀속시키려 하는 못난 마음이 자라기 쉽죠. 또한 이 경우 애를 써서 연인관계가 시작되어도 상호 간 '설렘'과 '친밀감'이 모자라니 자기만 일방적으로 헌신에 과몰입하게 되고 상대는 부담을 느낍니다. 만약 상대가 영악한 사람이라면 당신을 노예처럼 부릴 수도 있겠죠. 그러나 당신이 무리한 헌신을 멈추는 순간 관계는 끝날 겁니다. 이때 우리는 스스로를 잃어가겠죠. 물론 웬만해서는 시작조차 어렵겠지만요.

상대를 좋아하는 마음과 상대를 갖고 싶어 하는 마음을 착각하지 말아야 해요. 애써도 되지만, 집착하지는 말아야 하고요. 정말 좋아한다면 상대에게 부담이 될 때 포기할 줄도 알아야 합니다.

—나에게 호감이 있는 상대를 나도 좋아할 수 있지 않을까?

나를 바라보는 이들에게도 분명히 매력이 있어요. 실제로 예전에 나는 '좋아한다고 생각하는' 상대에 대한 갈망과 동경에 자주 사로잡혔다면, 이제는 나를 매력적으로 봐주는 사람들의 매력을 보려 노력하고 있어요. 어쩌면 내가 모르는 매력이 있는 정말 좋은 사람일 수 있잖아요. 또 첫 시작이 설렘이 아니어도 좋아질 수 있는 관계도 분명히 있으니까요.

일단 시작하고 나서 '좋아할 수 있는 가능성'을 보기도 해요. 다만 이 경우 설렘과 친밀감이 모자라니 서로 알아가기 위한 노력이 필요하고, 이 일은 상당한 에너지를 필요로 하죠. 시작된 관계에 대한 '책임'을 지는 것인데, 이것도 다른 의미로 꽤나 애쓰는 상태임은 분명합니다. 이때 조심할 것은 '예의'로만 상대를 대하는 거예요. 반대로 상대가 너무 '애쓰게' 될 수 있으니까요. 그가 자신의 삶을 잃어가게 해서는 안 돼요.

—별 감정 없어도 일단 시작해볼 수 있지 않을까?

크게 애착을 두지 않고 만나보는 것, 즉 교제를 시작하는 것이 '일단 시작'이라면, 이 단계는 사랑은 아닌 듯합니다. 서로에 대한 끌림이 애매할 때, 사랑이 시작되기 전에는 탐색이 필요해요. 요즘은 '썸'이라고 하는데, 썸의 설렘을 생략하고 일단 시작하는 것도 의미가 있어요. 그런데 솔직히 이때는 '나 지금 뭐 하는 건가' 싶죠. 반하지도 않았고 좋아하지도 않는데 어설픈 호감으로 일단 스타트를 끊었을 때의 찜찜함이란.

언젠가 그런 감정으로 시작한 상대와 뮤지컬을 보러 간 적이 있어요. 상대는 기대감이 있었어요. 그런데 그 기대감은 나에 대한 것이라기보다는 '연애하는 자신'에 대한 심취, 그 상태에 대한 기대 같았어요. 뮤지컬을 보고 나서 포토존에서 나는 그 사람의 사진을 더 잘 찍어주기 위해 나름대로 최선을 다하는데, 상대가 찍은 내 사진에는 조금의 정성도 없었죠. 1초 걸려 찰칵. 사진을 찍는 사람들은 알 거예요. 피사체에 대한 관심과 정성이 얼마나 그 대상을 다르게 보이게 만드는지. 단적인 사건이지만 비슷한 일을 몇 번 마주하며 '이 관계를 시작하지 않았어야 했는데'라 생각했죠.

'일단 시작'은 나중에 좋아질 거라는 기대감을 가지고 시작하는 일이에요. 가능성이라는 게 있어야 합니다. 내가 저 사람을 좋아하게 될 가능성. 저 사람이 괜찮은 사람일 가능성. 그 가능성이 있고 큰 부담이 없을 때 시작해볼 수는 있겠어요. 하지만 더 확실한 기준은 결국 '나'에게 있습니다. 상대에 대한 나의 마음. 그 마음의 단계를 '호감→좋아함→사랑'으로 보자면, 호감과 좋아하는 것의 경계에서나 시작했으면 좋겠어요.

겨울이 지나고 도둑처럼 서른의 봄은 왔다. 많은 이들이 사랑을 시작하는 봄.

그러나 인연의 소중함을, 마음을 다하는 것의 어려움을 이제야 조금은 아는 탓에, 사랑을 시작하지 않았다. 이 봄에도.

아
사랑을 시작하기란 어렵다.
무심히 봄날은 지나가는데.

사랑을 지키기란 어렵다

사랑을 지키기 위해서 필요한 존중, 믿음, 책임…

사랑은 언젠가 끝날 수밖에 없는 것

2009년, 막 스무 살 대학생이 된 나는 캠퍼스의 봄날을 누리고 있었다. 하루 종일 빽빽하게 수업이 채워지던 고3 시절을 생각하면 대학의 강의시간 사이는 참 길었다. 그때 나는 스마트폰이 없었고, pc방에 가는 것도 좋아하지 않았고, 커피도 마실 줄 몰랐다. 그래서 내가 공강 시간을 보내는 방법은 학교 안 나영주 열사 추모탑 옆 벤치에서 책을 읽고 가끔은 잠을 청하는 것이었다. 나는 나무그늘 아래 벤치에 앉아 있는 것이 좋았다. 벤치에서 책을 읽다가 오가는 이들을 참 많이도 바라봤다.

할머니가 위독해지셨던 때는 그즈음이었다. 할머니는 삶의 마지막 3개월을 의식 없이 보내셨다. 할아버지의 한숨도 부쩍 늘어갔다. 벚꽃이 질 무렵 할머니는 떠나셨고, 남은 가족들은 할머니의 마지막을 준비했다. 여든이 된 할아버지도 전쟁을 겪고 50년 넘게 평생을 함께한 반려자를 떠나보낼 준비를 해야 했다. 갓 스무 살이 된 내가 보기에 그 과정은 고되고, 쉽지 않아 보였다. 그 과정을 모두 지켜내던, 좀처럼 말이 없던 할아버지의 표정에서 나로서는 도저히 설명할 수 없을 감정이 느껴졌다. 할아버지는 한 번도 소리 내어 울지 않으셨다. 할머니를 보내드리고 돌아오는 길에 할아버지는 말했다. "참으로 허망하다. 허망해…" 그때 할아버지의 목소리는 울음과 한숨이 섞인 파열음이었다. 허망하다는 말은 깊이를 가늠할 수 없는 공허감과 상실감, 황망함이었을지 모르겠다. 나로서는 감히 공감할 수 없는 아픔이었다. 말로는 차마 표현 못 할 그 감정은 10년이 지난 지금도 잊히지 않는다.

며칠 후 다시 나무그늘 아래 벤치에서 할아버지의 말을, 표정을 떠올렸다. 사랑은 결국에는 끝날 수밖에 없구나. 모든 사랑은 끝나고야 마는구나. 내 앞을 지나는 이제 막 시작한 커플들의 사랑의 풍경과 며칠 전 지켜본 평생을 지켜온 사랑의 끝. 두 장면의 간극은 그때나 지금이나 이해하기도 설명하기도 참 어렵다. 깊어진 만큼 사랑의 끝은 그렇게나 아픈데, 그렇게나 괴로운데 왜 사랑을 해야만 하는 걸까? 이 질문의 답은 여전히 잘 모르겠다.

할머니가 떠난 2년 후 여름, 할아버지도 떠나셨다. 두 분을 함께 모셔드렸다. 그곳에서는 부디 허망하지 않으시길.

사랑의 이유, 오직 행복하기 위해

'왜 사랑을 해야 하는가?'에 대한 답은 삶을 대하는 태도와 철학과도 연관이 있다. 인간의 삶은 무수한 관계로 구성되어 있고, 사랑도 본질적으로는 관계이기 때문이다. 관계는 인간의 삶에 지대한 영향을 준다. 사랑은 가장 주요한 관계의 상태이기에 우리 삶은 사랑과 강하게 관련된다. 사랑하는 관계보다 더 중요한 관계가 있던가? 또한 인간의 삶은 행복해야 한다. 이것은 그냥 선언이다. 인간이 행복해야 한다는 명제에 대해서는 증명보다는 믿음이 필요하다. 그런 이유로 과문한 나로서는 '왜 사랑을 해야 하는가?'라는 질문에 대해 그저 '행복하기 위해'라 대답할 것이다. 이 대답 역시 아는 것이 아닌 그저 선언이다. 행복하기 위해 사랑한다. 우리는 사랑하기 위해 사는 것이 아니다.

인간의 삶은 순간인 점이 아니라 과정인 선이다. 삶은 선의 여정이며, 끝나는 순간까지 이어진다. 인간은 그 여정 동안 여러 감정을 느끼고 고난을 이겨내고 극복하며 삶을 채워나가고 더 행복하고 덜 고통 받길 바란다. 할아버지가 할머니를 사랑하지 않았다면 당신의 삶은 분명 달라졌을 것이다. 나의 부모가 서로를 사랑하지 않았다면 그들의 삶은 지금과는 달라졌을 것이다. 다들 행복하기 위해 사랑했고, 사랑해왔을 것이다. 비록 끝이 났고, 언젠가 끝날 사랑이고 삶이지만.

사랑을 시작하기란 어렵다. 하지만 지키기보다는 덜 어려울 것이다. 사랑을 지키는 과정은 그 자체로도 사뭇 어렵다. 그런데 흔히 저지르는 쉬운 실수는 사랑을 지키기 위해 지키게 되어버리는 것이다. 사랑을 하다 보면 나와 상대의 행복이 아니라 어느덧 '관계를 유지'하는 것 그 자체에만 천착하고 과몰입하기 너무 쉽다.

봄날 같은 사랑에 도취된 상태에서 우리는 상대에, 관계에 쉽게 빠져버린다. 서로의 존재는 서로에게 축복이다. 가슴이 두근거리고 입술이 바짝 마르는 설렘과 긴장이 이어진다. 서로의 일상과 에너지가 상대를 향한다. 그래도 괜찮다고 느끼는 순간이다. 언제나 그럴 수 있다면 얼마나 좋을까? 하지만 전체 삶의 여정 속에서 이 사랑의 허니문 기간은 그다지 길지 못하다. 결국 우리는 각자의 삶, 개인의 삶으로 다시 돌아오게 되어 있다. 아니 돌아와야만 한다.

허니문을 지난 사랑은 우리에게 '어려움'을 극복할 것을 요구한다. 서로를 진정으로 이해하고, 각자에게 맞춰져 있던 삶의 방식을 함께 맞춰나가야 하는 어려움. 이 어려움을 해결해가는 과정에서 우리는 강렬한 유혹에 빠진다. 그것은 상대를 존중하는 사랑이 아닌 '상대를 가지려는 마음'이다.

사랑이 깊어가며 한 개인은 상대와 하나가 되고 싶어 한다. 그런데 많은 이들은 사랑에서 '하나 됨'을 '병합과 통제'로 오해한다. 관계를 유지하고 상대를 갖기 위한 일방적 헌신, 상대에게 희생을 강요하거나, 기대심리로 상대를 옥죄는 것. 이는 사실 상대를 가두기 위한 억압이다. 이 과정은 결국 자신만을 위한 것이다. 사실은 이기심을 위한 일인데, 상대를 위한 것이라 자신과 상대를 속인다. 이러한 마음의 역설은 관계에 대한 과몰입이 결국 통제하려는 당사자를 불행하게 만든다는 점이다. 자유의지를 지닌 인간을 타인이 통제한다는 건 불가능하기 때문이다. 이 상태에서 끊임없이 상대를 통제하려 하고, 집착하고, 의심한다. 상대를 믿을 수 없는 탓이다. 이러한 관계 속에서 서로는 빛을 잃는다. 이것은 사랑이 아니다. 어느 누구도 행복할 수 없기 때문이다. 나는 상대가 될 수 없고, 상대는 내가 될 수 없다. 나는 상대의 것이 될 수 없고, 상대도 나의 것이 될 수 없다. 우리 각자는 서로 분리된 개인이라는 명백한 한계를 가지고 있다. 이 한계를 인정해야 한다. 또다시 선언한다. 어느 일방의 굴종은 사랑이 아니다. 그것은 사랑이어서는 안 된다! 다시 잊지 말아야 할 것은 삶과 마찬가지로 사랑 역시 그 과정에서 행복이 가장 중요하다는 것이다. 행복하기 위해 사랑을 하고 행복하기 위해 사랑을 지킨다.

가장 비극인 사랑(이를 사랑이라 불러야 하는지도 의문이다)은 일방의 경제력이나 권위 탓에 한쪽이 다른 한쪽에 종속되어 '끝나지' 못하고 연명되는 관계다. 이 관계 속에서는 상호존중이 약하거나 없기 때문에 한쪽은 서서히 개인으로서의 자아, '나'를 잃어간다. 인간은 본능적으로 자유를 원한다. 인간으로, 나로 서기를 바라는 자존의 욕구를 가지고 있다. 과연 종속된 사랑에서 행복한 인간이 있을까? 이런 사랑은 시작하지 말아야 한다. 만약 사랑이 종속으로 변해간다면, 그것에서 진정 행복할 수 없다면 용기를 내 끝낼 수 있어야한다. 인간의 삶은 행복해야 하고, 사랑은 그 과정 중 단지 (좀 많이

중요한) 하나일 따름이다

이상적인 사랑에는 '나'와 '너'를 넘어선 '우리'가 있다

그렇다면 서로가 대등하면 이상적 사랑이 될 수 있는 것일까? 유명 미국 드라마〈하우스 오브 카드〉의 주인공 프랭크와 클레어는 부부다. 이들은 분명 서로를 사랑한다. 그런데 어쩐지 이들의 사랑은 헌신이나 도취와는 거리가 있어 보인다. 차라리 권력을 갖기 위해 온갖 권모술수를 동원하고, 이익을 공유하는 팀에 가깝다. 이들의 관계는 일면 거래적 관계처럼 보이기도 한다. 그들의 관계에서 주어는 '우리'라기보다는 철저히 '나'와 '너'이다. 그들 각자에게는 상대에게 말하지 않는 사생활이 있다. 어딘가 모르게 그들은 상대의 행동을 온전히 믿지 못하는 것 같다. 그것은 그들이 서로 대등하나 진정으로 '우리'는 아니기 때문이다.

그러한 이유로 그들의 '팀워크'는 거래적 동반자로서 이익 극대화와 공유가 위태롭고 서로를 믿을 수 없을 때 끝날 것이다. 삶에서 '나'를 잃지 않는다는 점에서 이러한 사랑(?)을 나쁘다고만 말하지는 않을 것이다. 서로는 거래의 균형을 위해 노력을 다할 것이고, 그 균형이 맞는다면 관계는 무리 없이 지속될 것이다. '상호주의'에 입각한 외교 같은 사랑이랄까. 좋은 '딜'이다. 그 당사자들이 '우리'가 아닐 뿐.

이상적인 사랑은 각자 개인으로서 독자성을 유지하면서도 또 함께하는 '우리'인 역설적인 상태다. 서로 여전히 끌어당기고 끌리지만, 이것은 일방적 '병합'이 아니다. 서로 존중하고 존경하는 마음으로, 삶과 사랑의 어려움을 함께 극복하려는 과정. 그리고 결과다. 이는 분명 가능하지만 대단히 어려운 일이다. 온전히 상대를 믿을 수 있어야 하기 때문이다. 사랑을 할 때 우리는 서로를 존중하고 존경하고, 믿어야 한다. 작게는 상대가 나를 해하지 않을 것이며, 자신만이 아니라 우리를 위해 살아간다는 믿음이 필요하다. 하루아침에 이러한 믿음이 만들어질 리 만무하다. 때문에 사랑은 점이 아닌 선의 여정이다. 신뢰를 쌓아가는 선의 여정. 정말이지 사랑은 삶과 비슷하다.

사랑, '나'이며 '함께'라는 역설을 지키기 위해

관계는 '책임'을 요구한다. 사랑은 관계 중에서도 가장 큰 책임을 우리에게 요구한다. 서로 끌리고 서로를 선택하여 사랑을 시작했다면, 사랑을 지키기 위해 서로에 대한 책임을 다해야 한다. 책임을 지고 싶지 않다는 것은 사랑하지 않는다는 것이다. 책임지지 못했다면, 사실은 사랑할 수 없었던 것이다. '나'이며 '함께'라는 이상적 사랑의 역설을 지키기 위해서는 책임을 져야 한다. 사랑에 대한 도리와 매력과 믿음의 책임. 모두를 지키는 것은 이상이다. 그러나 노력하지 않을 수는 없는 것이다.

1) 도리의 책임―관계가 요구하는 행동과 마음에서 최선을 다하는 것.

사전은 '도리'를 두고 "사람이 어떤 입장에서 마땅히 행하여야 할 바른길"이라 말한다. 그런데 도리를 다하는 것은 행동만을 의미하지 않는다. 행동에는 지극한 마음이 함께 있어야 한다. 마찬가지로 사랑에서 도리의 책임을 다하는 것은 응당 해야 할 '행동'을 하며 '마음'으로도 상대를 위하는 것이다.

교제하는 사이에서 서로의 동의 없이 이상하리만큼 연락이 없다면, 함께 사는 관계에서 함께 항산의 어려움을 풀어나가려 하지 않는다면, 이들은 사랑에 대한 도리의 책임에서 행동조차 하지 않는 것이다. 관계에서 행동이란 서로가 행하기를 기대하는 명시적·암묵적 약속이다. 하지만 행동에 사랑하는 마음이 없다면 그것은 그저 건조한 '의무' 이행에 지나지 않는다. 물론 넉넉하지 못해서, 부득이한 사정 탓에 의무감에 따른 행동조차도 하기 어려운 때가 있겠지만, 누구나 자신의 자리에서 할 수 있는 최선이 있다. 최소한 마음으로라도 서로에게 지극할 수 있다. 거울반응하는 존재인 서로는 그것을 알 수 있다.

2. 매력의 책임―설렘과 친밀감을 경영해 매력을 지키려는 노력

최초에 사랑이 시작되려면 서로를 끌어야 한다. 그러자면 친밀하거나, 설렘이 있어야 한다. 즉 친구처럼 가까워서 일상에서 자연스레 있는 그대로의 개인으로 마주하거나, 설렘으로 긴장감을 유발

하며 서로를 자석처럼 끌어야 한다. 그리고 사랑이 유지되려면 서로는 때로는 친밀해서 편안하면서도, 때로는 설렘으로 긴장되어야 한다.

사랑하며 '재미'가 없다는 말을 하는 이들이 있다. 설렘이 없는 상태다. 만약 설렘만을 추구한다면, '관계의 화전민'이 될 것이다. 그런 사랑은 깊이가 없다. 하지만 설렘 없는 사랑은 '푸석푸석'할 수 있다는 생각은 든다.

한편 사랑에서 친밀감이 없으면, 서로는 끝내 한 사람의 인간으로 가까워질 수 없다. 늘 긴장하고 어색해진다. 서로의 '취향과 세계를 나누는 즐거움'은 없고 일방이 동경한다. 관계에서 동경으로 바라보는 이에게는 '나'가 없다. '나'가 없으니 서로를 바라볼 수가 없다.

어려운 일이지만, 사랑의 관계에서는 매력이 유지되어야 한다. 종속되지 않은 개인으로 사고하고 행동하는 '나'로서 상대에 대해 친밀감과 설렘을 잃지 않는 매력이 있어야 한다.

3. 믿음의 책임—나를 믿고 상대를 믿고, 함께 우리를 믿는 것

사랑이 여정이라면 언제나 아름답고, 언제나 모자람 없고, 언제나 행복할 수만은 없을 것이다. 때로는 선택하지 않은 고난이 올 것이고, 사랑을 지킬 가치가 있는지 스스로에게 물어야 하는 순간이 올 것이다. 반드시 그럴 것이다. 이때 사랑을 하면서 나를 잃지 않을 것이라는, 나를 지켜갈 것이라는, 그럴 수 있다는 믿음이 필요하다. 또한 내가 상대를 위하리라는 것을 믿어야 한다. 다음으로 상대

가 한 개인으로 우뚝 서도록 도우며, 상대가 나를 위하리라는 것을 믿어야 한다. 마지막으로 서로가 사랑의 여정에서 고난과 행복을 함께 나눌 것을 진정으로 믿어야 한다. 결국 사랑을 계속하려면 나를, 너를, 우리를 믿어야 한다.

어떤 사랑을 하고, 어떻게 사랑을 지키고, 언제 사랑의 시간을 지날지 지금 나는 잘 모르겠다. 다만 사랑의 지난함에도 어떤 사랑은 지킬 의미가 있는 것이리라, 그렇게 믿고 있다.

아
사랑을 지키기란 어렵다.
하지만 모든 사랑이 지킬 만한 가치가 있는 것은 아니다.

차마 사랑을 끝내기란 어렵다

끝나기란 쉽지만,
끝내야 할 때 끝낼 수 없었던···

사랑의 끝에도 의미가 있다

어느 날 사랑이 끝났다. 과연 사랑이었는지는 모르겠다. 오랫동안 사랑이라 믿었으니 사랑이라 해두자. 사랑이 끝나던 날, 밥은 모래알 맛이었다. 무엇을 먹어도 쓴맛이 났다. 잠이 많은 나도 뒤척이다 계속 깨곤 했다. 불안한 각성이 이어졌다. 생각하지 않으려 해도 자꾸 '이랬으면 어땠을까' '그렇게 하지 않았더라면···' 하는 부질없는 생각과 후회가 이어졌다. 기운이 다하고 나서야 꺼지듯 잠들었다. 사랑이 끝이 났든 내가 끝을 냈든, 의미를 두었던 만큼, 애착을 가졌던 만큼 상실감은 커져만 갔다. 평범하던 일상은 지옥이 됐다. 무엇을 해도 즐겁지 않고 막막한 기분과 한숨. 한없이 작아지는 나. 이별이었다.

　　이별은 당사자에게는 끔찍이도 아프고 슬프고 괴로운데, 많은 경우 개별적으로 공감받지 못하고 보편화되어 뭉뚱그려진다. 모두가 한번쯤은 하는 경험인 탓이다. 이별한 이에게 사람들은 말한다. "다 그런 거야. 나도 그랬어. 시간이 지나면 괜찮아질 거야. 다 지나갈 거야." 솔직히 별 도움 안 되는 거지 같은 조언이라는 생각이 든다. 술잔을 기울이며 여러 말을 하지만 결국엔 이 말이다. "너무 의미 두지 마."

의미라. 의미는 무엇일까? 사랑하던 이에게 내가 애착을 두던 것? 그 과정? 그랬던 과거의 나? 무엇이 의미이고 의미가 아닌지는 잘 모르겠다. 하지만 지금 나는 이별의 상흔도 거의 없고 아무렇지도 않기에 이 '의미를 두지 말라'는 말에 대해 차분히 고민해볼 수 있게 됐을 따름이다. 애착을 두었던 관계가 끝이 났다면, 그것이 이별이라 불리는 것이라면, 정말 그 끝은 의미가 없는 것일까? 거의 모든 이가 한번쯤 경험하기 때문에? 보편에 가까운 아픔이기 때문에? 그래서 이별은 별 의미가 없고, 사소하고, 심지어는 아무것도 아닌 걸까?

의미 두지 말라는 말은 아마도 '이별을 지나는 시간'에 덜 아프기 위해, 아픈 시간이 빨리 지나도록 하기 위해, 덜 생각하게 하려는 의도로 하는 말일 것이다. 실제로 많은 사람들이 사랑의 끝, 이별을 낭만화하는 것 같다. 그 의미가 무엇인지는 말하지도 묻지도 않은 채로 사랑 노래의 흔한 주제로 치부하곤 한다. 많은 사랑 노래가 말한다. 이별은 아프다고 슬프다고 괴롭다고 시간을 돌이키고 싶다고. 드물게 '떠난 이여 행복하시오'가 있기는 하다. 이러한 이별의 낭만화는 사랑의 끝을 그저 아프고 슬픈 시간으로 덧칠한다. 어쩌면 마치 그 시간이 없어야 하는 시간인 것처럼 생각하게 만든다. 하지만 아무래도 이상하다. 아프기 위해 아플 필요는 없지만, 몸이 아플 때는 그 이유를 찾으려 하는 게 당연하다. 이별로 인한 아픔에서 (게다가 정말 몸까지 아파버리니까) 그 이유에 대해 고민해보는 것이 정말 의미가 없을까?

상처가 나서 병원에 가면 의사는 진찰을 하며 언제 무엇으로 왜 상처가 났는지 물어본다. 그러고는 덜 아플 방법을 고민하고 약을 처방하고 치료를 한다. 다양한 상처가 있듯 이별의 아픔도 다양하다. 이 다양한 아픔을 단지 "괜찮을 거야" "다 지나갈 거야"라는 말로 외면하지 않았으면 좋겠다. "당신은 극심한 자상을 입었군요. 시간이 지나면 괜찮을 테니 그냥 참으세요." 정상적인 의사는 그렇게 말하지 않을 것이다.

이별의 의미, 사랑의 끝에 대해 생각하는 것은 상처를 긁어 덧나게 하자는 것이 아니라, 상처를 있는 그대로 직면해 상처가 난 자리에 딱지가 앉도록 하고 끝내는 사랑의 생채기가 아물게 하기 위함이다. 큰 용기가 필요한 일이다. 지나간 사랑이 어땠는지에 따라 지극히 아플 수 있는 일이니까 아물지 않은 상처를 대하듯 조심스러워야 한다. 물론 조심스러움과 회피는 분명 다르다.

다시 말하지만, 단순히 이별 자체에 의미를 부여하자는 것이 아니다. 이별의 아픔, 그 이유를 찾으려 하는 일에는 어떤 의미가 있을지도 모른다는 것이다. 아픔의 원인을 찾고, 가능하다면 덜 아플 방법을 고민하고, 끝난 사랑이 어떠한 의미인지 알 수 있을지 모른다면, 시도해볼 만한 일이다. 할 수 있을 때가 되어 이별의 상처를 직면하는 일은 그 사랑이 내게 무엇이었는지, 사랑했던 이에게는 어떤 것이었는지, 그래서 내게 무엇을 남겼는지 고민해보고, 그 시간의 유산을, 나의 역사를 정리하는 일이다. 용기를 내야 한다. 우리가 보낸 시간을 다시 마주할 용기.

모든 사랑은 결국 끝나지만 방점은 끝이 아니어야 한다

삶이 언젠가 끝난다는 사실은 누구도 부정할 수 없다. 사랑도 그렇다. 어떤 사랑이 아주 오랫동안 삶이 끝날 때까지 이어진다고 해도 결국 사랑이 언젠가 끝난다는 사실은 자명하다. 소멸 없는 삶이 저주인 것처럼, 끝없는 사랑은 저주일 것이다. 소중함을 가지기 어렵기 때문이다. 무한한 것은 유한한 것보다 소중하게 여겨지지 않는다. 끝이 있기에 소중함을 알 수 있다. 삶의 완성이 죽음이듯, 사랑의 완성도 마침표에 있다.

사실 연인관계는 참 이상한 관계다. 그리고 위태롭다. 쉽게 끝을 맞이한다. 한때는 끔찍이도 아끼며 붙어 있었고 소중했던 이를 나중에는 마치 없던 존재처럼 대해야 한다. 하지만 '끝'에 방점을 두지 않았으면 좋겠다. 죽음의 가능성이 삶을 더 소중하게 만드는 것과 죽음의 공포에 휩싸여 삶을 망치는 것은 다르다. 마찬가지로 사랑이 결국엔 끝난다는 사실이 사랑을 지나는 시간을 망쳐서는 안 된다. 우리는 고통 받기 위해 사랑하는 것이 아니다. 사랑은 행복을 위한 것이어야 한다. 나와 너와 우리의 행복을 위해 하는 것이 사랑이다. 지나는 과정에서도, 끝을 결정할 때조차도.

사랑한 시간은 어떤 형태로든 사랑을 지나온 사람에게 흔적을 남긴다. 지나온 시간은 마침표를 찍는 순간의 기억으로 그 의미가 더해지거나 빛이 바랜다. 두고두고 떠오르고 곱씹어볼 정도로 좋았던 사랑의 기억도 악몽 같았던 끝으로 인해 부정하고 싶은 시간이 되기도 한다. 사랑을 지나는 과정의 기억 못지않게 끝의 기억은 개인의 삶에 너무나 큰 영향을 미친다. 좋은 끝이 중요한 이유다.

하지만 좋은 끝은 정말 어렵다. 끝을 망치지 않기란 어렵지만 그래도 잘 끝내려 노력해야 한다. 사랑의 끝이 스스로 선택한 끝이길 바란다. 나, 그리고 함께 지냈던 이의 지나온 시간과 함께하지 않을 남은 삶을 위하여. 끝나버린 사랑이 아니라 우리가 함께 끝낸 사랑. 우리가 선택한 끝.

최악의 이별이 내게 남긴 것

사랑은 끝이 나게 되어 있지만 끝을 내야 할 때가 있다. 아주 오래 전 나는 지옥 같은 이별을 경험한 적이 있다. 사실 이별 그 자체보다도 그 방식에서 겪은 충격이 더 컸다. 사실 돌이켜보면 사랑이 아니었다. 그 사랑에는 내가 없었고, 행복이 없었고, 관계를 지켜야 한다는 당위적 노력만 있었기 때문이다. 그 관계 속에서 나는 나를 잃어가고 있었다. 그런 사랑은 끝나야 한다. 나는 그때 그것을 몰랐다. 알았어도 진정으로는 몰랐다.

어린 나는 '헌신'의 의미를 착각하고 있었다. 언제든 상대가 떠나갈지도 모른다는 생각은 상대에게 나의 자아를 위탁하고 주는 행위에 과몰입하게 만들었다. 관계 속에서 나는 언제나 무리했다. 관계가 지속될수록 나는 상대에 대한 기대감이 커졌다. 그럴수록 상대는 나를 바라보지 않았다. 자신의 상처를 무기로 쓰는 상대, 해를 쫓듯 상대만 바라보는 해바라기 관계에서 나는 작아지고 있었다. 나의 가짜 헌신은 굴종과 예속은 있었으나 나 자신에 대한 존중은 없었다.

이 유사 사랑 관계의 완성은 '끝'에 있었다. 어느 날 상대는 홀연히 사라졌다. 일방적 언사를 남겨두고는 단절됐다. 연락이 되지 않았다. 나는 극심한 혼란에 빠졌다. 상실감에 괴로움에 몸부림쳤다. 나는 운 좋게도 그 과정에서 좋은 이들의 도움을 정말 많이 받았다. 감사하게도 그들은 나의 이별을 낭만화하지 않았고, 내가 처한 상황의 개별성과 특수성에 주목해주었다. 그러나 결국 이겨내는 것은 온전히 나의 몫이었다.

나는 인간은 어떠한 상황에서도 자신을 있는 그대로 바라보고 의미를 찾으려 노력해야 한다고 생각한다. 지금 나는 진심으로 그 사랑이 끝난 것에 안도한다. 다만 나는 예정된 끝이 찾아올까 두려워 그 사실을 외면할 것이 아니라, 끝나도록 둘 것이 아니라, 스스로 끝냈어야 했다. 내게는 마침표를 찍을 용기가 필요했다. 최악의 이별 경험은 사랑의 의미와 그 끝에 대해 고민하게 했다. 썰물이 빠지고 폐허만 남은 밑바닥을 바라보며 나는 비로소 나에 대해 다시 생각해보게 되었다.

태양이 사라진다면 지구는 빛을 잃는다. 하지만 그것이 가짜 태양이라면, 예속되고 속박될 것이 아니라 사실 스스로도 빛날 수 있음을 깨닫고 가짜 태양을 떼어내야 한다. 그것은 뼈가 시릴 정도로 추울 것이고 아플 것이다. 비참할 것이다. 가짜 태양에 예속되었던 만큼 혼돈이 찾아올 것이며 고통 속에서 울부짖을 것이다. 그러나 믿었던 가치가 거짓임을 깨달았다면, 용기를 내야 한다. 도취된 사랑에서는 자신을 잃기 쉽다. 그러나 용기를 내야 한다. 내가 누구인지, 내가 맺고 있는 관계는 무엇인지, 상대는 나에게 어떤 의미인지 직면하는 용기를. 그리고 끝을 결정하는 용기를. 자유로운 나로 살기 위해, 사랑하기 위해.

비참한 이별에서 이상적 이별을 그리다

사랑은 본질적으로 관계다. 관계에는 내가 있고, 상대가 있다. 서로를 발견하고 상대에게 도취되어 설렘을 느끼는 사랑의 단계를 지나면, 사랑은 서로를 존중할 것을, 서로를 바라볼 것을 요구한다. 이 과정에서 서로는, 또는 일방은 사랑을 그만두기를 선택할 수도 있다. 다만 사랑을 지킬 때처럼 끝낼 때도 '책임'은 요구된다. 보통 이별이 비참한 비극으로 다가오는 이유는, 나의 의지와 무관한 요인으로 끝이 결정되기 때문이라 생각한다. 조건이나 상황이 맞지 않아서, 나 또는 상대가 문제를 일으켜서, 일방이 '통보'하고 다른 쪽은 '감내'해야 해서. 준비되지 않은 채 갑작스러운 충격을 받게 된다.

보통 이 과정에서 한쪽은 '업보'를 남긴다. 시간이 지나 돌이켜볼 때 자신이 무엇을 한 것인지 그제야 알게 된다. 그리하여 시간이 지난 후에 '잘 지냈냐'고, '그때는 미안했다'는 말을 남긴다. 사실 이는 지극히 이기적인 행동이다. 자신의 마음속 한편에 남은 불편함과 마음 빚을 덜기 위해 사면받기를 원하는 이기심의 극치다.

나 역시 끝에서 최선을 다하지 못한 이에게는 미안함을 느꼈다. 그 마음을 전하고 싶었던 적도 있었다. 그런데 오랜 시간이 지나 내게 일방적 이별을 통보한 상대에게 받은 안부 메시지는 내게 다음과 같은 마음이 들게 했다. '미안하지만, 나는 당신의 마음 빚을 덜어주지 않을 거야. 당신을 사면하지 않을 거야. 나는 당신이 보고 싶지도, 궁금하지도, 알고 싶지도 않아. 알아서 자기 길에서 행복하길 바랄 따름이야. 하지만 그 옆에 나는 결단코 없을 거야.' 역시 전하지 말아야겠다. 미안함은 구원仇怨을 남긴 이가 지고 가야 할 첫 값이다.

이상적인 사랑은 사랑이 시작되고 지속될 때 함께 끓어올랐듯, 끝날 때도 함께 식어가는 것이다. 사랑의 끝은 서로 예의를 다해 존중하는 과정의 연장이자 마침표여야 한다고 생각한다. 돌아서며 마음 빚이 남지 않도록 서로 존중해야 한다. 끝으로 향하는 마음을 서로 미리 알 수 있다면 이상적이다. 만약 상대와 자연스레 멀어지고 감정을 서서히 정리해 서로가 헤어짐의 충격을 완화할 준비를 하며 끝내 마침표를 찍는다면, 사랑의 끝은 힘겹겠지만 이겨낼 만한 아픔이 될지 모른다. 의지와 무관하게 사랑이 끝나는 날이 오기 전에, 사랑을 끝내야 한다. 그 신호는 '나'를 잃어갈 때, '서로'를 바라보지 못할 때, 고난을 '함께' 이겨나갈 것이라는 약속을 내면에서 암묵적으로 철회할 때다. 말하자면 '이상적인 이별'은 나와 너, 우리의 행복을 위해 서로를 존중하며 사랑을 끝낼 것을 선택할 때일 것이다.

이것이 이상인 이유는 현실적으로 쉽지 않기 때문이다. 현실에서 많은 경우는 한쪽은 끝내려 하고, 다른 한쪽은 그것을 받아들이지 않으려 하게 마련이다. 서로의 성숙이 필요하다. 그러한 이유로 이상적 이별은 어렵고 어렵다. 하지만 포기할 수는 없다.

―이별을 말하려는 이가 해야 할 것

당신이 상대를 사랑했다면 그 끝에서 아프지 않을 리 없다. 하지만 당신은 마음의 준비를 했다. 상대가 여전히 당신을 향한 마음이 각별하다면, 솔직해지라. 이 사랑을 끝내야 하는 이유, 우리가 계속 함께해서는 안 되는 이유를 가능한 한 솔직히 말하라. 당연히 그 과정에서도 배려하라. 다만 상대가 마음의 준비를 할 수 있도록 사전에 충분히 명시적인 시그널을 주었으면 좋겠다. 자신의 마음을 숨기다가 갑작스레 끝을 맞이하게 하지 말아야 한다. 당신의 마음을 암시하지 말고 '명시'했으면 좋겠다. 연락의 빈도와 그 온도가 변하더라도, 뜨겁다가 갑자기 냉랭해지는 것이 아니라 중간에는 미지 근함이 있었으면 좋겠다. 용기를 내어 '끝'을 말하는 순간을 마주했으면 좋겠다. 잠적하지 말라. 그저 숨어버리거나 문자 한 통, 메시지 한 통 남긴 채로 관계를 끝내는 것은 불편함을 직면하기 싫은 것이다. 관계에 대한 존중이 딱 그 정도였던 것이다. 마침표를 확실히 찍지 못하면 상대는 관계의 끝을 받아들이지 못하고, 이별을 말하는 이는 높은 확률로 마음 빚을 남기게 되며 잘못만큼의 구원에서 벗어나지 못한다. 그리고 이 관계가 자신에게 무엇을 남겼는지도 상대에게 말해주었으면 좋겠다. 마지막으로 단호했으면 좋겠다.

그런데 현실에서는 '안전이별'이라는 이슈도 있다. 완충과 준비의 시간이 있었음에도 무작정 붙잡으려는 이도 있을 것이다. 자신의 결점을 인정하지 않고 부정하며 폭력적으로 변하는 사람도 있을 것이다. 그렇다면 불행히도 상대의 인격이 사랑할 만한 자격에 미치지 못한 것이다. 그가 사랑한 것은 당신이 아니라 관계에 속박된 마음일 것이다. 부디 당신이 이러한 사람을 사랑하지 않았길 바란다. (상대의 극단적인 행동이 우려된다면 주변과 공권력으로부터 도움받기를 주저하지 말자.)

—이별을 당한 이가 해야 할 것

만약 당신이 상대에게 '헌신'했다는 이유로 헤어지지 않겠다고 말한다면, 그것은 단지 상대에 대한 수동적 통제욕이 발현된 것인지도 모른다. 그 이기적인 욕구에 자신의 마음이 잡아먹힌 것이라는 사실을 인지해야 한다. 헌신하는 마음 자체에 몰입하고 볼모로 잡혀 있는 것은 아닌가? "네가 없으면 나는 어떻게 살아." "네가 없으면 죽어버릴 거야." 이러한 말이 정말 상대를 위한다고 생각하는가? 이별을 당하는 이들 중 상당수는 관계에서의 헌신을 착각한다. 조건 없는 헌신, 이유 없는 사랑은 부모가 자녀에게나 줄 수 있을 것이다. 내 몸의 일부였던 존재에게나 가능한 것, 어쩌면 부모자식 사이에서도 불가능할지 모른다. 만약 진정으로 조건 없는 헌신을 했다면, 떠남까지 인정할 수 있을 것이다.

이별을 말하는 이가 관계를 이어가지 못할 이유를 솔직히 말해주었다면, 충분히 들으라. 그리고 당신도 느낀 바를 말하라. 이 관계에서 스스로에게 '나'가 있었는지, 서로를 바라보며 '함께'했는지 따져 물으라. 만약 관계가 지속된다면 그럴 수 있는지도 솔직히 되물으라. 그렇지 않다면 끝을 마주하라. 부디 너무 매달리지도 무작정 찾아가지도 말길 바란다.

어떤 이들은 이별을 고하지 않기 위해, 이별을 유도한다. 자신이 선택하지 않고 상대로 하여금 그렇게 하게 만든다. 그런 사람이 있다면 사랑의 관계에서 비겁한 것이다. 그것은 서서히 감정을 정리하는 것이 아니라 일방적 회피다. 우리는 그들과는 달라야 한다.

지나간 사랑을 졸업하다

현실적으로 '함께' 사랑을 끝내는 과정이 쉽지 않음을 안다. 서로의 자유의지로 끝을 마주하고, 그리하여 각자가 더 나아갈 수 있다는 믿음이 필요하니까. 사랑을 끝내며 나를 위하되, 상대에 대한 존중은 잊지 않길 바란다. 관계의 도리를 다하고 마음 빚과 구원을 남기지 않길 바란다. 만약 내게도 다시 사랑의 끝이 온다면 그 끝은 서로를 존중하고, 함께한 시간을 애도하며 떠나보내는 시간이길 바란다. 이상적인 끝. 어렵겠지만 그렇게 하려 할 것이다.

고교 시절 친구들과 나는 참 즐거웠다. 가끔은 그 친구들이 궁금하기도 하지만, 각자 바빠서 잘 보지 못한다. 그러나 애써 보지 못해도, 애써 묻지 않더라도 괜찮다. 우리는 함께 졸업했으니까. 이상적인 사랑의 끝이 지나면, 내가 사랑했던 상대도 그렇게 될 것이다. 사랑이 지나간 후, 서로가 함께 지낸 시간의 의미를 되짚어보는 시간이 꼭 있었으면 좋겠다. 이렇게 말할 수 있다면 좋겠다.

"당신은 나와 함께 시간을 지나온 사람이다. 당신 덕분에 나는 더 나아갔고, 더 좋은 사람이 됐다. 이제 우리는 함께하지 않기로 했고, 그 상실감은 당신에게도 나에게도 아픔이다. 나는 우리가 함께 지나온 시간을 애도하며 떠나보내고 싶다. 친구로 지내지 않아도 괜찮을, 오늘도 행복을 바라는 당신에게서 나는 오늘 졸업했다."

얼마 전 이사를 하다 오래전 닫아둔 상자를 열어봤다. 써두었던 일기와 부친 편지를 담아둔 메모리카드. 몇 년 동안 거의 열지 않았던 나의 역사, 유산, 기록들이었다. 사소하고 보잘것없는 일기와 편지들. 버리지 않아, 아니 차마 버리지 못해 다행이었다. 어떤 시기 어떤 한 줄에는 아픔이 있었고. 다른 한 줄에는 배시시 웃음이 나는 행복도 있었다. 비참함에 절규했던 날도 있었고, 더 나은 내가 되리라 다짐했던 순간도 있었다. 모두 내가 지나온 시간이었다. 나는 그 시기 나를 추억하고 때로는 애도했다.

그날도 오늘도 나는 사랑을 잘 모르겠다. 먼 훗날, 삶의 끝에서는 그래도 조금은 사랑을 알겠노라고 남은 이들에게 말할 수 있길. 언젠가는 끝이 날 아득히 먼 삶과 사랑의 에움길에서 나는 다시 걷기 시작했네.

아
차마 사랑을 끝내기란 어렵다.
지나간 우리의 시간을 졸업하기란.

6장

우리가
사는 세상

서울 밖에서 서울을 오가기란 어렵다

전체 인구 중 수도권 거주자 50% 시대
인천/경기도민의 조건

가깝고도 먼 내 고향 서울

나는 서울에서 태어났다. 주민번호라는 신기한 국민식별번호에 따라 한국인은 자신이 태어난 지역을 주민번호에 표기하고 있다. '900617-10…'이라는 번호는 내가 1990년 6월 17일 서울에서 태어난 남자임을 알려준다. 이런 내게 서울에 산 기억은 인천으로 오기 전의 유년시절과 창업 후, 그리고 의경으로 복무한 기간 정도다. 회고해보니 1~7세는 서울, 8~24세는 인천, 25~29세 6월까지는 서울에 살았다. 지금은 다시 가족들이 있는 인천에 살고 있다.

20대 전체를 보면 서울에 살지 않은 시간이 꽤 길었다. 그러나 나는 언제나 서울을 향하고 있었다. 성인이 되고 나서 인천 집은 내게 단지 자는 곳, 쉬는 곳이었다. 학교를 가야 했고, 친구를 만나러 가야 했고, 무언가를 하려면 서울에 가야만 했다. 나는 용인 친구,

시흥 친구와 가장 친했다. 우리는 자주 만났는데, 거의 서울에서만 만나고 정작 각자의 동네에서 본 적은 별로 없었다. 왜냐하면 서울을 제외한 도시 간 교통은 막차가 빨리 끊기고 불편하기 때문이다. 반면 서울에서는 자정에도 어디든 갈 수 있다.

인천 계양에 사는 내게 1500번 빨간 버스는 오랫동안 유일한 희망이었다. 빨간 버스를 타면 인천 계양구에서 홍대를 지나 신촌, 이대, 서울역까지 갈 수 있다. 다만 경인고속도로가 밀리면 도착하는 시간을 예측하기 어렵다. 나는 매일 집 밖을 나서며 오늘은 버스가 빨리 오게 해달라고, 자리에 앉게 해달라고, 도로가 막히지 않게 해달라고 간절히 염원했다.(30분쯤 여유 있게 나왔는데 늦고, 빠듯하게 나왔는데 10분 먼저 도착하는 일이 종종 있었다.) 그러다 공항철도가 생겼다. 공항철도 건립은 엄청난 업적이었다. 일단 타기만 하면 홍대와 서울역까지 슝 날아갔다. 나는 가끔 장난삼아 친구들에게 이거 만든 사람 노벨상 줘야 하는 것 아니냐고 말했다.

어차피 좋은 건 서울에 다 있다

나는 초중고를 인천에서 나왔다. 그런데 스스로 인천 사람이라는 자각이 별로 없다. 그렇다고 인천 사람이 아닌 것도 아니다. 서울 사람인 것은 더더욱 아니다. 잠과 휴식은 인천, 그 외 생활은 서울에서 이어가니 나 자신도 내가 어디 사람인지 모르겠다. 신기한 점은 나만 그런 게 아니라는 점이다. 내 친구들 역시 각자의 동네보다 서울에서 많은 시간을 보냈다. 다만 송도 사람들은 인천이 아니라 송도, 분당 사람들은 성남이 아니라 분당, 일산 사람들은 고양이 아니라 일산에 산다고 생각하는 것 같다. 나는 인천 계양에 산다. 인천에 사는 나도, 시흥에 사는 친구도, 용인에 사는 친구도 다 같이 가진 확고한 인식은 있었다.

'서울엔 재밌는 것이 많아. 서울엔 일거리가 많아. 좋은 건 서울에 다 있어. 그러니까 우린 서울에 가야만 해.'

스무 살 어린 어른이 되어 제대로 둘러본 서울은 놀 것도 볼 것도 갈 곳도 많았다. 한강 공원도 있고, 대학교도 많고, 먹을 것도 많았다. 아침 첫차를 기다리게 한 클럽도 있었다. 성공한 사람들의 강연은 언제나 서울에서 열렸다. 볼만한 공연이나 전시는 서울에 있었다. 롯데월드도 서울에 있었다. (특이하게 과천에 있는 놀이공원은 '서울랜드'였다.) 서울에는 사람도 많았다. 나는 많은 사람들을 만났다. 대학에서는 부산 출신 친구도 만났다. 내가 사는 계양구가 포켓몬스터의 첫 시작지인 태초마을이라면 서울은 전설의 포켓몬과 고수들이 도사리는, 탐험하기엔 너무나 방대한 필드 같았다. 나는 누군가를 만나기 위해, 또 왠지 모를 새로운 가능성을 마주하기 위해 서울로 향했다.

2011년에 청년 창업을 지원해주는 기관에 지원서를 냈다. 역시 서울에 있었다. 시간이 지나 관련 아이템으로 시흥 친구, 용인 친구와 창업을 했다. 자소서 관련 교재를 만들고 학생들을 가르치는 일이었다. 2년 정도 스터디카페에서 일을 진행하다 보니, 자체 공간이 필요할 것 같았다. 빚을 좀 져서(흑!) 사무실을 구하기로 했다. 장소는 당연히 서울이었다. 우리 학생들은 서울에도 있고 인천에도 있었지만, 대부분은 경기도에서 왔다. 가끔은 부산, 광주 친구들도 있었다. 정읍 유지의 자녀도 매주 우리를 만나러 왔다. (당시 그가 살던 동네에는 우리 같은 '어린이'급 강사보다도 입학사정관 전형을 잘 아는 사람이 없었다.) 우리 대부분이 서울에 살지 않는다는 것은 중요하지 않았다. 우리가 다 모이려면 서울밖에는 방법이 없었다. 단지 그것이 중요했다.

나이를 먹고 보니 서울에는 청와대도 있다. 국회도 있다. 사람들이 가고 싶어 하는 큰 회사 본사는 여기에 다 있다. 가고 싶어 하는 대학들도 서울에 많이 있다. 인천에는 그런 것들이 거의 없다. 용인에도 거의 없다. 시흥에는 전혀 없다. 파주에도 없을 것이고, 구리에도 드물 것이다. 게다가 서울이 가진 권능은 '관습헌법'(2004년 헌법재판소는 서울은 600년간 수도였으므로 관습헌법에 따라 행정수도 추진은 위헌이라는 결정을 냈다)이라는 이름 아래 강력하게 수호되고 있다.

서울 안을 도는 도로는 '내부'순환로다. 서울 밖을 감싸는 고속도로는 '외곽'순환고속도로다. 서울 밖, '외곽'에 사는 우리는 거의 매일을 서울 '내부'로 향했다. 어차피 좋은 건 서울에 다 있으니까!

그러나 서울을 오가기란 너무 고되다

2016년 OECD 회원국 중 한국인의 하루 평균 통근·통학시간은 58

분으로 1위였다. 서울로만 한정해보자. 통계청의 2015년 조사에 따르면 서울의 통근·통학시간은 평균 78.6분으로 전국 평균 61.8분보다 더 길다. 한국인들이 일을 제일 많이 하는 덕분에 서울의 도심은 밤에도 밝게 빛나건만, 서울의 도로를 메운 차들까지 알알이 수놓아 야경을 더욱 밝혀준다. 아름다운 서울의 야경은 그렇게 만들어졌다. (역시 세상 많은 것들은 가까이서 보면 비극이고 멀리서 보면 희극이다.)

서울은 매우 큰 도시이기 때문에, 서울 안에서 오가는 것도 오래 걸린다. 강서에서 강동은 무지하게 멀다. 5호선을 타고 두 번 정도 자고 일어나야 겨우 끝에 가까워져 있다. 물론 서울 밖에서 서울은 더 멀다. 시간이 지나 외곽에 사는 우리는 대개 '내부'에 일자리를 잡았는데, 어떤 친구들은 자취를 선택했지만 그래도 오갈 만하다고 생각하거나 돈을 아끼려는 친구들은 여전히 주 5일 서울을 오가고 있다. 아침 아홉시, 저녁 일곱시 9호선은 정말 엄청난 압축률을 자랑한다. 내가 아는 어떤 친구는 2년째 부천에서 강남까지 1호선, 9호선을 타고 오간다. 나는 일반적인 9 to 6의 회사를 다닌 적이 없기 때문에 출퇴근 시간 9호선이 일상은 아니다. 다만 몇 번 그 시간 9호선을 타보고는 진심으로 그를 존경(?)하게 되었다.

서울에서 의경을 할 때 나는 교통기동대에 있었다. 매일 근무지가 서울 어딘가로 바뀌었다. 강남일 때도, 종로일 때도, 노원일 때도, 송파일 때도 있었다. 우리는 저녁 퇴근시간대 근무를 '러시' 근무라고 했는데, 정말 말 그대로 그 시간대 차들의 행렬은 급작스럽고 혼잡했다. 끊임없이 도시 중심부에서 도시 바깥을 향해 동으로 서로 남으로 북으로 차들은 빠져나갔다. 더운 날에도 추운 날에도 예외가 없었다. 꼬리를 끊지 않으면 차들은 조금이라도 빨리 교차로를 빠져나가려고 앞 차의 꼬리를 물었다. 물에 젖은 솜처럼 피곤한 그들은 조금이라도 빨리 가기 위해 제발 자기까지만 보내달라는 눈빛을 보냈다. 나는 칼같이 끊어야만 했다. 남북이 물리면 동서가 막히니 어쩔 수 없었다. 아마 그 시간 지하철도 꽉 차 있었을 것이다. 모두가 참 고생이다. 각자 자기 직장, 학교 앞에 살 수만 있다면 참 좋을 텐데.

서울에서 살기란 더 어렵다

일찍이 이 나라에서 서울이 가진 소프트파워와 인프라의 우위는 절대적이었다. 조선시대 실학자 정약용은 귀양지에서 수백 권의 저서를 썼는데, 가끔 자녀들에게 보내는 편지를 쓰기도 했다. 그중 특히 한양에 살 것을 강조하는 편지가 한 통 있는데, 대충 요약하자면 다음과 같다.

도성에서 멀어지면 문화의 안목을 기르기 어렵다.
그러니까 아무리 망해도 도성 십 리 안팎에 붙어살아라.
그러다 가세가 일어나면 도성 한복판에 집을 짓고 살아라.

거의 사회주의급 토지개혁을 주장한 실학자 정약용조차 서울 '존버'('열심히 버티라'는 의미)가 답이라고 말하고 있다. 사회는 사회대로 발전하더라도 개인은 개인대로 생존을 추구해야 하니, 나는 정약용이 아들에게 무엇을 말하고 싶었는지 이해가 된다. 나도 서울 근처에(메이크 계양 그레이트 어게인!) 붙어살며 얻은 기회가 많았다. 마찬가지로 요즘 나는 고3 여동생에게 꼭 서울로 대학을 갈 필요는 없지만, 서울 근처에서 '기회'들을 찾았으면 좋겠다고 말한다.

물론 살고 싶다 나도, 직장과 학교가 30분 이내인 서울! 한강과 공원이 가까운 서울! 그러고 싶지만… 이미 서울은 너무나 비싼 도시다.

서울의 주거를 포함한 생활물가는 지난 13년 동안 30% 더 비싸졌고(2017년《이코노미스트》지에 따르면, 서울은 세계에서 생활물가가 가장 비싼 도시 6위에 올랐다) 2017년 서울시 전체 가계소득 대비 주택가격 비율은 8.8배였다. 즉 서울 '어디에든' 집을 사는 것은 9년은 전혀 안 먹고 안 써야 가능하다. 굳이 서울에 집을 사지 않더라도 살 만한 곳을 구해서 '숨 쉬며 사는 것' 자체가 너무 비싸다.

내 경험에 비추어보면, 서울 지하철 2호선, 4호선 라인에 집이 아니라 그럭저럭 지낼 만한 '방다운 방'을 얻으려면 보증금 500~1,000만 원에 월세와 각종 생활비로 '식주'에 적어도 100만 원은 우습게 지출하게 된다. 그러나 대다수 우리네 삶은 가성비를 생각해야 한다. 먹고 자고 생활하는 데 월 100만 원은 써야 하는 나의 작은 방에서는 어쩌다 기분을 내 파스타를 해 먹으려 해도 열기가 금방 방 안을 채워 바로 에어컨을 틀어야 했다. 나는 웬만하면 기분을 내지 않기로 했다. 서울 '방'살이는 생각보다 감성비도 안 나온다.

작은 방에서 살아도, 별다른 사치를 누리지 않아도, 도성 안, 서울 내부에 붙어살기는 비싸다. 방조차 이러할진대, 집은 말할 것도 없다. 서울에서 살기란 어렵다. 나는 지금 서울에 살기를 포기했다. 다만 정약용 선생의 말마따나 도성에서 멀지 않은 바깥에서 붙어 살며 존버하기로 했다.

내가 선택한 삶은 '주기적 변동'을 고려해서 서울 밖에 사는 것이다. 단기적이며 일정한 주기적인 변동을 '계절성seasonality'이 있다고 말한다. 그러한 변동 중 하나로 지하철의 승객 밀도를 관찰해보면, 평일 출퇴근 시간이 미칠 듯이 붐비고 점심에는 그럭저럭 여유가 있으며 저녁엔 다시 지옥철이다가 밤에는 그럭저럭이라는 주기가 있다. 나는 지금 일을 하면서 저 주기성에 따른 혼잡시간대를 피해가며 살고 있다. 다른 시간대에 살기를 선택했다고 할까. 이 말은 내가 일반적 의미의 '좋은 직장'에 가지 않는(못한?)다는 의미이기도 하다. 나는 서울을 오가며 의식적으로 점심때쯤 나오고, 퇴근시간이 지난 후 돌아간다. 앉아서 오가는 시간에 책을 읽거나 '딴짓'들을 잘 해낸다. 서울에 살지 않음으로써 덜 쓰는 돈으로는 맛있는 것을 먹고 적금을 들거나 보험을 든다. 서울 살 때보다 나의 소비는 감성비가 잘 나온다. 언제까지 이렇게 살 수 있을지는 모르겠으나 사람들의 일과와 이동의 주기성을 비껴가니 그럭저럭 삶의 여유는 생긴 것 같다.

　서울에는 좋은 것이 다 있다. 인천에는 좋은 것은 잘 없지만 엄마 아빠 희지 문돌이가 있다. 따뜻한 저녁과 웃음소리를 포기하고 싶지 않기에 나는 서울에 살지 않을 것이다. 그러나 서울에만 있는 것들도 포기할 수는 없는 나는 오늘도 인천과 서울을 오간다. 홍대에서, 이태원에서 '문화의 안목'을 기르며 불금을 보내다 앉아 갈 수 있기를 바라며 공항철도에, 1500번 버스에 몸을 싣는다. 막차시간인 열두시 반까지 허락된 서울에서의 삶.

아
서울 밖에서 서울을 오가기란 어렵다.
하지만 그럴 수밖에 없는 소시민의 삶.

자기계발로 성공하기란 어렵다

개인의 실력에 운과 타고난 자원의 차이로 결정되는 성공

바야흐로 대자기계발 시대

약속시간보다 먼저 도착했을 때, 역 근처 서점에서 시간을 보내곤 한다. 사람들이 오며가며 보기 가장 좋은 곳에는 보통 '경제경영/자기계발' 도서가 놓인다. 시간상 자세히 탐독하기 어렵지만, 이곳에 놓인 책 제목들은 참 매혹적이다. 무림 세계 속 전설의 비급처럼 매력적인 제목으로 우리를 유혹한다. 현대인이 갈망하는 '사회적 성공에 이를 수 있는 구체적인 방법'을 제시하거나, '중요한 업무, 처세에 대한 본질'을 다루거나, (이제는 트렌드가 지났지만) '무언가에 미치라'고 하기도 한다. 이 책들이 말하는 내용을 모르면 왠지 뒤처질 것만 같다. 그래서 책을 사게 되는 효과도 분명히 있고, 뜻밖에 그 책이 괜찮을 수도 있으니 딱히 반감은 없다. 다만 책이 제목이나 카피만큼 매력적이지 않을 때 심히 아쉬울 따름이다.(나무야 이미 미

안하지만 더 미안해.)

이쯤 되면 많이 팔리는 책인 '자기계발서', 또 자기계발의 의미에 대해 생각해보지 않을 수 없다. 사전은 말한다.

자기계발自己啓發
잠재하는 자기의 슬기나 재능, 사상 따위를 일깨워줌.

같이 사용되곤 하는 '자기개발' 항목도 찾아보았다.

자기개발自己開發
본인의 기술이나 능력을 발전시키는 일.

정의대로라면 자기개발은 '리그 오브 레전드 게임에서 30일 만에 브론즈리그 탈출하기' 같은 구체적인 목적에 부합하는 기술과 방법론 익히기, 능력 발전과 관련된 것 같고, 자기계발은 보다 내면적인 사고방식 개선 및 전환과 관련되어 보인다. '아침형 인간이 되어라', '생각을 바꾸면 당신은 행복해질 것입니다'류는 자기계발에 가까울 것이다. 한마디로 사고의 전환을 촉구하면 '자기계발', 구체적인 능력 발전에 초점을 맞추면 '자기개발'이다. 국립국어원의 설명에 따르면 자기계발, 자기개발 모두 사용할 수 있는 단어이며 다만 '개발'은 인간 외에도 '토지개발', '핵개발'처럼 물리적이고 실질적인 대상에도 활용할 수 있어 더 활용 범위가 넓다고 한다. (다만 출판물의 분류에서 분야 명칭은 '자기계발'이다.)

자기계발서들이 강조하는 것은 대체로 개인이 투입 가능한 노력과 그로 인한 역량의 증진이다. 누구나 더 나은 모습을 추구하게 마련이니 개인이 탁월해지는 것은 마다할 이유가 없다. 그리고 꽤나 많은 자기계발서들이 말하는 목표는 아마도 '사회적 성공'일 것이다. 약간의 차이는 있겠지만 그 사회적 성공이 무엇인가 하면 대체로 큰 집을 가지는 것이고, 좋은 차를 타는 것이고, 생존과 생활을 넘어 남들과 비교할 때 '부유하고 풍족하게 사는 것'을 의미하는 듯하다. 여기에 '지위'가 더해짐은 물론이다.

책은 시대의 트렌드를 이끄는가, 시대의 트렌드를 반영하는가. 《공산당 선언》 같은 인류사에 남을 희대의 서적이 아닌 다음에야 후자에 가까울 것이지만, 어느 쪽이든 책은 시대를 반영하고 있다고 생각한다. 서점만 보자면 지금 시대는 바야흐로 자기계발(과 자기개발), 그리고 경쟁의 시대인 것이다.

사회적 성공=(개인의 실력+보유한 자원의 활용)×운

자기계발의 사고 프레임에 갇히게 되면, 노력하고 나아지고 있는 자신에 심취 내지는 도취하기 쉽다. 때문에 자신 밖 관계와 사회를 보는 시야가 좁아진다. 이는 결과적으로 외부로부터 오는 기회를 포착하지 못하게 한다. 개인의 성공에는 정말정말 치명적이다. (힐링 담론도 같은 문제를 가지고 있다. 엄연한 외부 문제를 모두 내면의 차원으로 돌린다.)

우리가 정말 성공을 바란다면, 주변과 세상에 대한 냉철한 인식이 필요하다. 현상을 있는 그대로 보고, 현상에 대한 자기 주관과 자기 해석을 더해야 한다. 자신 밖에서 자신, 사물, 현상에 대해 생각하는 능력인 '메타인지'를 높여야 한다. 그래야 성공의 기회가 올 때 기회를 잘 잡을 수 있다.

아무리 유능한 서퍼라도 없는 파도를 만들어낼 수는 없다. 서퍼가 할 수 있는 일은 꾸준히 기량을 갈고닦으면서 '좋은 파도'가 있다고 예상되는 곳으로 가서, 파도를 기다리는 것이다. 그 과정 전반은 운과 환경에 강력한 영향을 받는다. 물론 탁월한 서퍼는 같은 상황에서도 더 나은 퍼포먼스를 해낸다. 어쨌든 실력 있는 서퍼가 되려면 부단히 파도를 만나야 한다. 크고 작은 파도를 기다렸다가 그 위에 올라서기까지 물도 많이 먹어야 한다. 그러다 보면 그는 일생에 한 번 만날 수 있는 '진짜 파도'가 왔을 때 자유롭게 파도를 타는 '테이크 오프'를 해낼 수 있을 것이다.

삶에서도 마찬가지다. 당연한 말이지만 성공하려면 부단한 시도를 해야 한다. 첫 번째 시도로 성공을 거둘 수도 있겠지만 매우 낮은 확률이다. 그리고 누군가 성공했을지라도, 매우 높은 확률로 그는 그 성공을 수성할 실력이 모자랄 것이고, 훌륭한 조언자 그룹이 없다면 자신의 성취를 지키기 어려울 것이다.

여기서 중요한 지점은 그가 다시 과감한 '시도'를 할 수 있느냐는 것이다. 만약 시도 후 실패했을 때 이전 상황으로의 복구가 어렵다면 우리는 시도를 주저하게 된다. 때문에 우리 대부분은 현상 유지나 점진적 발전만을 선택한다.

또한 성공의 크기를 키우려면 '많이 거는 것'이 좋다. 많이 걸면 리스크도 커진다는 것은 상식이다. 같은 실력, 같은 시대적 환경이라면 한 번 시도에 자원(돈, 노동력, 시간 등)을 많이 거는 것이 시도에 따른 효과를 산술적 증가(1, 2, 3, 4, 5···)가 아닌 기하급수적(1, 2, 4, 8, 16, 32···)으로 증폭시킬 수 있다. 문제는 우리 대부분은 이러한 시도가 가능한 상황이 아니라는 것이다. 큰 시도에 따른 실패는 개인을 궤멸적 타격으로 이끈다. 그렇기 때문에 우리의 시도는 작은 차원에 머물게 되고, 그것으로 얻는 효과도 미진하다.

즉 성공을 위한 시도의 크기와 빈도는 개인이 보유한(주로 타고난) 자원에 매우 강력하게 종속된다. 연쇄적 시도가 가능해야 성공 확률도 높아지고, 매 시도에 투입하는 자원이 커야 성공의 크기도 커진다. 하지만 실패는 위험하기에 타고난 자원이 적은 사람들은 실패할 위험을 줄이고자 시도하는 빈도를 줄이거나, 시도당 투입하는 자원을 줄인다. 그러니까 같은 실력을 가졌다는 전제하에, 살면서 단일 시도당 비슷한 운을 만난다는 전제하에, '타고난 환경'은 당신이 성공의 기회를 얼마나 증폭할 수 있는지를 결정한다. 타고난 환경은 일반적으로 '수저'에 비유된다. 어떤 개인이 더 풍요로운 경제 자본, 문화 환경, 인간관계를 활용할 수 있는 조건에 놓여 있느냐를 입에 물고 태어난 수저가 결정한다는 것이다. 우리는 태어나며 부모를 선택한 바가 없고 출생 지역과 최초 국적을 선택한 적이 없다. 그러나 이것은 우리의 시작을 규정한 강력한 토대였다.

그럼에도 탁월함을 추구하는 것

타고난 환경이 성공에 대단히 중요하다면, 우리에게 자기계발은 무의미하고 성공은 불가능한 꿈같은 것인가? 극단적으로는 평범한 사람들이 자기계발을 위한 노력을 할 필요가 있을까? 대답은 삶의 가치관에 따라 달라질 것이다. 나의 답은 성공과 무관하게 '더 나은 인간이 되려는 노력을 하자'다. 일정 수준 이상의 경제력과 좋은 관계를 가지고 있다면 인간은 쉽게 불행해지지 않는다. 그런데 경제적 안정과 관계를 지키자면 일정 수준 이상 탁월한 능력을 가질 필요가 있다. 어쨌든 뜻밖에 기회의 파도가 왔을 때 파도를 타는 것은 개인의 실력이다. 파도를 잘 타서 성공하면 좋은 것이다.

우리는 무엇을 계발해야 하는가? 인적자원관리에 대한 현대적 접근에 따르면 어떤 분야든 '일'을 잘하려면 그에 걸맞은 지식, 업무기량, 능력, 그 밖의 능력(KSAOs)이 필요하다. (이어지는 내용은 한국맥그로힐에서 번역 출간한《인적자원관리》7판을 참고했다.)

—지식knowledge

지식은 일반에 통용되는 상식과는 다르다. 주어진 과업을 성공적으로 수행하기 위해 필요한 사실적 정보, 절차적 정보 등을 의미한다. 가령 주식 관련 업무를 하는 사람이 시장에서 사용되는 기초

용어의 의미도 모른다면 그는 기초적인 지식도 없는 것이다. 실제로는 훨씬 더 많은 것을 알아야 한다. 유능한 공장관리자는 공정 전반을 알고 있다. 디자이너는 자신의 작업물이 어떤 의미를 가지고 있는지, 자신의 손을 떠난 이후에는 어떠한 과정을 거치게 되는지 알고 있어야 한다. 자기계발의 방향이 자신이 뛰어들고자 하는 분야의 지식을 확충하는 것이라면 그러한 자기계발은 필요하다.

—업무기량skills

아는 것과 하는 것은 꽤나 다르다. 업무기량 또는 업무기술은 특정 과업을 실제로 수행하기 위해 필요한 실제 기량, 기술이다. 회계 업무 담당자가 회계를 못 하고, 영상편집 담당자가 영상편집 툴을 못 다루고, 통역을 해야 하는 사람이 해당 언어를 할 줄 모르면, 그들은 그 업무를 성공적으로 수행할 업무기량이 모자란 것이다. 어떻게 보면 무분별한 스펙 쌓기, 기술 습득의 주가 되는 영역이 바로 이 기량에 해당한다. 기술을 배우면 어디에든 쓸모가 있다는 통념이 있고 그것은 꽤나 사실이지만, 적어도 어떤 기술을 배울 때 당사자는 그 이유를 알고 있어야 한다. 자기 업무분야에서 꼭 필요하다고 생각해서 배우든, 하다못해 자기가 재밌어서 배우든.

물론 관리자 역할, 경영자 역할로 갈수록 구체적인 업무기술을 수행할 일은 적어지지만, 그래도 어떤 기술이 어떤 의미인지 알고 수행할 줄 알면 훨씬 정확한 업무지시가 가능하다. 당연하게도 '빨리' 하는 것이 꼭 그것을 잘한다는 의미는 아니다.

지식과 업무기량은 하려는 직무나 수행해야 할 과업과 직접적인 관련이 있다. 능력은 그보다는 훨씬 더 일반적인 역량 특성이다. 특정 영역에 국한되지 않고 다른 업무영역이나 분야에서 두루 활용할 수 있다. 어떻게 보면 '적성'과도 밀접하지 않은가 싶다. 예를 들면, 어떤 사람들은 정말 꼼꼼하다. 장부상 숫자 오류를 발견하고 수정하는 것을 좋아하고 잘한다. 나는 그런 부분은 좀 떨어지는 편이다. 대신 나는 말로 글로 메시지를 정리하고 요약하고 풀어나가는 능력이 좋은 편이다. 또 많은 사람들 앞에서 발표를 하거나 타인을 만나서 주요사항을 청취하고 정리하는 데 큰 어려움이 없다. 이 일반적인 능력은 객관화하고 수치화하고 관찰하기 어려운 영역이기도 하다. 자신의 능력이 무엇인지 철저히 고민하고, 그에 맞는 일들이 있는 곳에 가야 한다. 그래야 불행하지 않다.

나와 똑같이 경영학과인 어떤 친구는 숫자를 보는 것과 계산하는 것을 좋아하고 잘했다. 그래서 학생 때는 재무나 미시경제학의 계산이 많은 파트에 특히 심취해 있었다. 공부를 했다고 전제하면 나도 성적은 나쁘지 않았지만, 내가 토하면서 10시간 넘게 공부한 결과와 그 친구가 틈틈이 보기만 한 결과가 비슷했다. 나는 재무 공부를 하면서 절대 이것을 직업으로는 삼지 말아야겠다고 생각했다. 반면 이 친구는 실제로 금융 분야로 가서 날아다니고 있다. 역시 능력은 업무기술을 익히는 속도, 성취도와 분명 관련이 있다.

보다 개인적인 특성에 해당한다. 인내력, 관심, 경험, 성취동기와 함께 이를테면 '짬에서 나오는 바이브'(어떤 분야의 경험이 축적되어 자연스레 잘하게 되는 것)도 이에 해당할 것이다.

'경영학의 아버지'로 불리는 피터 드러커라는 사람이 있다. 그는 아직 몸으로 일하는 노동자가 절대 다수이던 1959년에 '지식노동자'라는 말을 처음 사용했고, 오늘날 '머리로 일하는' 사람들이 겪는 보편적 문제를 일찍이 예상한 대단한 선각자였다. 그의 저작은 자기계발 열풍이 불기 훨씬 이전 자기 경영과 시대 변화에 대한 탁월한 통찰을 담은 본류이자 그러한 관점의 원조였다.(원조는 다르다! 원조는!)

《프로페셔널의 조건》은 그중에서도 특별하다. 그가 90세가 넘어 삶의 마지막 시기에 쓴 책이기에, 그가 가진 지혜의 정수가 담겨 있기 때문이다. 책에서 드러커는 자신의 삶과 성취를 돌아보며, 담담히 자신이 예견한 것과 역사 속에서 증명된 것을 말한다. 그리고 더 나은 인간이 되기 위해 개인은 무엇을 해야 하는지 조언한다. 이 책을 읽다 보니 결국 기업 경영이나 개인의 자기계발이라는 것도 시대와 역사의 토대 위에서 성립할 수밖에 없다는 생각이 강하게 들었다. 아무리 탁월한 개인이어도 혼자서 시대를 이겨낼 수 없고, 파도를 만들 수 없었다. 어떤 부분의 논리는 너무나 설득력 있고 명료해서 감동적이기까지 했다. 책을 읽다 멈추고 생각하고 다시 읽고 다시 멈추곤 했다. 나는 그의 말을 이렇게 이해했다.

> 끊임없이 '탁월함'을 추구할 것!
> 남이 아닌 어제의 나를 넘어서며
> 더 나은 인간이 되기를 포기하지 말고,
> 세상에 어떻게 기억되기를 바라는지 끊임없이 질문하라.

그러기 위해 개인은 자신의 시간을 경영하는 일과 자신의 (약점보다는) 강점을 발견하고 개발하는 데 집중해야 한다. 새로움을 추구하되, 한꺼번에 너무 많은 일을 하지 말아야 한다. 결국 탁월함의 추구는 능력을 증진하고, 여력을 관리하고, 더 나아가겠다는 의지를 다지는 과정이 아닌가 싶다. 나는 이 책이 자기계발서가 가져야할 정신적 가치를 거의 전부 반영하고 있다고 생각한다. 단지 내가일상에서 실행하지 않을 뿐. 그런 점에서 나는 아직 그다지 탁월한개인은 못 된다.

내게는 성공보다 여정의 행복이 더 중요하다

오늘도 수많은 사람들이 성공의 의자를 향해 뛰어가고 있다. 저성장기에 접어든 우리 사회에서 그 의자의 수는 썩 많지는 않다. 사회적 성공이 불확실하다면 개인은 어떠한 태도를 보여야 할까? 탁월함을 추구해야 한다는 건 알겠는데, 현실적으로 무엇을 기대해야 할까?

　게임 이론에서는 결과가 불확실할 때 취할 수 있는 최선의 전략을 '우월전략'이라고 한다.(본래는 꽤나 복잡한 이론이지만 매우 단순화했다.) 최선의 전략이 최고의 결과(여기서는 사회적 성공이라 가정하자)를 담보하지는 않는다. 최고의 결과를 얻으려면 '베팅'을 해야 한다. 앞서 말했듯 한 번 시도할 때 크기를 키워서 리스크도 키우고 결과도 극대화해야 한다.

　평범한 개인은 가진 것이 적기에 돈보다는 시간을 쏟는다. 무언가를 위해 미칠 듯이 달리는 사람들을 본 적이 있다. 그들은 잠을 줄이고, 시간을 허투루 보내기를 두려워하며 끊임없이 공부를 한다. 아무튼 무리해서 뭔가를 한다. 나는 그들이 부디 성공하기를 바라면서도 한편으로는 그들이 건강을, 관계를 잃고 있는 것은 아닌지 감히 우려하기도 한다. 내 주위에는 뇌의 퓨즈가 나가버리듯, 과로 끝에 공황장애를 겪게 된 사람이 있었다. 그를 보며 유기체 인간의 심신은 그다지 견고하지 않다고 생각했다. 진심으로 그의 쾌유를 빈다. (건강한 몸이 창출하는 경제적 가치는 생각보다 높다. 10억에 대한 연이자율을 2%라 해도 2,000만 원인데, 건강한 신체는 그보다 훨씬 많은 부가가치를 창출할 수 있다. 금전적 가치로만 따져도 건강한 몸은 가치 있는 자산이다.)

　나는 '삶의 우월전략'이 맹목적 성공 지향보다는 '망하지 않는 것'이라 생각한다. 물론 나는 성공하길 바란다. 나와 주변, 세상을 관찰하기를 게을리하지 않을 것이고 가장 유효하다고 생각하는 뭔가를 부단히 시도할 것이다. 그러나 어쩌면 내게 오지도 않을 성공 때문에 삶을 낭비할 생각도 없다. 성공에 대한 맹목적 추구로 삶의 가장 아름다운 순간인 청춘을 색깔 없이, 재미없이, 낭만 없이, 향기 없이 보내고 싶지 않다는 말이다. 만약 그렇게 청춘을 보낸다면 내 삶을 낭비하는 것이다. 내게 성공은 오면 정말 기쁘고, 오지 않는다 면 에이 뭐 할 수 없지, 정도의 가치다. 삶의 과정이 재밌고 그래서 즐거운 인생을 살고 싶다. 나의 삶이 곤궁하지 않고 비참하지 않을 만한 실력을 갖추고, 성공할 수 있는 좋은 운이 온다면 내가 잡을 수 있길 바랄 따름이다. 그러나 경제상황이 곤궁해지고, 관계가 망 가지고, 건강을 잃는다면 개인의 삶은 불행해진다. 따라서 미래를 위해 저축하고, 사람들과 관계를 지키며, 건강을 지키기 위해 노력 해야 한다. 이것이 삶의 우월전략의 구체적인 실천방안이자, 탁월 함을 추구하는 평범한 개인들이 해야 하는 일이라고 믿는다.

나는 성공을 위해 살기보다는 따뜻한 저녁과 웃음소리를 놓치지 않으며 살고 싶다. 사실 여생 동안 건강하게 글쓰고 노래하면서 즐 겁게 살면 나는 1인 몫의 내 삶은 해내는 거라고 생각한다. 그럼에 도 탁월함을 추구하면서 말이다.

통일이 되면, 나는 원산 갈마 해변으로 갈 것이다. 어쩌면 새로운 성공의 파도가 그곳에는 있을지도 모르겠다. 사실 성공은 아무래도 좋다. 그저 서핑을 배우면서 좋은 파도가 오면 올라타고 싶을 따름 이다.

아

자기계발로 성공하기란 어렵다.

성공보다 과정에 의미를 두는 건 그보다는 좀 쉬울지도.

더 나은 세상을 만들기란 어렵다

서로를 믿을 수 없기에 우리는 갈등하고 위태롭다

그날의 광장과 거리에서 나는 어디쯤에 서 있었을까

2017년 3월 1일. 나는 몇 시간이나 잠들었던가. 나와 대원들이 깨어난 시간은 동이 트기 이전 깜깜한 새벽이다. 분주히 준비하는 대원들의 표정에서 긴장감이 느껴진다. 오늘은 무슨 일이 일어날지 모른다. 몇 번이고 향했던 광장이지만, 오늘은 왠지 다르다. 내가 단 한 번도 경험한 적 없던 종류의 긴장감이 기동본부를 감싸고 있다. 광화문광장으로 향하는 기동버스 안은 여느 때와는 다르게 농담하는 사람 하나, 장난치는 사람 하나 없다. 기동본부를 떠난 버스는 금방 광장에 도착했다. 광장에는 먼저 도착한 수많은 기동버스, 형광 조끼를 입은 경찰들이 보였다. 무전기에서는 상황을 점검하는 건조한 목소리들이 들렸다.

적막한 새벽이 지나 아침놀이 졌다. 광장에서부터 안국 사거리까지 시민들과 기자들이 하나둘 모여들었다. 저 건너편 헌법재판소 앞 안국역부터 종로2가 사이에도 또 다른 한 무리의 시민들이 모여 있다고 한다. 경찰은 이들이 서로 마주치지 못하도록 서로 만날 수 있는 모든 길목을 차벽으로, 기동대 경력警力으로 막았다. 오늘 경찰은 최고 경비태세인 갑호비상 명령을 내렸다. 박근혜 대통령의 탄핵 여부가 결정되는 날이었다.

무슨 일이 일어날 것인가. 오전 열한시경 이정미 재판관이 결정문을 낭독하기 시작하자 고요 속에 긴장감은 최고조에 달했다. 마침 이때 우리 분대는 교대로 식사를 하고 있었다. 밥이 넘어가는지 마는지 긴장 속에 숨을 죽이며 한 문장 한 문장에 집중했다.

"…주문 피청구인 대통령 박근혜를 파면한다."

이윽고 수많은 시민들의 함성이 들려왔다.

곧이어 무전기에서 명령이 하달됐다. "1소대는 천도교회관 맞은편 골목길 사이사이마다 배치. 길목에 들어오는 차들 막아."(사실 무전상 모든 대화는 경찰 음어를 사용한다.) 교통기동대인 우리는 사람이 아니라 집회 현장에 들어오는 차를 막는 역할을 한다. 큰 집회가 있으면 도로 위에서 교통 통제를 하고, 골목 사이마다 배치되어 원활한 집회 운영을 돕는다. 때문에 진압 장비를 일절 착용하지 않는다. 천도교회관으로 가려면 이른바 '태극기'들이 있는 안국역을 지나야 한다. 과연 어떤 상황일까.

우리 분대는 따로 동십자 앞에서 모여 안국역 방향으로 향했다. 대로에 구름처럼 모여든 시민들을 보았다. 그들은 서로를 얼싸안으며 환호하고 있었다. 누군가는 눈물을 흘렸고 어떤 이의 표정에서는 환희마저 느껴졌다. 깃발을 흔드는 사람, 노래하는 사람, 만세를 외치는 사람. 그들을 지나 안국역에 도착하자 차벽이 보였다. 우리는 ㄴ자로 둘러쳐진 차벽을 지나야 했다. 차벽이 어찌나 촘촘한지 사람이 지날 만한 작은 틈조차 없었다. 하지만 나의 선임은 경험이 많은지라 틈을 찾아냈다. 차벽 끝 모서리에 사람이 넘어갈 만한 높이의 낮은 담이 있었고 그 위는 간부급으로 보이는 경찰관이 지키고 있었다. "너희는 뭐야?" "53중대입니다. 집회 중 골목길 관리 근무 수행으로 여기를 넘어가야 합니다."

낮은 담 위에 올라서니 ㄴ자 차벽 앞뒤로 기동대 경력이 보였다. 3기동단과 다른 수많은 기동중대들이었다. 차벽 건너편은 태극기를 든 시민들의 물결로 가득했고 저 너머 단상에서는 사회자가 소리를 찢으며 절규하고 있었다. 노인들이 땅에 주저앉아 울부짖었다. 저곳에는 수만의 끓어오르는 분노가 있다. 정말 지나가도 괜찮은 것일까? 차벽을 지나 우리는 집회 참가자들 무리 끝을 따라 천도교회관 쪽으로 걸어갔다. 안국역 앞부터 천도교회관까지 광화문 쪽으로 향하는 모든 길목 사이사이에는 여지없이 긴장한 표정의 기동중대원들이 보였다. 일부 집회 참가자들은 방패를 든 경찰들을 향해 달려들었다. 우리는 분노한 이들을 자극하지 않기 위해 조심스럽게 그리고 무표정으로 그 사이를 지났지만, 격앙된 그들 사이를 걷는 일은 공포스러웠다. 어떤 집회 참가자들은 우리를 향해 손찌검을 하며 욕을 해댔다. "ㅇㅇㅇ들! 너희도 다 한통속이야." 불행인지 다행인지 이곳을 가득 메운 무리 대다수의 관심은 저 너머 헌법재판소에 있었다. 우리가 천도교회관 근처 사회자 단상에 가까워졌을 무렵, 내내 소리를 찢던 사회자가 소리쳤다. "돌격! 돌격! 돌격! 저 썩어빠진 헌재로 애국 시민 여러분 진격합시다!" 차벽을 향해 몰려들고 있던 시민들의 기세가 더욱 거세졌다.

지금 여기, 분노한 수많은 군중 속에서 우리는 하나의 소대도 아닌 일개 분대 단위 몇 명으로 쪼개진 극히 소수에 불과했다. 눈에 띄는 형광 점퍼를 입은 우리가, 방패 하나 없이 고작 플라스틱 경광봉과 호루라기를 든 우리가 이곳에서 무엇을 할 수 있단 말인가? 하지만 우리는 명령을 받았다. 대단한 명령이 아니라 할지라도 그냥 돌아설 수는 없었다. 지난 몇 달 동안 수십만이 모이는 집회를 마주하며 명령을 어긴 적은 단 한 번도 없었다. 게다가 정당한 명령을 거부하면 우리는 공적 제재를 받는다.

시간이 지남에 따라 사람들은 점점 더 격앙되어갔다. 차벽을 향해 몰려가는 군복 입은 사람들이 보였다. 우리는 두려움을 뒤로하고 하나둘셋씩 흩어져서, 천도교회관 맞은편 골목길들로 향했다. 그때 어떤 일 때문인지 무리가 있는 곳으로 구급차가 진입하려 하고 있었다. 반사적으로 우리는 호루라기를 입에 물고 경광봉을 들었다. 호루라기를 불었다. 그 순간 가슴팍이 아리는 느낌이 들었다.

"우리가 한다고! 우리가!" 태극기를 매단 봉으로 나를 후려친 사내의 흥분한 일성이었다. 약간 얼얼했지만 이상하게도 전혀 아프지 않았다. 혼란한 상황에서의 긴장과 두려움 때문인 걸까. 그렇게 그들에게 구급차 진입을 맡긴 채로 나와 짝을 이룬 선임은 경운학교 골목에 들어섰다. 골목길에 들어서고 잠시 뒤, 저 멀리서 '형사'라 적힌 검은 조끼를 입은 경찰들이 어떤 군복 입은 사내를 연행하는 모습이 보였다. 그 뒤로 군복을 입은 한 무리가 형사들을 쫓아왔다. 그들 모두가 우리 앞을 지나가고 나서, 나도 모르게 선임에게 한마디를 내뱉었다. "왜 검거된 겁니까?" 그 말을 '잡혀가서 잘됐다'로 잘못 들은 한 노인이 분노하며 나를 위협했다. 나는 노인에게 그런 것이 아니라고 한참을 해명하고 그의 흥분을 가라앉혔다. 다소 차분해진 후에도 그는 훈계를 계속했다. "우리는 애국하려고… 모인 거야 애국하려고." 울분 섞인 노인의 말은 진심이었다.

계속 이곳에 있기에 상황은 너무나 위험했다. 곧 우리는 무전으로 급박한 상황을 전하고 이곳을 떠나는 것을 허락받았다. 이내 혼란한 현장에서 다시 분대가 모였다. 우리는 조심스레 그곳을 빠져나갔다. 나는 한동안 얼빠진 기분이었다. 이날 이후의 일은 잘 기억나지 않는다.

며칠이 지나 그날 내가 있던 현장을 다룬 뉴스를 보았다. 집회 참가자에 의해 탈취된 경찰버스가 차벽을 들이받았고, 그로 인한 2차 사고가 있었다고 한다. 뉴스는 건조하게 현장에서 몇 명의 사망자, 수십 명의 부상자가 발생했다고 전했다.

그날 내가 본 것은 무엇이었을까? 나는 그로부터 무엇을 느낀 것일까? 폭력에 대한 두려움? 개인의 무력함? 말과 글로는 설명하기 어려운 복합적인 무엇, 그리고 '위태로움'. 그것은 분열한 공동체와 앞으로 남은 과제들에 대한 인상이었다.

끝내 세상은 앞으로 나아간다고 믿는다. 하지만 변곡점을 지나서도 모든 문제들이 없던 일처럼 사라지지는 않는다. 한 시대에는 여전히 이전 시대의 사람과 사고들도 남아 있다. 그것들을 모두 간편하게 악마화해서는 안 된다. '태극기 행진' 중 추위 속에서 내게 빵과 두유를 쥐여주던 한 노부부의 뒷모습을 기억한다. 칼바람이 부는 날 불편한 걸음으로 그들은 대로 위를 걸었다. 나의 할머니 할아버지가 살아 계셨다면 당신들은 어디에 서 계셨을까. 격앙된 헌재 앞 그들은 우리 사회 속 평범한 시민이기도 했다. 오히려 묻고 싶은 것은 시민에 대한 국가의 책임이다.

우리 시민들은 국가를, 서로를 믿을 수 없다

촛불 정국, 매주 토요일 전국에서 수십만, 수백만이 모이니 경찰은 눈치를 보는 듯했다. 매주 게시판에 붙는 청장의 말에는 '엄정중립'을 강조하는 지시사항이 적혀 있었다. 우리도 매주 집회에 나설 때마다 엄정중립을 교육받았다. 어떤 글귀나 구호에 동조하거나 반대하는 인상을 주어서는 안 됐다. 새로 부임한 다른 소대 소대장은 점호시간에 시민들은 우리를 볼 때 '국가'를 본다고 했다. 여러분은 국가니까 국가답게 시민을 대하라고 강조했다. 그래 나는 국가다. 제복을 입은 나는 국가다. 광장의 시민을 지키는 국가다.

어떤 날은 미국대사관 앞 횡단보도에 서서 근무를 했다. 맞은편 전광판을 실은 차에서는 세월호 유가족들이 부른 〈네버엔딩 스토리〉의 뮤직 비디오가 재생되고 있었다. 횡단보도 신호가 두 번쯤 바뀌었을 때 나는 맞은편 전광판을 계속 볼 수가 없었다. 이상하게 주체할 수 없이 눈물이 났다. 지금 나는 국가다. 시민들은 제복을 입은 나를 통해 국가를 본다. 웃거나 울어서는 안 된다. 무엇에 동조해서도 반대해서도 안 된다. 영상을 보지 않으려 모자를 눌러쓰고 고개를 숙였다. 듣지 않으려 괜히 호루라기를 크게 불었다. 눈물을 흘리는 시민들이 보였다. 나는 그 순간 그저 한 사람의 시민이고 싶었다. 그러나 경찰 제복을 입은 지금 나는 시민에게 국가. 오래도록 제 역할을 하지 못했던, 시민을 지켜야 하는 국가. 시민과 함께 울고 웃을 수 없는 국가였다.

2017년 3월 10일 대통령 탄핵의 시작은 아마도 2014년 4월 16일의 세월호 사건, 보다 정확히는 그에 대한 정부의 대처였을 것이다. 그날 우리는 세월호 승객이 전원 구조되었다는 속보에 안도했다가, 얼마 지나지 않아 수백 명의 청소년과 시민들이 여전히 바닷속에 있다는 사실을 알게 됐다. 저렇게 큰 배가 갑작스레 침몰하는 것이 가능한가? 마음이 무거웠고 이성적으로 납득이 되지 않았다. 하지만 그 일은 실제로 '일어났다'.

시간이 지나 세월호 사건은 '안타깝지만 어쩔 수 없는 일' 정도로 되어갔다. 어떤 이는 "지겹다"고, 어떤 이는 "세월호에는 단원고 학생들 말고 일반 시민들도 있었다"고 말했고, 어떤 정치인은 "교통 사고"일 따름이라고 말했다. 또 어떤 이는 세월호 말고 "천안함은 기억하느냐"고 되물었다. 나는 이 말들이 참 이상했다. (사실 나는 그렇게 말하는 대다수가 천안함 생존자들의 삶에 별로 관심이 없다는 편견이 있다.) 재난으로 무고하게 희생된 시민들에 대한 추모와 국가와 공동체를 지키다 순국한 군인들에 대한 추모가 대립되는 가치일까? 세월호에서도 천안함에서도 결국 죽지 않아도 됐을, 다치지 않아도 됐을 평범한 개인들이 죽거나 다쳤다. 그들은 모두 한 시민이자 누군가의 가족이었다. 국가는 그들의 죽음과 남겨진 이들의 삶에 책임이 있다.

하지만 국가는 개인의 죽음에 무책임한 것처럼 보였다. 희생에는 추모와 애도를, 헌신에는 충분한 보상과 감사를 표해야 함에도, 국가는 '세월호'를 언급하는 이들을 '탐욕적인 이들', '통합을 저해하는 비국민'으로 몰아 구성원 간 분열을 획책하거나 방조했다. 그런데 세월호도 천안함도 처음이 아니었다. 그전에는 삼풍백화점, 성수대교가 있었고, 서해 페리호가 있었다. 군대에서 무수한 청춘들이 죽어갔고, 지금도 갓 교복을 벗은 어린 청년들이 구의역에서 화력발전소에서 죽어간다. 어떤 이들은 삶이 고단한 탓에 스스로 죽음을 선택한다. 죽지 않아도 됐을 사람들이 죽어간다. 다치고 살아남은 이들은 망각을 강요당한 채 버티며 견디며 살아간다. 자랑스러운 조국은 어디에 있었는가? 지난 수십 년간 국가는 개인의 희생과 피해에 충분히 책임지지 않겠다는 의사를 보여왔다. 아무 일 없었다는 듯 사회는 다시 돌아가고, 애써 덧칠해보지만 사람들의 마음속에는 이미 깊이 새겨져 있다. '아 국가와 사회는 개인을 위하지 않는구나. 모든 것이 내 책임이 되는구나. 국가와 공동체를 위해 희생하지 말자. 헌신하지 말자. 관련될 듯하면 도망가자.'

사실 국가는 '개인들은 각자도생하라'는 시그널을 줄곧 보내왔다. 국가는 말로는 숭고한 헌신을 외쳤지만, 보상은 고사하고 개인의 생명을 지키지도 못했다. 이 상황에서 누가 국가와 공동체를 위해 희생하고 헌신하겠는가? 물론 이러한 현실이 단순히 국가만의 책임은 아니다. 공동체, 사회, 국가는 개인들로 이루어졌고, 우리 시민들이 이러한 사회를 스스로 만들어왔다. 하지만 국가의 책임을 보다 엄격히 따져 묻는 까닭은 이 사회가 민주화되고 정상 국가로 나아가게 된 지 오래된 사회가 아니기 때문이다. 심지어 그 민주화도 독재와 국가폭력에 저항한 개인들의 힘으로 이룩한 것이었다. 슬프게도 형식적 민주화를 이룩한 이후에도 개인들의 '각자도생 사고'는 사라지지 않았다. 여전히 비용보다 생명을 경시하고, 사람들이 죽어가도록 방치하고 있다. 각자도생 제일의 사고는 피해를 입을지도 모를 개인 스스로를 위태롭게 한다. 그런 개인들이 사회를 이루기에 사회는 더 지옥이 된다. 개인들은 '나만 아니면 된다'고 생각하지만 불행이 나만 피해갈 리 만무하다. 위험사회 속 개인들은 불행을 마주할 확률이 높아진다.

근래 내가 가장 큰 충격을 느낀 사건은 '가습기 살균제 사건'이었다. 게으른 나는 건조해도 굳이 가습기를 켜지 않고 그냥 잔다. 어떤 사람들은 그렇지 않았을 것이다. 세균으로부터 내 가족을 지키려고 가습기 살균제를 쓴 사람들이 있었을 테고, 군부대에서 사용된 가습기 살균제에 노출된 장병들이 있었을 것이다. 가습기를 틀었다는 이유로 평생 폐병을 앓게 된 아이가 있고, 죽은 사람이 있다. 피해자들에게는 아무 잘못이 없었다. 나 역시 피해자가 될 수 있었다. 가습기를 켜지 않는 게으름 덕에 나는 운 좋게 살아남았다. 환절기에 꼼꼼히 건강을 챙기는 어떤 개인은 피해자가 되었을지 모른다.

이 사건이 비단 국가만의 책임일까? 제조 기업들은 제품의 독성이 적은 것처럼 나오도록 연구용역을 발주했고, 연구자들은 기꺼이 그렇게 결과를 조작했다. 그들은 돈 몇 푼에 양심을 팔았다. 자본주의 사회에서 돈이 곧 힘이라면, 그들은 각자도생을 위해 힘을 따랐고 양심을 저버렸다. 신념도 윤리도 책임감도 없는 한심한 개인과 기업들이었다.

우리는 서로를 믿을 수 없다. 국가도 기업도 사회 내 구성원도 믿을 수 없다. 우리에게는 우리가 만든 시스템과 이를 구성하는 사람에 대한 불신이 팽배하다. 힘을 따르면 돈이 나오고, 원칙과 양심을 따르면 손해를 보는 경우를 계속 봐왔다. 심지어는 목숨마저 위태로워진다. 그러니 아무것도 믿을 수 없는 우리는 '자력구제'하고 '각자도생'할 수밖에 없는 것이다. 끽해야 우리는 학연, 지연, 혈연 등 좁은 공동체에 기대어 살고 있을 따름이다.

"가만히 있으라"는 어른들의 말을 들은 청소년들은 세월호에서 나오지 못했다. 정작 세월호 선장은 먼저 달아났고, 대구 지하철참

사 때도 기관사는 마스터키를 뽑고 탈출하고 없었다. 그들은 진정 직업인으로서의 책임을 다하지 못하고 제 목숨만을 살렸다. 이렇게 국가와 사회, 공동체 전반에서 크고 작은 기대의 배반이 누적되어 왔다. 그러한 탓에 세계적으로도 잘사는 나라(국내총생산은 세계 11위 수준이며 국민소득은 3만 달러가 넘는다)에 속하게 된 한국은 그 경제력에 비해 턱없이 형편없는 저신뢰사회를 이루고 있다. 우리가 겪는 가장 큰 문제다.

결국 우리는 스스로를 위해 서로를 믿어야만 한다

우리가 서로를 '믿지 못하는 것'의 대가는 생각보다 비싸다. 단지 안전문제가 발생할 뿐 아니라 실제로 시간과 비용이 더 소모된다는 것이다. 무단횡단이 많은 도로에서는 차들이 빠르게 달리지 못한다. 불안한 치안환경에서는 개인의 일상 활동들이 위축된다. 거래와 계약에서 상대를 믿을 수 없다면, 불확실성이 높아지고 불필요한 안전장치가 추가로 필요해진다. 때문에 거래비용도 상승한다. (중고차 시장을 생각해보자.) 한편 실패하면 끝장이라는 불안은 혁신을 저해하고, 경쟁 세력에게 지면 상대가 나를 절멸시킬지 모른다는 공포는 지지 않기 위해 수단을 가리지 않게 만든다.(정치와 교섭, 분배의 과정에서 주로 그렇다.) 또한 사회에서 각각의 기능을 하는 조직과 개인이 주어진 일을 제대로 일하지 않는다면, 전문성도 없는 다른 조직이나 개인이 그만큼의 추가적인 일을 해야 한다.(군대와 여러 협력 과제에서 당신은 어떠했는가.) 사회가 정한 여러 규칙을 따르지 않으니 그로 인한 부수적 피해들이 누적된다.(환경과 안전에서 주로 그러하다.) 즉 개인들이 서로를, 국가를, 기업을 그 밖의 구성원을 믿지 못하게 되면, 경제 효율이 저하되고 불필요한 자원이 낭비되며 개인은 더 위험에 노출된다. 총체적 저신뢰사회. 우리는 그 속에서 투쟁하듯 살아가고 있다.

평범한 사람들이 살기 어려운 세상을 넘어서기 위해, 우리에게 가장 시급한 과제는 '사회적 자본'의 형성과 축적이다. 사회적 자본은 좁게 보자면 제도와 약속에 대한 구성원 간 신뢰와 준수이고, 넓게 보자면 그로 인해 창출될 수 있는 긍정적 기대효과 전반이라 생각한다. 사회적 자본도 명백히 실체가 있는 여타 자본과 같다. '자본'을 "생산의 재료가 되거나 그것을 보유하고 있기 때문에 생산성 향상을 유발하는 유무형의 모든 것"이라 정의 내리자면, 우리는 경제력에 비해 사회적 '자본'이 모자라고 그로 인해 값비싼 대가를 치르고 있다.

사회적 자본의 형성은 지금 우리에게 경제규모의 성장 추구보다도 절실히 요구된다. 냉정히 말해 이미 충분히 성장한 한국 경제는 더 이상 고성장이 어렵다. 기존 성장공식을 따를 때는 더욱 그렇다. 지금까지 우리는 양적 경제성장 추구에 많은 노력을 쏟았다. 경제규모 성장에 쏟은 노력이 90점이라면, 이를 95점 이상으로 만들려는 노력보다 50점 이하 수준인 사회적 자본 축적에 힘쓰는 것이 사회, 경제, 공동체의 추가적이며 균형 잡힌 발전을 이루는 데 더 기여할 것이다. 이는 상식의 문제다.(2019년 영국 싱크탱크 레가툼 연구소에 따르면 한국의 사회적 자본은 167개국 중 142위다. 반면 우리의 경제 규모는 세계 11위다.)

이미 우리는 세계에서 가장 많이 일하고 가장 오래 공부한다. 지금까지 우리는 투쟁하듯 경쟁했다. 그 덕에 우리는 능력적으로는 탁월한 개인들이 되었지만 상호 협력에 대한 관심은 미미했다. 탁월한 개별 인간이 만들 수 있는 생산성은 작지 않지만, 탁월한 개별 인간들이 모여 협력하면 그 생산성은 기하급수적으로 증가한다. 신뢰에 기반한 협력과 제도의 준수는 생산성을 높이고 구성원의 안정감을 높인다. 그런 사회는 경제규모가 비슷한 국가보다 '더 살 만한 사회'일 것이다. 그것이 사회적 자본의 힘이다.

게다가 사회적 자본은 다른 자본과는 다르게 빠른 이동이 거의 불가능하다. 어디 있는 시설을 뜯어내서 그대로 옮기듯 쉽게 이전되지 않는다. 사회적 자본의 일환인 제도와 신뢰는 그것이 형성된 사회에서만 제대로 기능하는 고유한 특성을 가진다. 왜냐하면 어떤 사회의 사회적 자본은 지나온 과거로부터 축적된 '경로의존성'과 복잡하게 연결된 '사회적 복잡성'의 최적 함수 값이기 때문이다. 즉 모방이 대단히 어렵다. 같은 이유로 우리가 백날 선진국의 노하우를 배우자 따라잡자 외쳐보아야 그저 '참고'할 의미만 있는 이유이기도 하다. 무수히 많은 사례가 이를 증명한다.

지금은 해체된 한진해운은 파산 몇 년 전 필리핀에 2조 원을 들여 '수빅 조선소'를 지었다. 한국에서의 높은 인건비를 감당할 수 없다는 이유였다. 현지에서도 직접고용을 최소화했다. 그러나 제조업도 결국 '사람'이 하는 일이었다. 그것도 혼자가 아니라 '함께' 해야 하는 일이었다. 똑같은 설비를 한국에서는 돌릴 수 있었는데, 필리핀에서는 제대로 돌릴 수 없었다. 한국은 수십 년 동안 큰 배를 만들어왔고 필리핀은 그렇지 않았기 때문이다. 수조 원을 투입한 수빅 조선소의 생산성은 바닥을 쳤다. 때마침 이어진 조선업 불경기에 한진해운은 40년 만에 역사의 뒤안길로 사라졌다.

지금까지 우리는 사람 귀한 줄 몰랐다. 사람값이 싸서 함부로 대했고 대체 가능한 부속처럼 여겼다. 학교에서 군대에서 직장에서 사회 곳곳에서 개인은 그렇게 살았다. 개인으로 살기도 각박해서 서로를 위할 여유가 없었다. 그럴수록 우리 사회는 어딘가에 돈은 쌓였을 테지만 지옥이 되어갔다. 살기 어려운 개인들이 고난을 대물림하기를 꺼린 탓에 출생률은 지속적으로 감소하고 있다. 선진국 대한민국을 '헬조선'이라 자조하는 개인들도 많아졌다.

나는 그다지 탁월한 개인이 아니다. 나는 일론 머스크나 빌 게이츠가 아니다. 냉정히 말해 개인 문희철의 사회적 성공은 비명횡사 확률만큼 낮다. 이것은 패배주의가 아니라 현실주의다. 때문에 나의 삶에 대한 태도는 '망하지 않는 것'이며, 능력 증진에 집착해 지나는 삶의 풍경을 놓치지 않는 것이다. 아마도 사회 대다수를 차지할 나같이 평범한 개인에게는 평범한 사람들이 살기 좋은 안전한 나라가 좋을 것이다. 평범한 개인에게도 살 만한 기회가 있고, 의자가 없을 때 적어도 앉을 만한 깔개는 주어지는 사회 말이다. 우리 사회가 약자에게, 평범한 사람에게, 서로에게 따뜻한 사회가 되었으면 좋겠다. 그러자면 서로 믿을 수 있어야겠고, 나부터 사회 구성원으로서의 책임을 다할 것이다. 그것이 결국엔 평범한 나를 위한 일이라 믿기 때문이다.

보통 사람들이 힘이 아니라 양심을 따를 때, 두려움을 조금만 더 이겨내고 앞으로 나아갈 때, 더 나은 세상은 조금씩 우리 곁에 오기 시작한다. 비단 국가와 우리 사회에 대한 것만은 아니다. 더 넓은 세상 역시 나아간다는 믿음이다. 우리 개인들이 끝내 해낼 수 있다는 믿음이다. 그것이 광장과 거리가 내게 남긴 무엇이다.

우리는 여전히 길 위에 서 있다.

아
더 나은 세상을 만들기란 어렵다.
그럼에도 우리는 포기하지 않을 것이다.

제대로 살기란 어렵다

초판 1쇄 인쇄 2020년 2월 15일
초판 1쇄 발행 2020년 2월 20일

지은이 문희철
펴낸이 임현석

펴낸곳 지금이책
주소 경기도 고양시 일산서구 킨텍스로 410
전화 070-8229-3755
팩스 0303-3130-3753
이메일 now_book@naver.com
홈페이지 jigeumichaek.com
등록 제2015-000174호

ISBN 979-11-88554-30-0 03800

이 도서의 국립중앙도서관 출판예정도서목록(CIP)은 서지정보유통지원시스템 홈페이지
(http://seoji.nl.go.kr)와 국가자료종합목록 구축시스템(http://kolis-net.nl.go.kr)에서
이용하실 수 있습니다. (CIP제어번호 : CIP2020002570)